罗斯故居

罗斯母校——威奎依克中学

威奎依克中学校友会收藏的罗斯照片

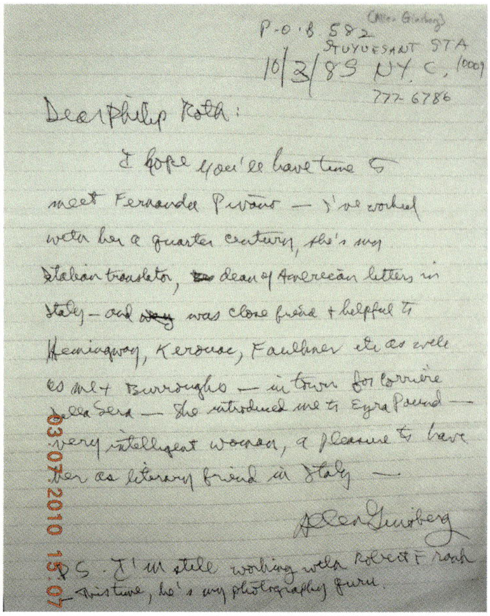

P.O.B. 582 (Allen Ginsberg)
Stuyvesant Sta
10/3/89 N.Y.C. 10009
777-6786

Dear Philip Roth:

I hope you'll have time to meet Fernanda Pivano — I've worked with her a quarter century, she's my Italian translator, dean of American letters in Italy — and was close friend + helpful to Hemingway, Kerouac, Faulkner etc as well as me + Burroughs — in town for Corriere della Sera — she introduced me to Ezra Pound — very intelligent woman, a pleasure to have her as literary friend in Italy —

Allen Ginsberg

P.S. I'm still working with Robert Frank this time, he's my photography guru.

03 07 2010 15:07

美国诗人 Allen Ginsberg 写给罗斯的信，信中介绍了意大利译者 Fernanda Pivano，她翻译了很多垮掉派的作品。

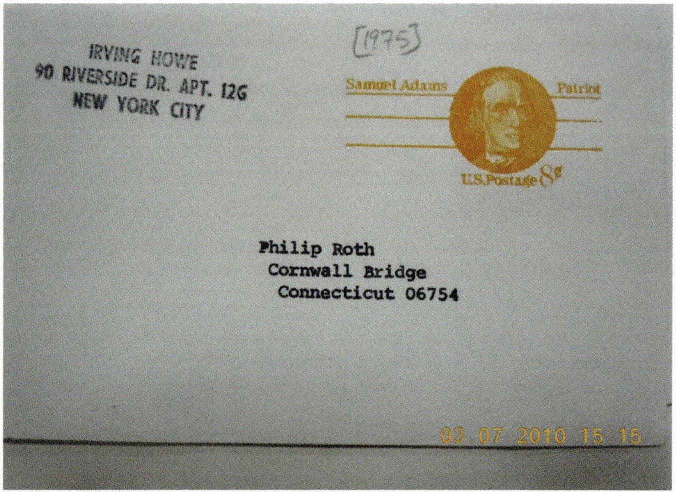

美国犹太评论家 Irving Howe 与罗斯通信的信封

菲利普·罗斯小说的记忆书写研究

信慧敏 著

科学出版社
北京

内 容 简 介

本书以美国当代作家菲利普·罗斯小说的记忆书写为切入点，采用跨学科的研究方法，考察其小说中记忆的伦理、政治和再现问题，观照记忆对族裔身份、民族身份与个体身份的形塑和重构。罗斯长达半个多世纪（1958—2010年）的文学写作大致可分为犹太主题创作、美国主题创作和“晚期”创作三个时期，分别关注大屠杀记忆、“美国梦”记忆和忏悔记忆等记忆类型，历时地展现了作者创作主题的流变。本书以时间为经线，以记忆的主要问题为纬线，试图绘制罗斯小说地图，并全面把握他的创作思想和风格的变化，同时也彰显作者不变的人文主张和美学追求。

本书适用于高校教师和学生、从事文学研究的科研人员以及文学爱好者。

图书在版编目（CIP）数据

菲利普·罗斯小说的记忆书写研究/信慧敏著. —北京：科学出版社，2021.6

ISBN 978-7-03-067487-6

Ⅰ. ①菲… Ⅱ. ①信… Ⅲ. ①罗斯（Roth, Philip 1933-2018）-小说研究 Ⅳ. ① I712.074

中国版本图书馆 CIP 数据核字（2020）第 257084 号

责任编辑：杨 英 宋 丽 / 责任校对：贾娜娜

责任印制：李 彤 / 封面设计：蓝正设计

科学出版社 出版

北京东黄城根北街 16 号

邮政编码：100717

http://www.sciencep.com

北京中科印刷有限公司 印刷

科学出版社发行 各地新华书店经销

*

2021年6月第 一 版 开本：720×1000 1/16

2021年6月第一次印刷 印张：12 3/4 插页：1

字数：260 000

定价：98.00 元

（如有印装质量问题，我社负责调换）

本书由中央高校基本业务科研费青年科技创新基金（人文社会科学类）
学术著作出版基金“书写过去——菲利普·罗斯小说研究”
（项目编号：1012-XAB20004）资助

序

西方有关记忆的讨论是一个古老的话题，同时人们对记忆的认知也在不断的演进之中。早在古希腊神话里就出现了掌管记忆的女神摩涅莫绪涅(Mnemosyne)，之后柏拉图在多篇对话录里提到了“蜡板说”，将个人记忆视为一个先验的存在。公元前4世纪，记忆术（artes memorandi）成为一门关于辩论和修辞的课程。近代以来，记忆开始与个人主体身份相联系，黑格尔甚至将记忆视为现代主体自我意识形成的必要因素。有关记忆的研究也成为心理学、认知科学的研究重点，心理学家开始用实验的方式来揭示人类记忆和遗忘的规律，也就有了沿用至今的艾宾浩斯遗忘曲线。20世纪以来，涂尔干、哈布瓦赫、康纳顿等学者开始聚焦个体记忆之外的集体记忆和文化记忆。德国记忆研究专家杨·阿斯曼把记忆分为个体记忆、集体记忆和文化记忆。个体记忆是人们脑细胞的生理活动，建立在与他人实际交往基础上的集体记忆被称作交流记忆，而在这两种借助肉身形成的记忆之外还存在“通过象征形式被客体化”的文化记忆。文化记忆这一主题随着大屠杀文学、战争文学的兴起，成为文学研究关注的焦点之一。信慧敏的专著《菲利普·罗斯小说的记忆书写研究》在细读当代美国作家菲利普·罗斯所有作品的基础上，将其半个多世纪的创作划分为犹太主题创作、美国主题创作和“晚期”创作三个阶段，从记忆角度对罗斯的文学创作进行梳理和讨论，重点考察七部小说中的种族记忆、民族记忆和个体记忆书写，描画出作者从犹太作家、美国作家到老年作家的身份建构和转变的过程，较为全面地展现了罗斯的伦理思考、政治诉求和审美意蕴。

罗斯在长达半个多世纪的写作生涯中，保持了旺盛的创作精力，共出版30部小说和2部散文集，题材涉及美国犹太人生活、美国政治及作者个人经历的方方面面。信慧敏指出这位“纽瓦克的桂冠诗人”的早期创作呈现了二战后美国犹太人对大屠杀记忆的压抑、遗忘、移置和戏仿。当大屠杀记忆陷入“不得不说”和

"无法言说"的伦理困境之时，罗斯作为犹太作家一方面用小说写作为大屠杀做见证，同时尖锐地揭示了犹太人独占大屠杀记忆的倾向，并试图探索非亲历者大屠杀记忆写作的新形式。

标示美国国族身份的"美国梦"文化记忆是自1620年《五月花号公约》签订以来各种社会文化力量不断博弈和自我形塑的产物，逐渐成为以白人、男性和中产阶级为核心的文化迷思。罗斯的美国三部曲不仅聚焦越南战争、麦卡锡猎巫运动、克林顿弹劾案等美国当代历史的热门事件，使读者得以管窥美国社会，还揭开了"美国梦"外衣包裹下美国社会性别、阶级和种族之间不平等的伤疤。三部曲的主人公在现实生活中遭遇挫折后，往往将目光投向美好而虚幻的过去寻求安慰，以逃遁和对抗残酷的现实。此外，他们自我欺骗式的怀旧行为也是对"美国梦"文化记忆的讽刺和解构。

"晚期风格"（late style）一词肇始于阿多诺对贝多芬A大调钢琴协奏曲之后音乐作品风格的指称。随后，萨义德的遗著《论晚期风格》在考察了莫扎特、贝多芬、施特劳斯、托马斯·曼等伟大艺术家们的晚期阶段作品后，提炼出两种不同的创作风格：索福克勒斯、莎士比亚式适时的成熟、和谐、静谧和圆融，以及贝多芬、莫扎特式反常合道的、否定性的矛盾和纠结。虽然阿多诺和萨义德讨论更多的是作曲家，但是这种在句法、措辞、主题、创作基调等方面的变形（transfiguration）在贝克特、贝娄、奈保尔、库切等文学家的晚期写作中也有所体现。进入21世纪，与病痛缠斗多年的罗斯已逾古稀之年，他的写作聚焦于生命晚期的个体（老年人、病人等）的生存境遇，采用忏悔内省的方式来呈现个体对过去的自我记忆。主题上的去历史、去语境化的个体自我记忆和关怀伦理，形式上的碎片化加上愈发阴郁的创作基调成为罗斯"晚期风格"的特点，也契合了作者自身的写作逻辑。

《菲利普·罗斯小说的记忆书写研究》从整体上关注罗斯的小说创作，考察小说中记忆与作者身处的社会历史环境及其个人经历等互动关系，并将作者与同时代和同类型的作家进行横向比较，标示出罗斯在当代美国文坛上的独特地位。这部专著搭建起的文学记忆研究的阐释框架，不仅可以使读者全面了解罗斯的创作理念，对其他作家的研究也有参考价值。同时，文学的记忆研究对于中国读者回望南京大屠杀等创伤事件有一定的现实意义，促使读者进一步思考种族记忆、国家记忆、个体记忆与身份建构之间的关系。

《菲利普·罗斯小说的记忆书写研究》是在信慧敏的博士学位论文基础上扩充、修改和润色而成。这一研究选题涵盖了罗斯半个多世纪的创作，时间跨度大，涉及的作品多，主题丰富，研究工作有难度。信慧敏通过刻苦研读小说文本，提炼出罗斯创作的记忆主题，显示了她较强的思考和概括能力。她运用跨学科的研究方法，结合记忆的心理学、社会学等理论对文本所做的深入分析，以及对大屠杀和相关的美国历史的细致考据，彰显了她比较扎实的文学评论功底和良好的学术积累。信慧敏在南京大学读书期间有机会去美国弗吉尼亚大学英语系访学，修读了英美文学文化的专业课程，对罗斯的家乡进行实地走访，并在美国国会图书馆查阅了大量的资料，确保其学术研究的质量和水平，这种求实精神也体现了南京大学诚朴、严谨、勤奋和求实的学风。

信慧敏于2013年博士毕业后进入南京航空航天大学英语系任教，在完成教学任务、开展课程建设的同时，一直坚守在文学研究领域，兢兢业业，不懈努力，保持了对做学问的热情和学术敏感性，不断有成果问世。作为信慧敏博士学位论文的指导老师，我见证了她十多年来的学术成长。衷心祝愿信慧敏今后的学术道路越走越宽阔，在英美文学研究上取得更大成就！

王守仁

2020年11月于南京大学

目　录

缩 略 词

AP	*American Pastoral*
Conversations	*Conversations with Philip Roth*
DA	*The Dying Animal*
GC	*Goodbye, Columbus and Five Short Stories*
GW	*The Ghost Writer*
HS	*The Human Stain*
MLM	*My Life as a Man*
RMO	*Reading Myself and Others*
ST	*Shop Talk: A Writer and His Colleagues and Their Work*

导　论

身份是我们被过去叙事安放的，并置于其中的不同方式的名称。

——斯图亚特·霍尔《文化身份与族裔散居》

对他来说，活着就是活在记忆里——一个人要是没有了记忆，那他就什么都不是。

——菲利普·罗斯《遗产：一个真实的故事》

当代作家菲利普·罗斯（Philip Roth, 1933—2018）著作等身，在美国文坛的地位不容小觑。他与伯纳德·马拉默德（Bernard Malamud）、索尔·贝娄（Saul Bellow）并称为美国当代犹太文坛的“三剑客”，他又与托马斯·品钦（Thomas Pynchon）、唐·德里罗（Don DeLillo）、科马克·麦卡锡（Cormac McCarthy）一起被评论家哈罗德·布鲁姆（Harold Bloom）并列为当代美国最伟大的作家。罗斯的写作始于 20 世纪 50 年代，半个世纪以来他历经声名起伏。他的第一部短篇小说集《再见吧，哥伦布》（*Goodbye Columbus*, 1959）曾好评如潮，但是 1969 年出版的《波特诺伊的怨诉》（*Portnoy's Complaint*）却激怒了犹太社区，一度被视为“淫书”，就连他所推崇的犹太评论家也斥之为“粗鄙”，使他身心备受打击。[①]其后，他创作了祖克曼小说系列，逐渐开始重获大众读者和评论家的认可。20 世纪 80 年代末，罗斯在旅居英国多年之后开始回归美国，并相继写作了“美国三部曲”等以美国生活为题材的小说，这最终确立了他在美国文坛的地位。21 世纪以来，进入古稀之年的罗斯饱受疾病的困扰，他的作品转而关注欲望、疾病、死亡等更为个体化的主题。2018 年 5 月 22 日，罗斯因心脏病在纽约去世，结束了他与这个世界 85 年的缠斗。《华盛顿邮报》（*The Washington Post*）、美国有

---

① 这里指的是罗斯和著名犹太评论家欧文·豪（Irving Howe）的一段公案。豪曾在罗斯发表第一部小说后对他赞许有加，却将《波特诺伊的怨诉》斥为粗鄙。此事对罗斯影响很深，以至于他在《解剖课》（*The Anatomy Lesson*）里塑造了假正经的米尔顿·阿培尔（Milton Appel）一角作为回应。

线电视新闻网（CNN）、英国广播公司（BBC）等英美主流媒体纷纷刊发讣告，并高度评价了他作品的价值及其在当代美国文坛的地位。《纽约客》（*The New Yorker*）网站上还专门刊登了一系列纪念罗斯的文章，当代文坛新秀作家扎迪·史密斯（Zadie Smith）、妮可·克劳斯（Nicole Krauss）等都纷纷撰文回忆与罗斯的相处经历，并承认自己从他的写作中汲取养分。《纽约时报》（*The New York Times*）的讣告更将他称为“卓越的作家”（towering novelist）[①]。评论家希勒尔·伊塔利（Hillel Italie）认为“他属于那些与诺贝尔文学奖失之交臂的最伟大作家之一”[②]。很多人都为这颗诺贝尔文学奖的遗珠扼腕叹息，虽然他最终也没有机会登上斯德哥尔摩的领奖台，但真正伟大的作家也不一定需要诺贝尔奖的加持，他的作品足以让他在美国文学史上占据一席位置。

在罗斯长达半个多世纪的创作生涯中，他共发表了 32 部著作，其中包括 30 部小说和 2 部评论谈话集，并斩获了几乎所有重要的文学奖项。他曾凭借《再见吧，哥伦布》和《萨巴斯剧院》（*Sabbath's Theater*, 1995）两次获得“美国国家图书奖”（1960, 1995）。以罗斯为主人公的《反生活》（*The Counterlife*, 1986）和《遗产：一个真实的故事》（*Patrimony: A True Story*, 1991）使他得以分别于 1987 年和 1992 年问鼎“美国国家图书评论奖”。随后，他凭借《夏洛克行动》（*Operation Shylock*, 1993）、《人性的污秽》（*The Human Stain*, 2000）和《凡人》（*Everyman*, 2006）分别三次获得“国际笔会/福克纳文学奖”（1993, 2001, 2007）。1997 年出版的《美国牧歌》（*American Pastoral*）更使他获得了当年的“普利策奖”。2011 年“布克国际文学奖”（Man Booker International Prize）评委会将奖项颁给了罗斯，理由是“他的想象不仅重新塑造了我们关于犹太身份的观念，而且还让小说重新获得了活力，不仅是就美国小说而言，而是指所有的小说”。

罗斯出生于新泽西州纽瓦克市一个中产阶级的第二代犹太移民家庭。父亲赫尔曼·罗斯（Herman Roth）在大都会人寿保险公司担任保险推销员，靠微薄的收入维持一家人的生计。虽然罗斯小说中的家庭内部充满了不和谐的因素，

---

① “Philip Roth, towering novelist who explored lust, Jewish life and America, dies at 85.” 2018. https://www.nytimes.com/2018/05/22/obituaries/philip-roth-dead.html.

② “Philip Roth, fearless and celebrated author, dies at 85.” 2018. https://apnews.com/33a855d58b8f44a6ae9426ca045e61b6. 本书中所有的英文引文如未标注都为作者自译。

但作者本人却出生在一个幸福的四口之家。尽管他们的家境并不宽裕，但罗斯和哥哥自幼受到父母的关爱，这可以在他的自传性作品《事实：一个小说家的自传》（*The Facts: A Novelist's Autobiography*, 1988）中找到佐证。依照罗斯的小说和散文的叙述，他自小是个品行良好的犹太年轻人（the nice Jewish boy），这与他小说里的犹太坏男孩形成了对比。罗斯曾就读于当时颇为有名的威奎依克高级中学（Weequahic High School），学习成绩优良，未满 16 岁就以优异的成绩从中学毕业。由于经济原因以及当时的常青藤名校对犹太人的排斥，罗斯退而求其次，选择就读于离家不远的罗格斯大学纽瓦克分校（Rutgers University at Newark）。可是，处于青春期的罗斯独立人格日益形成，并与严格信奉犹太传统的父亲产生了冲突，这促使他一年后转学到位于宾夕法尼亚州的巴克内尔大学（Bucknell University），那里距离纽瓦克市有 7 个小时的车程。在这里，罗斯开始真正意义上的独立生活，他参加不同的兄弟会，结识了一些志同道合的朋友，一起创办《等等》（*Et Cetera*）杂志并担任主编工作，他的第一篇短篇小说便是在这个时期发表的。罗斯的这段经历反复出现在他的创作里，读者甚至还能在 2008 年的小说《愤怒》（*Indignation*）①里依稀看到作者当年在巴克内尔大学求学时的经历。大学毕业后，罗斯拿到了奖学金，前往芝加哥大学学习并获得了硕士学位。此后，他还有一段从军的经历，后因背部负伤退役回到芝加哥大学担任教员，并继续攻读英语文学博士学位，但罗斯最终放弃攻读学位，转而专心授课和写作。除了芝加哥大学，罗斯还曾在艾奥瓦大学、宾夕法尼亚大学等校任教，并担任《纽约客》等杂志的编辑。

罗斯作为一名作家从事文学创作已逾 50 年，创作了许多内容不同、风格迥异的作品。尽管如此，通过历史地梳理他的作品还是能看出他在主题和风格上的变与不变。本书以罗斯不同时期的创作主题为依据，试图将他长达半个多世纪的创作生涯大致分为三个阶段。需要指出的是，这种为了理论观照的便利而划分的各个阶段的主题并不是排他性的和绝对的，他在不同时期的作品所表达的主题一定存在着某种程度的重合，同一作品所表达的主题也不是单一的。罗斯作为第二代

① 《愤怒》讲述的是朝鲜战争期间，犹太男孩马克斯在俄亥俄州的温斯堡学院的一段经历。马克斯是无神论者，拒绝参加教堂的活动，并雇了一名学生顶替他，最后被校方惩罚。马克斯拒绝履行校方的惩罚，最终导致了他被学校开除，之后他被征兵派上朝鲜战场并最终死在朝鲜。

犹太移民漫长的犹太主题创作时期从 20 世纪 50 年代末一直延续到 80 年代，此阶段的小说主要以对犹太身份和犹太性的呈现和反思为主。1959 年罗斯的第一部作品《再见吧，哥伦布》一经出版就获得了各方关注，并得到很多文学大家的称许。罗斯最为推崇的犹太作家贝娄赞誉 26 岁的罗斯为“有技巧、机智和有活力的演奏大师”（转引自 Hyman 7），著名文学批评家豪则称罗斯具有很多作家终身追寻的品质——“独特的（叙事）声音、确切的节奏和显著的主题”（转引自 Hyman 7）。《再见吧，哥伦布》由同名的中篇小说和 5 个短篇小说组成。中篇小说《再见吧，哥伦布》描述了尼尔（Neil）和布兰达（Brenda）两个年轻人的情感纠葛，反映出美国犹太人对美国文化或接受或拒斥的观念以及造成的截然不同的后果。在他拷问犹太人伦理道德问题的同时，犹太人的同化问题也成为贯穿罗斯早期写作生涯的主题之一。随后罗斯又陆续出版了《随波逐流》（*Letting Go*, 1962）和《当她好的时候》（*When She Was Good*, 1967），但反响平平。罗斯 1969 年出版的《波特诺伊的怨诉》让他声名鹊起，然而书中出现的有关性的描写也使他成为以禁欲和克己而闻名的犹太社区的众矢之的，罗斯甚至被称为“犹太逆子”（Wisse 317）。然而，罗斯依然凭借这本书跻身文化名人之列，此书上百万的发行量就是很好的例证。其间，罗斯也尝试过其他题材的小说，但未引起大的关注。他的政治讽刺小说《同流合污》（*Our Gang*, 1971）对美国社会进行批判，小说人物戏谑地指涉时任美国总统的尼克松。《乳房》（*The Breast*, 1972）中的主人公大卫·凯普什（David Kepesh）则变形成了一个巨大的乳房，这被视为罗斯向尼古莱·瓦西里耶维奇·果戈理（Nikolai Vasilievich Gogol）和荒诞大师弗朗茨·卡夫卡（Franz Kafka）致敬的作品，现代人的生存危机和人存在的荒诞性在小说中展露无遗。

在他的犹太主题创作时期，罗斯思考“犹太作家如何将自己的写作与犹太民族文化以及利益相结合的问题”（乔国强 473），创作了“祖克曼三部曲”[包括《鬼作家》（*The Ghost Writer*, 1979）、《解放的祖克曼》（*Zuckerman Unbound*, 1981）、《解剖课》（*The Anatomy Lesson*, 1983）]，以及中篇小说《布拉格的狂欢》（*The Prague's Orgy*, 1985）。《鬼作家》讲述的是初出茅庐的青年作家内森·祖克曼（Nathan Zuckerman）找寻访问前辈作家 E. I. 洛诺夫（E. I. Lonoff）的故事。关于“鬼作家”究竟是指以洛诺夫为代表的前辈作家，还是《安妮日记》（*Anne Frank: The Diary of A Young Girl*, 1942—1944）的作者安妮·弗兰克（Anne Frank），或者是祖克曼本人，评论界对此莫衷一是。随后出版的《反生活》是罗斯创作生涯的一个转折点，在这本书里他开始尝试后现代的写作技巧，多重叙事声音、非线性叙事等都是这部小说的重要特征。

创作于 20 世纪 90 年代的一系列小说可归入罗斯创作的第二阶段——美国主题创作时期。罗斯在旅居英国多年后重新回到美国，并开始将视野转向美国本土的文化和历史。在短短十年内，罗斯发表了《夏洛克行动》、《萨巴斯剧院》和“美国三部曲”[《美国牧歌》、《我嫁给了共产党人》（*I Married a Communist*, 1998）和《人性的污秽》]。这一时期其小说写作技巧的实验色彩逐渐减少，罗斯更多地采用写实的手法来再现历史和人物，同时又采用了大量意识流和闪回的技巧来再现人物的内心活动和对过去的记忆。这种现实主义和后现代主义结合的写作方式被一些中国学者（如罗小云）定义为“新现实主义”（Neo-Realism）。罗斯对第二次世界大战（后文简称“二战”）之后美国历史的精准呈现以及对美国国民心理的描摹成为更吸引读者注意的题材。

时间进入千禧年，此时罗斯已是年届七旬的老人。随着年龄的增长，他的创作风格和主题发生了较大的转变，这也标志着罗斯晚期创作的到来。《垂死的肉身》（*The Dying Animal*, 2001）属于“欲望三部曲”①的完结篇，是主人公大卫·凯普什回忆与女学生康秀拉·卡斯蒂洛（Consuela Castillo）的一段忘年恋。《凡人》是一个没有姓名的叙述者对自己一生的回顾和忏悔，而最后一部小说《罪有应得》（*Nemesis*, 2010）里的主人公作为一位备受尊敬的中学体育教师，在瘟疫来袭时却舍弃他的学生远避他方。尽管如此，他还是没能逃过小儿麻痹症的魔爪，而且后半生都在为自己的临阵脱逃感到良心不安。罗斯这个时期的小说人物的族裔或民族身份逐渐淡化。面对衰老、疾病和死亡的步步逼近，主人公转向过去探索人存在的意义，讨论超越族裔和民族的人性之幽暗或良善。

自 1959 年出版第一部作品到 2010 年发表最后一部小说，罗斯早已从一个初出茅庐的犹太作家成长为一个严肃的经典美国作家。在这个经典化的过程中，文学评论家功不可没。50 多年间，美国社会发生了巨大的变化。20 世纪 50 年代的

① 罗斯的“欲望三部曲”包括《乳房》、《欲望教授》（*The Professor of Desire*）和《垂死的肉身》三部小说。

美国被经济学家约翰·肯尼斯·加尔布雷斯（John Kenneth Galbraith）称为“丰裕社会”（the affluent society）①，此时财富迅速积累，中产阶级迅速崛起。然而，在20世纪60年代至70年代的美国，各种社会矛盾激化，战争、反战运动、民权运动等频发。当越南战争的硝烟散尽，美国国内各类激进运动偃旗息鼓，以前参与暴力活动的激进分子甚至主动投案，人们开始重新反思这段过去。随着共和党领袖罗纳德·里根（Ronald Reagan）上台，在他所推行的新保守主义思想的影响下，美国社会日趋保守。罗斯的创作在很大程度上反映了他所处的社会历史环境和文学环境的变迁。始于20世纪60年代末的罗斯研究也随之历经了批评态度的转变和主题的转向。引起这些变化的原因是多方面的，美国社会这几十年间发生了显著的变化，越南战争、冷战、学生运动、民权运动、犹太人的融合导致了美国社会价值观念的变化，这使得评论家以更加宽容的态度来看待罗斯的作品。罗斯本人的成长和经历也使他的小说题材发生了转变，随之带动评论家评论风向和态度的改变。

现阶段国外研究罗斯的成果可谓硕果累累，从约翰·N. 麦克丹尼尔（John N. McDaniel）1974年的第一部罗斯评论集至今，共有20多本评论专著、10部评论集、5期期刊专题研究问世，硕博论文②和期刊文章更是不计其数，阐释视角既涉及罗斯小说表现出来的身份、创作主题、文体等内容，也关注罗斯传统和后现代混杂的创作风格和虚实相间的创作手法，还有评论者将其放入更广阔的文学传统中加以考察，这些研究成果一同促进了罗斯研究的繁荣。

幽默、讽刺的艺术是犹太文学的一大特点，也是罗斯研究关注的焦点之一。罗斯在接受美国作家乔伊斯·卡罗尔·欧茨（Joyce Carol Oates）采访的时候说道：“十足的游戏性和极度的严肃性（sheer playfulness and deadly seriousness）是我最亲密的朋友。”（Searles 98）在以往的研究中，诸多学者花费了很多的笔墨来探

---

① “丰裕社会”这个词来自加尔布雷斯1958年出版的同名专著《丰裕社会》（*The Affluent Society*），作者认为二战后美国已经摆脱了贫困社会的种种问题。他认为美国虽然已成为物质极为丰富的丰裕社会，但仍存在着种种缺陷：第一，生产者主权代替了消费者主权，即生产者主宰了消费者；第二，过分强调物质至上，把物质产品的增多等同于幸福；第三，严重的收入分配不平等。强调财富发展的同时要注意社会均衡发展，提出效率与社会公正的平衡力量（countervailing power），政府要提供住房、教育、交通和社会福利等公共产品。

② 截至2020年8月，在国际权威的英文论文网站ProQuest Dissertations and Theses（PQDT）上的搜索结果显示，自1969年以来在以英语为母语的国家里，共有130篇硕博论文（其中博士论文20篇）涉及罗斯及其作品。

讨罗斯小说的喜剧、幽默、讽刺等游戏性写作，也有一些学者讨论罗斯喜剧背后严肃的道德思考。早在 1975 年，桑福德·品斯克（Sanford Pinsker）在其评论专著《“嬉闹”的喜剧：菲利普·罗斯小说评述》（*The Comedy That "Hoits": An Essay on the Fiction of Philip Roth*）里便注意到“罗斯刻薄嘲讽的公共维度和自我贬抑的私人维度之间的交融”（3）。在朱迪斯·帕特森·琼斯（Judith Paterson Jones）和格尼维尔·A. 南斯（Guinevera A. Nance）合著的《菲利普·罗斯》（*Philip Roth*, 1981）一书中，他们看到罗斯的讽刺试图揭示出“美国社会的反常”（129）。有学者在其博士论文中注意到在希腊文学和犹太文学中，玩笑成为处于劣势的人们对抗外部权力的工具（Azen and Primack 15）。凯瑟琳·安妮·斯特莱普（Katharine Anne Streip）则试图建立马塞尔·普鲁斯特（Marcel Proust）、简·里斯（Jean Rhys）和罗斯作品里所展现的愤懑和幽默之间的联系。当罗斯的幽默变得愈发超现实和令人困扰的时候，它超越日常生活而直指现代灵魂的隐秘和阴暗处。本·赛格尔（Ben Siegel）和杰·L. 哈里欧（Jay L. Halio）主编的评论集《游戏和严肃：喜剧作家罗斯》（*Playful and Serious: Philip Roth as a Comic Writer*, 2010）涵盖了从罗斯早期直至 2008 年出版的《愤怒》的主要作品，时间跨度较大，同时也涉及了幽默的许多形式。评论家们看到了罗斯喜剧形态多年来的变化，早期作品《波特诺伊的怨诉》显示出愤怒而滑稽的喜剧风格，而后来的《人性的污秽》具有更加深刻的喜剧元素，他近期的小说更是融悲剧和喜剧为一体。罗斯作品中喜剧和悲剧交织的特点，加上自我贬抑的模式，正是犹太幽默的核心。甚至有评论家将《萨巴斯剧院》里的米奇·萨巴斯（Mickey Sabbath）与莎士比亚笔下的小丑式人物福斯塔夫（Falstaff）相比较[①]。伊莱恩·B. 萨福尔（Elaine B. Safer）将罗斯放在犹太幽默传统和 19 世纪犹太喜剧的大背景下，与其他的滑稽作家（comic writer）比较，并将滑稽小说与后现代元小说、自传体小说等小说文类进行比较和区分。萨福尔的《讥讽时代：菲利普·罗斯的后期小说》（*Mocking the Age: The Later Novels of Philip Roth*, 2006）聚焦罗斯的后期小说（从《鬼作家》到《反美阴谋》（*The Plot Against America*），追溯罗斯喜剧风格的来源。萨福尔注意到《美国牧歌》之后，罗斯的

---

① 有关萨巴斯和福斯塔夫的比较，详见 Peter Scheckner, "Roth's Falstaff: Transgressive Humor in *Sabbath's Theater*," pp. 220-35.

小说中喜剧的基调变得灰暗，并且逐渐被荒诞和悲剧色彩所替代。在萨福尔看来，罗斯的喜剧是与后现代对语言和身份的质疑这个大语境密切相关的。但是萨福尔有“唯喜剧论”的倾向，事实上在罗斯的最后一部小说《罪有应得》中，读者几乎看不到这种幽默的元素。

除了罗斯作品中的幽默元素，学界对罗斯作品的讨论还常常集中在追溯影响他创作的源头上。美国评论家哈罗德·布鲁姆指出，在前辈诗人影响下的强者诗人往往处于“影响的焦虑”（anxiety of influence）之中，后辈作家只有试图通过父子相争式的博弈来取得自己在诗坛上的地位。罗斯也正是这样一位在人才辈出的美国文坛中求生存和发展的小说家。作为犹太作家，他处在卡夫卡、艾萨克·巴什维斯·辛格（Issac Bashevis Singer）、贝娄、马拉默德等伟大犹太作家的阴影之下，远至纳撒尼尔·霍桑（Nathaniel Hawthorne）、马克·吐温（Mark Twain）、亨利·詹姆斯（Henry James），近到他同时期的约翰·厄普代克（John Updike）、诺曼·米勒（Norman Miller）的美国作家都使他处于“影响的焦虑”之中。

尽管罗斯处于大师们的“影响的焦虑”中，但他更多的是从这些作家的写作中汲取养分。罗斯在20世纪70—80年代曾主编了一套企鹅出版社名为“另一个欧洲”（The Other Europe）的丛书，介绍东欧作家，其中包括布鲁诺·舒尔茨（Bruno Schulz）、米兰·昆德拉（Milan Kundera）等。罗斯本人也曾多次造访彼时捷克斯洛伐克的首都布拉格，这也不止一次被记录在他的小说中。随后的访谈录《行话》（*Shop Talk*）里记录了罗斯与许多欧美作家如普里莫·莱维（Primo Levi）、阿哈伦·阿佩尔菲尔德（Aharon Appelfeld）、辛格等就小说创作展开的深度对话和交流。

与罗斯创作最具亲缘性的无疑是同为美国犹太人的辛格、马拉默德和贝娄。评论家格伦·米特（Glenn Meeter）在《伯纳德·马拉默德与菲利普·罗斯：一部批判性作品》（*Bernard Malamud and Philip Roth: A Critical Essay*, 1968）一书中比较了两个作家的异同。米特认为，被称为“犹太浪漫主义者”的马拉默德和罗斯虽然在写作方法上有较大差异，但他们“创造了有巨大价值的美国小说……他们的作品也避免了美国被完全世俗化”（Meeter 45）。罗斯在他的散文集《阅读自己和他人》（*Reading Myself and Others*，1975）中还讲述了他与马拉默德的过往，也评论了贝娄的几部小说。乔治·J. 塞拉斯（George J. Searles）在《菲利普·罗斯和约翰·厄普代克的小说》（*The Fiction of Philip Roth and John Updike*, 1984）一书中，将美国当代文坛上两位声名显赫的作家进行了比较。塞拉斯看到了两位作家在种族身份、家庭关系、个人道德责任和罪感、性和爱等方面的相似之处（3），同时也注意到他们各自不同的族裔传统不仅影响了他们创作的主题，也对他们的创作技巧有一定的影响。塞拉斯认为两位作家最大的不同在于视角，厄普代克采用更加广阔的社会方法，而罗斯则更加注重描述人物的自我内省。因此，罗斯更多采用的是第一人称自传叙述，而厄普代克则倾向于用第三人称叙事。

罗丝·珀斯尼克（Ross Posnock）在《菲利普·罗斯的真实面目：不成熟的艺术》（*Philip Roth's Rude Truth: The Art of Immaturity*, 2006）一书中将罗斯置于美国文学和欧洲文学的更大文学现实主义传统之中，创造性地建立起罗斯与拉尔夫·瓦尔多·爱默生（Ralph Waldo Emerson）、沃尔特·惠特曼（Walt Whitman）、亨利·詹姆斯、费奥多尔·米哈伊洛维奇·陀思妥耶夫斯基（Fyodor Mikhailovich Dostoevsky）、米兰·昆德拉等一批文学前辈和同辈作家的联系。正如作者在前言里所解释的那样，“不成熟的艺术”不仅是“一个主题，还是和小说本身一样古老的一种文学实践和文学策略，让人想起那场堂吉诃德与现实之间幼稚的争辩”（xii）。珀斯尼克将罗斯定义为“反抗的现实主义者、世界的地方主义者”（xiv），并考察了罗斯的创作与现实主义、现代主义写作传统的关系，认为作者采用游戏的方式来颠覆传统。珀斯尼克认为罗斯在写作生涯伊始，就和许多战后作家一样面临一个尴尬的处境，即作为族裔他者如何进入主流白人（White Anglo-Saxon Protestant，WASP）文化和主流美国文学世界，同时不被同化成为白人文化的奴隶。罗斯的不成熟性主题与整个美国文艺复兴以来的反笛卡儿主义历史密切相关。不成熟性成了对抗启蒙宣扬的统一、确定、终极的成熟手段，拒绝统一的主体性。贝弗利·爱德华兹（Beverly Edwards）的论文《被缚的祖克曼：迷宫中的艺术家》（“'Zuckerman Bound': The Artist in the Labyrinth（Philip Roth）”, 1987）以《鬼作家》《解放的祖克曼》《解剖课》《布拉格的狂欢》四部作品为研究对象，探讨罗斯对艺术家的真实刻画以及他对美国小说传统的借鉴。

维莉卡·D. 伊万诺娃（Velichka D. Ivanova）主编的《菲利普·罗斯和世界文学》（*Philip Roth and World Literature: Transatlantic Perspectives and Uneasy Passages*, 2014）将罗斯的小说放在一个更为宽广的跨大西洋视角下考量跨大西洋“大陆、

文学传统和批评声音之间的动态运动”（15）。全书共四个部分，考察罗斯与其他作家的文学联系。在第一部分里，评论家们试图重新评估美国作家和美国理念对罗斯的影响；第二部分考察19世纪末至20世纪初欧洲文学作家，如安东尼·契诃夫（Anton Chekhov）、伊塔洛·斯韦沃（Italo Svevo）等对罗斯的影响；第三部分则集中在罗斯钟爱的“布拉格神话”，从中可以看到卡夫卡、亨利·詹姆斯等的影子；第四部分把关注点转移到西欧和世界文学，把罗斯作品与中世纪文学、欧洲的修辞传统联系起来。关于文学中真实与虚构的关系以及两者之间的界限的论述由来已久，评论家对罗斯小说中“写作和非被书写世界的关系”（*RMO* xi）这一话题的探讨也从未停止。在长达半个多世纪的创作中，罗斯的创作手法多变，且他一直在有意识地抗拒评论家加诸在他身上的诸如“后现代作家”等标签。这跟罗斯自身的写作特点有关，他曾经创作了《事实：一个小说家的自传》等类似自传的作品，因此被称作“自传小说家”（Brauner 9），但又在开头或结尾处加入与虚拟人物祖克曼的对话。在大卫·布罗内尔（David Brauner）看来，尽管罗斯小说的文体和内容十分多样，但是它们的叙事声音始终如一——“无关却热切、质询却权威、细腻而微妙却有力而热烈；最重要的是人物采用了强迫的、强制的、咄咄逼人的口吻”（2）。

萨福尔认为罗斯小说中真实和想象交融，“他（罗斯）聪明地颠覆了对现实主义叙事的固有期待……他运用的令人迷惑的语气和视角的转换、破碎化的情境、有着多重矛盾人格的人物和代理叙述者”，是一种“想象和现实交织的模式”（Safer, *Mocking the Age* 25）。哈里欧和赛格尔合编的评论集《火焰燃起：菲利普·罗斯后期小说研究》（*Turning Up the Flame: Philip Roth's Later Novels*, 2005）以罗斯后期小说（从《欺骗》到《垂死的肉身》）对现实和虚构的模糊性为共同的关注对象，探索罗斯小说中的身份、美国文化历史等问题。赛格尔在《阅读菲利普·罗斯：事实与幻象，小说与自传》（“Philip Roth: Facts and Fancy, Fiction and Autobiography”）一文中看到真实和非真实之间的相互影响。玛格丽特·史密斯（Margaret Smith）认为自传是罗斯的一个“叙事策略”（100），作者罗斯将自传性的事实融入小说之中，并将想象转化成为叙述。汉娜·沃斯-内谢尔（Hana Wirth-Nesher）在《罗斯的自传书写》（“Roth's Autobiographical Writings”）一文中，主要以《遗产：一个真实的故事》《事实：一个小说家的自传》《反美阴谋》三个自传性的文本为研究对象，探讨作者与读者、个体身份和集体身份之间的互动关系，认为罗斯的自传是作者作为艺术家在犹太等主体身份限制内的自由表达（171）。

对罗斯创作手法的讨论体现了50多年来西方当代文坛上现实主义与后现代主义的分野。麦克丹尼尔、希尔斯等学者将罗斯称为“社会的现实主义者”，而其他学者如斯蒂芬·韦德（Stephen Wade）、罗伯特·M. 格林伯格（Robert M. Greenberg）和萨福尔因为罗斯的“后现代自我观念”、元小说等特征而将其归为后现代主义作家的序列之中。然而，布罗内尔不同意将罗斯小说这样简单地进行归类，他认为罗斯小说兼具后现代和现实主义特征。布罗内尔也注意到了其自我指涉的后现代小说的方面，他也看到作者小说“文类的混杂性和文体的含混性”（Brauner 51）。

简·斯塔兰德（Jane Statlander）的《菲利普·罗斯的后现代美国罗曼司：评论文集》（*Philip Roth's Postmodern American Romance: Critical Essays on Selected Works*, 2011）一书认为罗斯创作一方面沿袭了以欧文·豪、霍桑等为代表的美国小说罗曼司传统，另一方面也结合了后现代主义自我指涉、不确定性等特征。在斯塔兰德看来，历史性和虚构性、理性和非理性，以及过去历史的连续性与个体主体和随之带来的断裂和张力共同构成了罗斯小说罗曼司的特征（9-11）。

身份是罗斯研究的一个重点，因为罗斯对身份问题的关注贯穿了他写作生涯的始终。评论家对罗斯作品中所表现出的身份问题也历经着从犹太身份到美国身份的转变，这种转变与他写作主题的变化密切相关。学界对罗斯早期作品的讨论主要集中在对他犹太身份的再现和态度的探讨之中。虽然罗斯对“犹太美国作家”的称谓不以为然，并声称自己不过是“出生在犹太家庭的美国作家”，但是作为一个犹太裔的美国作家，他始终无法摆脱自己犹太人的身份。除了少数作品之外，罗斯的小说大多以犹太人为主人公，反映犹太人的生活境遇，因此犹太身份和犹太性始终是研究罗斯小说绕不开的话题，评论家们也常将罗斯的小说放在犹太传统这个宏观语境里讨论。[①]犹太性是一个无所不在的主题，犹太性是“问题、负担、力量的源泉，通常也是欢笑之源。这种欢笑来自试图对犹太性的否认、承认甚至

① 艾比·普兹·卡佩罗维兹（Abbey Poze Kapelovitz）探讨了20世纪美国犹太小说中的母亲的形象，详见Abbey Poze Kapelovitz, “Mother Images in American-Jewish Fiction (20th Century)”；伊扎克·巴摩尔（Yitzhak Barmor）则将美国犹太文学的父亲形象作为其研究对象，详见Yitzhak Barmor, “The Father Figure in Jewish-American Literature”.

选择”（Safer, *Mocking the Age* 3）。在罗斯写作的早期，他小说中的犹太性引发了众多争议。默里·鲍姆加登（Murray Baumgarten）和芭芭拉·戈特弗莱德（Barbara Gottfried）在其所著的《理解菲利普·罗斯》（*Understanding Philip Roth*, 1990）中认为，罗斯的犹太性是一个“至关重要的状态”（86），同时他们也注意到罗斯小说中呈现的犹太性的复杂性。阿兰·库珀（Allan Cooper）在《菲利普·罗斯和犹太人》（*Philip Roth and the Jews*, 1996）中重点讨论了罗斯和犹太传统的关系，他追溯了犹太人对罗斯作品接受的过程以及犹太性在其创作中的地位。库珀从家庭背景、社会、历史等方面分析了罗斯独特犹太观的成因，极力为罗斯所遭受的犹太社区的指责加以辩护，并试图纠正读者对他作品中犹太问题的误读。

德布拉·肖斯塔克（Debra Shostak）看到的是罗斯通过不同文本间的对话揭示出来的多重自我和“身份的伦理、认识论和主体的维度”（4）。这种观点其实在罗斯的《阅读自己和他人》中就已经提及，罗斯认为自己的作品是“以前的小说、现在没有消化的个人历史、当下的日常生活环境和正在读和教的书籍之间的相互影响（interplay）”（*RMO* 112-3）。肖斯塔克认为罗斯近期小说中主要采用对话的形式来相互指涉，“这些作品作为反文本（countertexts）以互相启发的方式进行对话，按照态度、信仰、个性、文类或语气等对立或移置的再现构想，从一种再现自我问题的方式迂回到另一种方式”（3）。小伯纳德·F. 罗杰斯（Bernard F. Rodgers, Jr.）的评论集《菲利普·罗斯》（*Philip Roth*, 1978）也试图探求罗斯 1959 年以来出版的小说之间相互影响的元素。大卫·汉密尔顿·斯坦利（David Hamilton Stanley）在其论文《美国自传体小说中的多重自我》（“Multiple Selves in American Autobiographical Fiction”, 1980）中提到，自传体小说通过将个人经验投射到文学形式中来探索美国式的自我和个人主义。该论文涉及的美国自传体小说传统的时间跨度较大，罗斯作为美国自传体小说的传统的继承者，他的小说表现出的主要特点是自我指涉与自传叙事之间的游戏性。

罗斯作为一名犹太作家，他作品中有关大屠杀[①]的书写受到一些学者的关注。

---

① 本书中所指的大屠杀（Holocaust），特指纳粹德国在二战中对以犹太人为主的欧洲民众实施的暴行。有些犹太学者认为“大屠杀”出自希腊语的 holocaust 一词，指用火焚烧的祭祀仪式，把犹太苦难比作祭祀不恰当，因此犹太人更倾向于使用希伯来语中指“大灾难”的世俗术语 shoah 来指代纳粹大屠杀。详见 Peter Novick, *The Holocaust in American Life*, New York: Houghton Mifflin, 1999, p. 193.

在《思考菲利普·罗斯：美国作家的集中营的世界》（*Philip Roth Considered: The Concentrationary Universe of the American Writer*, 2000）一书中，斯蒂文·米洛维兹（Steven Milowitz）极力说明大屠杀对罗斯写作的重要性。在他看来，“大屠杀及其对 20 世纪美国社会的影响是一个萦绕在（罗斯）心里的核心问题”（Milowitz ix）。米洛维兹的“集中营的世界”（the concentrationary universe）不仅指纳粹的监禁和屠杀，更是指这个史无前例的罪恶带来的社会变化，如人们的悲观绝望和信仰的缺失（2）。一些评论家指出罗斯和其他一些作家在呈现大屠杀这个事实碰到困难的时候，选择了一种非直接的呈现方式，以此来“对缺失的他者承担责任”（Ravvin, “Countering the Concentration Camp World” ii）。迈克尔·罗斯伯格（Michael Rothberg）通过彼得·诺维克（Peter Novick）的《美国生活中的大屠杀》（*The Holocaust in American Life*, 1999）一书中所依据的历史分段，将罗斯的小说置于美国犹太人对大屠杀的态度逐渐转变的历史语境之中。他批评诺维克忽略了文学和艺术作品对大屠杀的回应，一方面认为罗斯在诺福克所说的大屠杀之所以在美国犹太人中取得了核心地位，是因为它用受害者的地位为自己在美国争取了有利的地位；另一方面，罗斯在其作品中讽刺了这种身份政治，并认为大屠杀的记忆要比诺维克的单线条叙事更丰富。因此，罗斯伯格认为罗斯“回应并重写了诺维克所表明的各个阶段的犹太意识”（Rothberg 54）。

“美国梦”也是学者在讨论“美国三部曲”时会被提及的话题之一。布罗内尔的“美国三部曲”中的田园叙事和反田园叙事不仅仅是小说的模式，而且是“两个不可调和的世界观”（Brauner 149）。田园对于罗斯来说是个“非历史的、乌托邦式的梦想世界，人们与自然和谐相处”，而在反田园的世界里，个人臣服于历史的力量，这种力量让他与自然、他人和自我产生冲突。在布罗内尔看来，这两者之间不可逾越的鸿沟将“美国三部曲”中的主人公撕裂。布罗内尔看到“美国自我塑造的个人与成功同化进入美国社会的移民梦”与“美国社会流动的局限性和超越社会环境的不可能性”（Brauner 151）之间的悖论。

半个多世纪以来，罗斯研究历经批评态度的转变以及主题的转向。罗斯的个人经历也使他的小说题材发生了转变，随之带动评论家的评论风向的改变。作家本人的创作也一定程度上受到评论界的观点和文学理论趋势的影响。同时，美国社会先后经历越南战争、冷战、学生运动、民权运动、犹太人的同化，由此带来社会价值观念的变化等使得评论家以更加宽容的态度来对待罗斯的作品。近年来，罗斯评论呈现出更加多元化和跨学科的趋势，如克劳迪娅·F. 布鲁威乐（Claudia F. Brühwiler）在《菲利普·罗斯小说中的政治启蒙》（*Political Initiation in the Novels of Philip Roth*, 2013）中结合政治学、文学理论与人类学，探讨罗斯小说如何帮助读者理解个人发展自己的政治认同的方式。在《菲利普·罗斯：小说和权力》（*Philip Roth: Fiction and Power*, 2014）一书里，帕特里克·黑尔斯（Patrick Hayes）讨论了罗斯通过写作探索后尼采式评判文学的方式。简言之，国外的罗斯研究覆盖面较广，突破单一的作品和主题研究局限，积极寻求跨学科发展，这些都值得中国的罗斯研究学者借鉴。

相比国外的罗斯研究，中国对罗斯的译介开始较晚，肇始于 20 世纪 80 年代对其作品一些介绍性的书评。陆凡于 1980 年发表在《文史哲》上的《菲利普·罗斯新著〈鬼作家〉评介》是国内发表最早的一篇评论。她认为 1979 年连载在《纽约客》上的《鬼作家》运用"叙述、倒叙、回忆、幻想、内心独白、潜台词等等多种艺术手法，几乎提出了美国犹太文学中全部主要的传统主题"（32）。之后有关罗斯小说的书评陆续见诸《读书》等期刊报端，如冯亦代就曾为《事实：一个小说家的自传》《遗产：一个真实的故事》《夏洛克行动》等小说撰写过书评。国内关于罗斯的小说译本最早是 1987 年由四川人民出版社出版、董乐山翻译的《鬼作家》。不久，《再见吧，哥伦布》（1988）、《反生活》（1988）、《我作为男人的一生》（*My Life as a Man*，1992）三部小说的中译本相继与中国读者见面。翻译工作的力度也随着罗斯逐渐被中国的评论界和广大读者所熟知而加大。2006 年以来，《遗产：一个真实的故事》（2006）、《凡人》（2009）、《美国牧歌》（2004）、《垂死的肉身》（2010）、《乳房》（2010）、《我嫁给了共产党人》（2011）和《人性的污秽》（2011），甚至连评论集《行话》（2010）也被翻译出版。上海译文出版社筹划决定出版菲利普·罗斯的全集，包括大约 30 种书目，并在 2018 年罗斯去世后应景地推出了他的 8 部祖克曼小说，预计 2024 年之前出齐他的所有作品。《新编美国文学史》（第四卷）将罗斯视为新一代犹太小说家的杰出代表，并介绍了罗斯《垂死的肉身》之前的主要作品。乔国强在《美国犹太文学》（2008）里对罗斯的作品分时期进行了简要论述。

国内的罗斯研究的学术论文数量呈递增趋势，其中不乏见解独到的优秀成果。

国内评论最主要集中在对罗斯族裔身份的探讨上，薛春霞的《论菲利普·罗斯作品中美国化的犹太性》讨论了罗斯犹太人和美国人的双重身份。管建明的《对立生活版本的并置与犹太文化身份的探寻——评菲利普·罗思[①]的小说〈反生活〉》认为小说《反生活》中呈现出不同生活的对立，体现了作家对犹太文化身份追求的多维度思考。研究者对罗斯的创作手法的分析主要集中在从叙事学角度阐述他的小说，如林莉的《论菲利普·罗斯小说〈鬼退场〉的叙事策略》、张生庭和张真《〈朱克曼〉[②]三部曲的叙述学阐释》等。新现实主义是国内研究者总结的罗斯20世纪90年代以后小说研究的新方向，罗小云、苗媛、崔化等[③]都是从这个角度就具体文本进行分析的。截至2019年底，国内以罗斯作品为研究对象的博士学位论文共有约20篇，分别聚焦族裔身份、犹太性、新历史主义、罗斯对公共视域的关注以及越界书写等方面。[④]近年来，相关的硕士学位论文的数量也逐年递增，显示了国内学者尤其是年轻学者对罗斯研究的热情，本书限于篇幅不再赘述。到2019年底，国内罗斯研究专著共有9部，都是在作者的博士论文的基础上发展而来。第一本研究罗斯的专著是张生庭的《冲突的自我与身份的建构：菲利普·罗

① 即本书中的菲利普·罗斯。不同译者的译名有别，本书涉及他人著作时，以原文为准。

② 即本书中的"祖克曼"，不同学者的译名有别，本书统一为"祖克曼"；涉及他人著作时，以原文为准。

③ 参见罗小云：《〈夏洛克行动〉中内心探索的外化策略》，《当代外国文学》，2009年第3期，第96-104页；苗媛、崔化，《菲利普·罗斯"美国三部曲"的新现实主义解读》，《长春师范学院学报（人文社会科学版）》，2010年第1期，第134-7页。

④ 敬南菲的论文《出路，还是幻象：从〈应许之地〉、〈店员〉、〈美国牧歌〉看犹太人的美国梦寻》选取了玛丽·安亭（Mary Antin）的《应许之地》、马拉默德的《店员》和罗斯的《美国牧歌》三本小说，围绕"犹太人的美国梦"的主题，分析了不同时期美国犹太人的命运。朴玉的论文《于流散中书写身份认同——美国犹太作家艾·辛格、伯纳德·马拉默德、菲利普·罗斯小说创作研究》将罗斯置于美国犹太文学传统之中，挖掘辛格、马拉默德和罗斯等犹太作家建构文化身份的努力及其独特之处。曾艳钰的论文《走向后现代文化多元主义：从罗思和里德看美国犹太、黑人文学的新趋向》以后现代主义为切入点，考察罗斯和黑人作家伊什梅尔·里德（Ishmeal Reed）对各自美学传统的修正与创新、对各自文化历史的修正、对女权主义的反思以及其元小说的叙述技巧等方面来论述，认为两位作家构建的是多元主义的文化文本。林莉在论文《论菲利普·罗思后期小说的历史解读与文学话语》中用新历史主义的方法和文化唯物主义的观点探讨罗斯后期小说（1986—2007年）的历史解读和自我再现，分析小说人物的自我身份建构、对社会矛盾冲突的刻画及作品的后现代表现手法。胡蕾在博士论文《公共领域视野里的社会批评——菲利普·罗思小说研究》通过考察罗斯不同创作阶段对公共领域的关注，论述其社会批评策略和批评意识的发展变化，以表明罗斯是一个有社会批评意识和道德责任感的严肃作家。薛春霞的《论菲利普·罗斯作品中美国化的犹太性》展示了犹太性与其美国意识之间的冲突、矛盾和犹太身份的多元化的关系。金万峰的《菲利普·罗斯后期小说的越界书写研究》，考察罗斯后期小说的越界书写，从逾越和伸张两个越界的层面探析作者对后现代美国社会犹太人的精神困境的认知和处理方式。

斯〈被缚的朱克曼三部曲〉研究》。这本由博士论文整理出版的专著以“祖克曼三部曲”为研究对象，讨论小说中的人物以及作家本人的自我追寻之路。杨卫东的《身份的虚构性——菲利普·罗思的“朱克曼系列”中的“对立人生”》通过罗斯小说人物的“对立人生”来展现罗斯笔下的多重自我。具体来说，自我的丧失、模糊不定的种群身份（犹太性）和美国理想的双重性导致了人的多重自我。高婷的《超越犹太性：新现实主义视域下的菲利普·罗斯近期小说研究》着重研究新现实主义视域下的罗斯的近期小说，她探索了罗斯犹太性的流变，但是对作者新现实主义手法的运用特点语焉不详。尽管国内罗斯研究的视角多样，但与国外罗斯研究相比，依然存在着一些问题，具体表现在研究对象趋同、研究视域重合严重、缺乏对罗斯小说中新问题的探索以及系统的研究等。

不可否认，国内外不少罗斯研究成果对罗斯的小说和创作进行了深入的研究，但是它们很大程度上忽视了罗斯的小说里的人物具有十分强烈的过去意识，这表现在小说人物对过去冗长的回忆和讲述之中。罗斯的很多作品都带有浓重的传记成分，罗斯要么将自己过去的经历以自传的形式写入小说之中，要么借他的另一个自我作家祖克曼之笔来记录作家本人过去的生活细节，要么作为见证者挖掘小说主人公的过去，并将之想象性地呈现出来。罗斯试图用再现和想象过去的方式来完成小说人物和作家自身的种族、民族和自我身份的建构和重构，这也成为罗斯小说的一个独到之处。以往的罗斯研究往往将这一独特的现象与自传这一叙事方式的考察联系在一起，而忽略了对罗斯小说中有关过去的记忆的探讨，以及对记忆的多样性及其承载的社会、历史文化价值的研究。作为犹太人，他是如何通过记忆来传递他背后深重的犹太文明？而同时作为地道的美国人，罗斯多年之后对他身处的那个美国历史上的特殊年代又有何种记忆和批判？罗斯对过去的选择性再现和记忆的方式又彰显出作者本人怎样的伦理取向？这些问题在现有的研究中略显不足，也正是本书将要探讨并逐一解答的问题。不过，在讨论罗斯作品中的记忆书写之前，我们有必要先厘清“记忆”（memory）这一概念的内涵和外延，并对现有的记忆研究做一个历史回顾和梳理。

毫不夸张地说，记忆与人类一切知识的认知息息相关，是人类最重要的认知能力之一。如果没有记忆，人类就不能从往昔的经验里学习知识，人类社会也将停滞不前。记忆和创造也有着紧密的联系，存留在人脑海里的记忆成为创造新思想和新事物的必备条件之一。记忆先于文字出现，在文字发明之前的人类记忆主要有三种："一是关于群体的集体身份的记忆，它是建立在神话基础之上的，尤其是事关起源的神话；二是关于名门望族的记忆，它是通过家谱来表达的；三是关于技术知识的记忆，它是以极具宗教巫术色彩的实践方式来加以传承的。"（勒高夫 65）记忆和传统从最初的口耳相传到运用表意的文字和图形文字呈现这一从口头到书面的转变带来了记忆形式的改变，并催生了碑铭学的兴起。从最早的法典《汉谟拉比法典》到后来镌刻在不同材质上的文字，书写开始成为一个重要的记忆手段。羊皮卷、竹简、丝帛和蜡板都曾经是人类记录过去的载体，直到发端于中国的造纸术和印刷术在西方流传推广，记忆才被物化为文学文本中的文字。随着现代科技的进一步发展，照相术、留声机的发明使记忆的影像和声音留存成为可能，人类记忆的准确性大大提高。计算机的出现不仅使得记忆的数据存储更加高效，而且使记忆输入、输出、编码、解码的过程更加复杂化。[①]

记忆的英文词源来自法语的 memorie，有着多重含义。雅克·德里达（Jacques Derrida）在纪念保罗·德曼（Paul de Man）的书《多义的记忆——为保罗·德曼而作》（*Memoires for Paul de Man*, 1988）中用的就是复数形式，取"回忆、记忆、回忆录"等义。可见，记忆不仅仅是一个单一的概念，还有着极其丰富的内涵和外延。归纳《牛津英语词典》（*The Oxford English Dictionary*）对记忆的定义[②]可知，记忆可以被视为再现过去的能力，也就是记忆力，也可以是唤起对过去动态的行为、过程的回忆的内容。因此，记忆既可指回忆过去的能力，属于大脑以及神经系统的功能；也可以指被回忆的内容，指一种抽象的情感或者引发这些情感的人或事。前者属于生物学、神经科学等研究的范畴，而后者则是人文社会学家探讨的核心话题之一。美国社会学家保罗·康纳顿（Paul Connerton）把记忆分为三种：把个人生活史作为对象的个人记忆、必须亲身获得的认知记忆和反复操演的社会习惯记忆（habit-memory）。西方的记忆研究经历了从关注个人记忆向关注集体记忆和文化记忆转变的过程。

---

① 英文 memory 在计算机科学里指的是计算机的内存。

② 《牛津英语词典》（第四版）对记忆的定义如下：①记住事情的能力（faculty）；②被记住的事实或者状态，与失忆相对；③从过去唤起的内容（人、物或者事件）；④记忆的范围和时期；⑤回忆的行为；⑥缅怀（逝去的人或者事）。

有关记忆的研究古已有之，古希腊神话里有个叫摩涅莫绪涅（Mnemosyne）的记忆女神，她与宙斯生下了 9 个女儿，分别掌管史诗、历史、爱情诗、音乐、悲剧、颂歌、舞蹈、喜剧和天文。西方文学之源《圣经》里的《申命记》（*Deuteronomy*）反复要求人们要记住主耶和华。直到柏拉图时期，记忆才正式进入哲学家的讨论视野之中。古希腊哲学家柏拉图（Plato）在《美诺篇》（*Meno*）、《泰阿泰德篇》（*Theaetetus*）和《斐多篇》（*Phaedo*）中都提到了记忆这一概念，并首创“蜡板说”。他把记忆看作人脑里的一块“蜡板”，不同的人脑中的蜡板具有不同的尺寸、硬度和纯度。所有的思想和感知都在这个蜡板上留上印记，如果印记消失，我们头脑里的记忆也就随之消失。心蜡的质地决定了记忆的质量，“蜡板太软的人学得快，忘得也快；蜡板太硬的人正好相反，学得慢，忘得也慢。粗糙的蜡板混杂有很多泥土或灰尘，它包含的影像是不清晰的。……如果在某些邪恶狭隘的心灵上，印记拥挤而重叠，那就更不清晰了”（柏拉图，《泰阿泰德篇》727）。同时，柏拉图还认为“灵魂是不朽的，重生过多次，已经在这里和世界各地见过所有事物，那么它已经学会了这些事物”（《美诺篇》507）。在柏拉图看来，人具有先于肉体存在的灵魂，知识先验地存在于灵魂之中，而不是后天习得的。然而随着经验世界的成长，先前的世界被遗忘，人需要通过召唤先于存在的记忆来重拾知识。他试图通过引导没受过教育的童奴“回忆”关于正方形和三角形等先在的知识，以此证明知识是通过对先验存在事物的回忆得来的，而并非通过后天的学习获得。

柏拉图的学生亚里士多德（Aristotle）承袭了他的“蜡板说”。亚里士多德认为记忆会在人脑中留下和感觉相似的刺激，如同用图章或戒指盖出来的印记。小孩和老人的记忆之所以不长久，是因为印记是流动的。他还认为人们可以希冀将来、感知现在，但记忆的对象只能是面向过去的。在《论记忆》（“On Memory and Recollection,” 350 BC）一文中，亚里士多德介绍了记忆和回忆的关系。在他看来，“记忆既不是感觉也不是判断，而是当时间流逝后它们的某种状态或影响。人们不可能在此刻记忆此刻的事物……”（亚里士多德，《论记忆》133），所有记忆都表明着时间的逝去，只有那些能意识到时间的动物才会有记忆，并且它们是凭借着感知时间的器官来记忆的。记忆的两个条件分别是回忆的事情和与之相联系的时间，它只是在偶然的情况下与智力的官能相关，更本质的是一种感觉–知觉的能力。然而，记忆并非人类所独有，许多有智力的动物也拥有记忆的能力，但是人类感知时间的能力将他们与绝大部分动物区分开来。回忆是“一个人记得先前的某一知识或感觉”的过程，虽然回忆过程伴随着记忆，但作为推理（reasoning）活动的回忆是人类独有的能力。

公元前4世纪到公元6世纪，记忆术（artes memorandi）成为一门很重要的有关辩论和修辞的课程。记忆术的发明归功于诗人西蒙尼德·德·赛厄斯（Simonide de Céos），他试图借助“地点记忆法”和“映像”等手段来唤醒记忆（勒高夫 74）。在这个时期，记忆还一度被纳入修辞学的庞大体系之中，学者们[①]纷纷著书立说来探讨记忆的保存和提高记忆力的方法。随着人文主义的兴起和便携式工具的发明，中世纪的记忆术开始衰落。直到17世纪，记忆的技巧才成为逻辑学的研究对象，记忆的心理行为被限定为找回过去的经历和记住数据，它成为理性探究和发现过去的工具。这种记忆术被文艺复兴时期的意大利剧作家朱里奥·卡米洛（Giulio Camillo）运用于戏剧舞台的设计。为了提供能勾起回忆的具象模型，卡米洛在台上布置了一整套的道具形象来帮助观众回忆。当观众站在舞台中央时，环顾四周的逼真图像，某些符号在与观者的互动中变得有意义，而且不同的观者面对相同的符号会读出不同的意义（Malkin 2-3）。戏剧还能借助舞台设备、演员的表演来帮助营造一些穿越时空的效果，这就是人们所说的“记忆戏剧”（memory theatre）。

18世纪以来人们对记忆的关注转向心灵层面，并且开始与个人身份紧密相连，个人通过不断地重复过去的记忆来构建自己的意识和身份。英国经验主义哲学创始人约翰·洛克（John Locke）承袭了古典主义的印记说，将记忆定义为“我们理念的储藏室”（storehouse of our ideas），并认为记忆是任何有理性的动物必须具备的条件，是仅次于知觉的必要的能力（147）。大卫·休谟（David Hume）在《人性论》（*A Treatise of Human Nature*, 1739—1740）里专门区分了记忆和想象，他认为“记忆较想象更为生动有力，也更为强烈”（9），但是记忆会退化，甚至由想象生成。德国客观唯心主义哲学家格奥尔格·威廉·弗里德里希·黑格尔（Georg

① 马库斯·图利乌斯·西塞罗（Marcus Tullius Cicero）著的《埃尔尼乌斯修辞学》（*Rhetorica ad Herennium*）和《论演说家》（*Orator*, 46 BC），以及马库斯·法比尤斯·昆体良（Marcus Fabius Quintilianus）的12卷的《雄辩术原理》（*Institutes of Oratory*）都阐述了希腊记忆术的经典理论。参见雅克·勒高夫，《历史与记忆》第75页。

Wilhelm Friedrich Hegel）认为记忆是直觉内化为理念的产物。他将记忆分类为保持名称的记忆、再现的记忆和机械的记忆三种，这三种记忆在关系上层层递进。保持名称的记忆通过建立名称与符号之间的联系来记忆；再现的记忆通过名称里包含的东西而不是通过直觉和形象来拥有和认识事物；记忆的最高形式是机械的记忆，人们可以从记忆中抽象出意义，在大脑里内化成无意义的符号，从而将其视为抽象的主体（黑格尔 286-291）。虽然黑格尔所描述的有机记忆是现代主体的自我意识形成的必要因素，但他将记忆定位在比较低的层面，仅仅是向思维过渡的外在形式。

尽管如此，有关记忆归属问题的争论仍在继续。维多利亚时期的颅相学（phrenology）[①]试图为心灵的各个官能在人脑中找到相应的位置，记忆被定位在大脑前部的某个部位。玛丽·瓦诺克（Mary Warnock）注意到，虽然记忆被普遍看作一个心智想象，但人们谈论记忆时又不可避免地会涉及大脑，因而二者密不可分（1）。法国直觉主义哲学家亨利·柏格森（Henri Bergson）在《物质与记忆》（*Matter and Memory*, 1911）里将记忆视为心灵和物质的结合，试图弥合记忆的物质性和精神性之间的身心二元对立。柏格森认为“不存在没有渗透记忆的知觉”（转引自王里平 141），过去在习惯记忆（habit memory）和纯粹记忆（pure memory）两种记忆里存活。习惯记忆通过重复的机械行为获得，而纯粹记忆则为个体真真切切的所看、所记，是保存于无意识中的个体记忆。柏格森的记忆学说很快就被广泛运用于文学的创作之中，与柏格森同时期的法国作家马塞尔·普鲁斯特（Marcel Proust）便是其中之一。在瓦尔特·本雅明（Walter Benjamin）看来，普鲁斯特是柏格森理论忠实的实践者和发展者。他用一种幸福的挽歌形式将过去的生活转化为记忆，并把记忆上升为一种艺术形式（转引自吴晓东 5）。普鲁斯特在其代表作《追忆逝水年华》（*A la Recherche du Temps Perdu*, 1913）提出了两种记忆：“意愿记忆”（voluntary memory）和“非意愿记忆”（involuntary memory）。意愿记忆指的是对事件、人物或者地点的有意识的回忆，而非意愿记忆则是由外部提示激发出对过去的回想的人类记忆概念。显然，普鲁斯特更倾向于后者，并

---

① 颅相学家们认为大脑是心灵的器官，而心灵则由一系列不同的官能构成，其中每一官能都对应了大脑某一特定的区域。这些区域被认为按一定比例构成了人的特性。颅相学家们还相信，颅骨的形状是与大脑内这些区域的形状相关的，因此通过测量人的头颅便能够判断每个人不同的人格。

用一部伟大的《追忆逝水年华》来实践它，因为他认为“有意追忆所得到的印象并不能保存历历在目的往事”（普鲁斯特 46），只有类似“小马德莱娜饼干”才能唤起无意识的联想，并通过努力思索来创造和丰满与之相关的记忆。

随着 19 世纪末心理认知科学的大力发展，美国心理学家威廉·詹姆斯（William James）将记忆看作“有意识的关联现象”（转引自 Nalbantian 20）。詹姆斯的观念直接促成了文学创作中“意识流”手法的形成。现代主义文学开始倡导“向内转”，倾向于描述人物内心的活动。现代主义作家①通过缅怀美好的过去来对抗现代社会机器大生产带给人的异化、碎片化。过去承载着他们的希望，记忆则是重塑秩序的手段。记忆是他们用来批判现在、重塑美好价值的工具，有着“恢复和解释的功能；它被视为通过叙事的回忆、内省和闪回等构建心理和个人记忆的工具”（Malkin 21）。

19 世纪末期出现了实验心理学流派，赫尔曼·艾宾浩斯（Hermann Ebbinghaus）的《论记忆：实验心理学的一点贡献》（*Memory: A Contribution to Experimental Psychology*, 1885）便是实验心理学史上最为卓越的研究成果之一。艾宾浩斯用实验的方式来解释记忆和遗忘之间的关系，同时区分了短时记忆和长期记忆，以及有意识的回忆行为和无意识的回忆行为，开创了记忆研究的全新领域，将记忆从哲学研究对象向其他学科辐射。大脑如何保存记忆的问题开始进入医学、神经科学等科学研究范畴之中进行量化分析，而这种类型的记忆并非本书要讨论的范畴。

然而，奥地利心理学家西格蒙德·弗洛伊德（Sigmund Freud）对之前人们有关记忆的讨论不甚满意，于是他试图通过重写经典记忆的理论来论述他关于无意识的观点。先前的观点将记忆过程比喻为在纸上写字，会留下永久印记，而在蜡板上留下的记忆印记不能在头脑里永久留存。在短文《简论神秘的写字板》（“A Note upon the ‘Mythic Writing-Pad,’” 1919）中，他描述了记忆的过程。弗洛伊德把记忆比作神秘的写字板，这个写字板有相对独立却又相关联的两层，塑料板掀起

① 现代主义作家詹姆斯·乔伊斯（James Joyce）的爱尔兰与荷马的奥德修斯形成鲜明的对比。曾经的田园牧歌变成了 T. S. 艾略特（T. S. Eliot）笔下的“荒原”，展现了信仰大厦崩塌、到处充满了欲念和死亡的世界。记忆在美国南方作家的身上表现为“向后看”的历史意识，威廉·福克纳（William Faulkner）的记忆里就充斥着对旧南方的爱恨情仇。《喧哗与骚动》（*The Sound and the Fury*, 1919）中的记忆不仅与现时交错，而且在相互印证、互为补充的同时也相互抵触，如同一张大网编织着福克纳的南方。田纳西·威廉斯（Tennessee Williams）的回忆剧里那些被迫从神龛上走下来的冰清玉洁的美国南方女性，依然在回忆里找寻自己的旧日美好。

时书写的痕迹消失，但底下的蜡板会留下永恒的印记，就这样持久的无意识和流动的意识记忆联系在一起。在弗洛伊德看来，关键性的记忆会被保存起来，即把有些看似被遗忘的东西以一种主体不知晓的方式压抑、潜藏在无意识之中，也就是他所说的“屏蔽记忆”（screen memory）。人们早先的记忆通过转换机制替换成另一个记忆，这种记忆甚至“像梦一样，或者像虚构小说，在心理冲突的基础上构建起来，起到实现愿望和自我欺骗的目的”（莫伦 101-2）。

个人对过去的连续性记忆对保持自身身份的连续性有着十分重要的意义。在尼古拉·金（Nicola King）看来，“意识的一致性和过去的行为与事件之间的连续感是保持个人身份感的基本要素”（2）。加拿大哲学家伊恩·哈克金（Ian Hacking）也注意到在 1874—1886 年的法国，记忆已经取代灵魂的概念成为解释个人身份的来源（转引自 Mitchell 103）。20 世纪之所以是个人记忆向集体记忆转变的时期，是因为这个世纪见证了两次世界大战、冷战等重大历史事件的发生，这个时期的历史是整个人类的灾难史，同时 20 世纪也见证了记忆研究的转向和繁荣。此时的记忆研究已不再局限于研究个人记忆的生理机制的心理学、神经学等学科，而转向社会科学所关注的在社会构成中起着重要作用的集体记忆和文化记忆。随着现代西方身份认同理论的兴起，记忆成为“自我或个性发展的一部分……对记忆的研究有助于理解人类行为和他们的情感基础”（Eyerman 5）。当记忆与人类行为和感情基础挂钩时，它的群体性和社会性便开始显现，记忆“不再存在于个人行为者的头脑中，而是存在于人们集体谈论的过去之中”（6）。弗里德里希·威廉·尼采（Friedrich Wilhelm Nietzsche）在《历史学对于生活的利与弊》（“On the Use and Disadvantages of History for Life”）一文中，把记忆和遗忘放在同等重要的位置，他将它们之间的对话性张力视为生命的核心。对历史的记忆能让人类有效地组织生活，把过去、现在和将来有效地连接，能增强人们的存在感。可过度的记忆会让历史成为一个负累，让人无法正常生活，因此遗忘反而成为有益无害的东西。

集体记忆的发展与社会学[①]的兴起有着密不可分的联系，并直接影响着社会构

---

① 自 19 世纪 30 年代，奥古斯特·孔德（Auguste Comete）首创社会学，直到 1913 年涂尔干在巴黎首次开设社会学的课程，从此社会学成为一门独立的学科。

成和群体身份的建构。法国社会学家埃米尔·涂尔干（Émile Durkheim）[①]提出“集体意识”（collective consciousness）的概念，他将社会看作对个人永不满足的欲望的制约和规范。于是，记忆不再是威廉·华兹华斯（William Wordswoth）或者普鲁斯特笔下孤独的个人行为，而被看作由社会和文化构建的产物，为不同的家庭、宗教、民族和阶级等群体所共享。涂尔干和卡尔·荣格（Carl Jung）等学者提出的社会学和心理学理论为记忆研究的转型提供了理论支撑。记忆经由个人记忆发展到集体记忆的转变最明显地体现在莫里斯·哈布瓦赫（Maurice Halbwachs）的思想之中，他从早期信奉柏格森的个人主义转而支持涂尔干的集体主义。哈布瓦赫认为存在着一个集体记忆的社会框架，一个民族或一个社会的记忆都是对过去的重构，家庭、宗教群体、社会阶级是进行社会记忆的重要社会形式。哈布瓦赫认为不具有社会性的记忆是不存在的，个人记忆总是渗透和体现着社会记忆。哈布瓦赫并没有太多地讨论记忆的传承问题，并且把集体看作一个和谐、统一的整体。他还忽视了集体记忆的连续性，强调记忆应当为现在的需要服务，因而是断裂的。从哈布瓦赫有关集体记忆的概念生发出“社会记忆”（social memory）、“文化记忆”（cultural memory）等相似的概念。[②]

康纳顿在《社会如何记忆》（*How Societies Remember*, 1989）中批判地接受了哈布瓦赫有关集体记忆的观点，他在一定程度上承认了哈布瓦赫提出的集体记忆的形成框架，也意识到哈布瓦赫未能将“个人如何保存和重现记忆”“社会如何保存和重现记忆”两个问题区分开来，也就“不明白关于过去的意象和对过去的记忆知识，是（或多或少）由仪式操演来传达和维持的”（37-8）。在康纳顿看来，社会记忆的建构是为了让人们服从社会秩序，用过去让现在合法化，因为“我们对现在的体验，大多数取决于我们对过去的了解；我们有关过去的形象，通常服务于现存社会秩序的合法化”（康纳顿 4）。不仅如此，他还试图论证群体记忆的传承和保持的问题，并指出“纪念仪式”和“身体实践”是维持社会记忆的两

---

① 埃米尔·涂尔干（Émile Durkheim，1858—1917，又译迪尔凯姆、杜尔克姆），法国社会学家，社会学的学科奠基人之一。他关注在共同的宗教和民族背景瓦解之后，如何维持现代社会的统一。主要著作有《社会分工论》（*The Division of Labour in Society*, 1893）、《社会学方法的规则》（*The Rules of Sociological Method*, 1895）、《自杀论》（*Suicide*, 1897）、《宗教生活的基本形式》（*The Elementary Forms of Religious Life*, 1912）等。

② “集体记忆”“社会记忆”“文化记忆”等几个概念都强调记忆的群体性，只不过有程度的差异，本书在使用时并没有严格地区分。集体记忆的范围最大，涵盖了后面几种记忆。

个主要方式，只有通过仪式和身体实践的操演才能使记忆长久地保存在社会的记忆之中。

德国记忆研究专家阿斯曼夫妇延续了有关集体记忆的讨论，并提出了“文化记忆”的概念。他们将“文化记忆”与哈布瓦赫的“交往记忆”（communicative memory）进行区分，认为“交往记忆”是以“日常交往为基础的集体理论”（Assmann 126），这种记忆呈现出“无形式感、任性和非组织性”的特征（127）。扬·阿斯曼（Jan Assmann）将哈布瓦赫和阿比·瓦伯格（Aby Warburg）所提到的记忆、文化和群体三极联系起来，总结出文化记忆的几个特征：身份/认同的固化、重构的能力、构型性（formation）、组织性、约束性和反思性（130）。在扬·阿斯曼看来：

> 文化记忆的概念包含着在特定时期和特定社会里所特有的、可以重复使用的文本系统、意象系统和仪式系统，其“教化行为”是为稳定和传递社会的自我形象服务的。对于大多数（但并不是全部）的过去而言，每个群体的同一性和独特性都是基于这些集体的知识形成的。（132）

阿斯曼看到了对过去的反复操演对群体同一性/身份形成的重要作用，这一点与康纳顿的观点不谋而合。但比起康纳顿的社会记忆，阿斯曼的文化记忆更强调文化在其中的建构作用。

在文学中，不论是个人记忆或者是集体和文化记忆，都关注记忆的伦理、政治和再现问题。现代有关记忆伦理的研究始于学界对大屠杀记忆的关注，它讨论的是人们对大屠杀这个人类历史上极端的伦理失范事件该不该记忆、如何记忆、以何种方式记忆、是否能记忆、记忆的真实性等记忆的伦理问题。保存过去的记忆逐渐成为人类社会的道德责任，因此对记忆的必要性和记忆的伦理的探讨是记忆研究的一个主题。著名以色列伦理哲学家阿维夏伊·玛格利特（Avishai Margalit）在《记忆的伦理》（*The Ethics of Memory*, 2002）中区分了“伦理”与“道德”两个概念。伦理基于与父母子女、爱人、同胞等一类的深厚关系，而伦理关乎我们对人类的普遍责任。记忆来源于深厚的伦理关系，并有帮助人们维护这种关系的责任。玛格利特还提倡宽恕，宽恕不等于将不正义的过去忘却，而是对过去不再追究和计较，促使施害者和被害者之间达成伦理承诺。杰弗里·布鲁斯坦（Jeffrey

Blustein）在《记忆的道德要求》（*The Moral Demands of Memory*, 2008）里通过挖掘记忆一系列被忽视的维度，探索记忆与身份之间的道德关系，并讨论“个人和群体有什么责任去记忆及其原因”（2）。

记忆的另一个重要的研究命题是记忆的政治。在阿尔诺·康费诺（Alno Confino）看来，记忆是“社会群体为了维持权力关系的主体性体验”（1393），记忆的政治“就是谁要谁记住什么，以及为什么要记住”（1393）。一些学者讨论了记忆和历史的区别，他们都看到了历史往往受到权力和体制的操控，而记忆虽然也不可避免地受到权力的影响，却依然有对官方、体制化的历史宏大叙事的反制、抗争和协商的用途。记忆具有颠覆性，可以用来与体制化的官方宏大话语抗衡。最终，那些有关过去的官方记忆得以成为“大历史”（History），而那些散落于民间、未能进入正史的记忆叙事则沦为稗官野史（histories），并在不停地改写和冲击着历史。正如后现代主义批评家弗雷德里克·杰姆逊（Fredric Jameson）所分析的那样：“过去意识既表现在历史中，也表现在个人身上，在历史那里就是传统，在个人身上就表现为记忆”（164），传统和记忆之间的博弈和协商成为记忆的政治关注的焦点。在文学书写中，记忆成为个人对抗强大的意识形态和政治运动的工具。当然，正如在前面所提到的，记忆具有集体性和社会性，所以记忆的政治有时也表现为群体与群体之间的对抗和协商。当文化记忆日益受到媒介和文化流通的操控时，一些文化的神话和理念进入文化记忆之中，这些文化记忆又反过来影响和主导着个人和集体的身份建构。

记忆自大屠杀之后成为文学批评术语，记忆的再现问题也开始受到重视。新历史主义者希望隔着时间的距离与过去对话，他们看到历史的再现过程不可避免地受到阐释者的价值观和态度的影响。同样，不管是个人记忆还是集体记忆，它们在文学中的表达都不是对过去不经过任何介质的直接呈现，而是经过记忆者选择、加工和过滤之后的再现。文学中记忆的再现关乎作者对记忆内容的选择，也取决于作者采取的再现方式，包括叙事技巧、写作手法等。记忆的再现方式可以是变化的，这种变化与作者的写作风格的变化也有着重要的联系。

罗斯对过去的记忆既表现在他对大屠杀、“美国梦”等族裔或民族集体记忆的关注上，也凝结于他的小说中的个人对自我过去的再现之中。罗斯本人也在其小说中多次提到过去和记忆的问题。在《遗产：一个真实的故事》的结尾，叙述者说“什么事都不能忘”（罗斯，《遗产：一个真实的故事》158），这是叙述者的自我告诫，也是告诫读者记忆的责任。罗斯曾经在《反生活》中提到对犹太历史的记忆和遗忘的问题，也在《事实：一个小说家的自传》中通过“罗斯”写给祖克曼的信表达了自己对记忆的看法：

> 显然，事实从来就不会突然来到你面前，你被对自己以往经历的想象所包围。关于过去的记忆并不是事实的记忆，而是你对过去事实的想象。像我这样正在谈论“不掩饰地”呈现自我和描绘“没有虚构的生活”的小说家，总存留着些许天真。（Roth, *Facts* 312-3）

罗斯此番自嘲的言论质疑了过去的真实性，过去不是对事实的记忆而更多是基于对过去的想象。罗斯强调的是文学中记忆的不可靠性和再现的多样性，记忆的问题由此变得复杂。

从罗斯在小说中有关过去与记忆的言说和他对过去历史问题的关注中，读者可以看出作者对记忆问题的关注和重视。“罗斯研究会”（Philip Roth Society）前任主席德里克·帕克·罗耶尔（Derek Parker Royal）指出，罗斯后期小说强调“记忆、叙事声音和主体的形成之间的微妙关系”（Royal, “What to Make of Roth's *Indignation*,” 134）。罗斯或假借他人之口，或亲自操刀上阵，将自己过去的生活经验在读者面前演绎得亦真亦假、如梦如幻。当然，这些记忆并非仅仅局限于个人的记忆，而是被放置于大的历史、政治背景之中，个人记忆和社会记忆既相互佐证又充满了权力的博弈。罗斯对待过去的记忆既是严肃的，也是游戏的。游戏性在于其在真实和虚假之间的穿梭嬉戏，把虚假的历史讲述得栩栩如生，同时又将事实改头换面，隐没在文本之中，而这种游戏性背后也包含着作者的良苦用心和对严肃伦理、政治问题的思考。鉴于此，本书借助记忆研究的相关理论来研究小说人物的记忆是如何再现、消解和重构族裔身份、民族身份与个人身份的，又是如何彰显作者本人的政治或伦理主张等问题的，并进一步探讨作者各个时期的作品在主题和风格上的转变。

本书以罗斯的创作时间为轴线，围绕他各个时期主要小说中记忆的伦理、政治和再现展开，检视后移民时代个人和集体、过去与现在的复杂关系，以彰显小说人物和作者对身份、伦理等问题的思考和诉求。需要指出的是，这里所说的“记忆”是复数形式，既指个人记忆，也包含着集体的文化记忆；既指作者本人对往事的真实回忆，也包含着作品里人物虚构过去的重现；既是过去的内容，也是抵达过去的形式。从记忆的视角讨论过去与现在的关系、过去对现在造成的影响，考察记忆的遗忘、窜改甚至美化，以及从中体现出来记忆的伦理、政治和再现等问题，有助于探讨罗斯这样一个特立独行的严肃作家如何通过记忆这种独特的形式和内容来思考一系列深刻的文学主题，把握其小说的创作主题、技巧及其美学意蕴。

本书按照时间顺序将罗斯的创作历程大致分为犹太主题创作、美国主题创作和“晚期”创作三个阶段，并分章进行讨论。记忆在罗斯不同创作阶段呈现出不同的范式，作者采用的表现形式也不尽相同，这不仅与作者所处时期的社会历史语境密切相关，也凸显了他的写作主题和技巧的嬗变。本书除导论和结论外，共分为三章讨论罗斯不同时期的记忆形式，以及所体现的记忆伦理、政治和再现等问题。

第一章将运用有关创伤记忆的理论探讨罗斯犹太主题创作时期的作品《狂热者艾利》（“Eli, the Fanatic”）和《鬼作家》对有关大屠杀文化创伤记忆呈现出的压抑、遗忘、移置和戏仿的方式，以及小说中所展现的有关大屠杀记忆的“无法言说”和“不得不说”之间的伦理困境。罗斯通过小说敏锐地捕捉到美国犹太社区对大屠杀创伤记忆从排斥到固着的转变。面对创伤记忆的复现，他们从最初的麻木和压抑中渐渐苏醒，大屠杀的创伤记忆逐渐成为战后美国犹太人构建身份意义的主要因素。罗斯通过展示《狂热者艾利》中大屠杀记忆的在场和离场，讨论美国犹太社区、艾利和犹太难民对待创伤记忆的不同的态度。《鬼作家》是对最广为流传的大屠杀文本《安妮日记》的想象性移置和戏仿，罗斯试图用这种大屠杀的记忆方式在说与不说、如何言说之间找到一条解决途径。

第二章以“美国三部曲”中的《美国牧歌》和《人性的污秽》为观照对象，运用怀旧和相关文化记忆的理论，从性别和种族角度研究作者在其美国时期创作围绕“美国梦”这一理念形成的美国文化记忆的态度，以及记忆政治的相关问题。在罗斯看来，“美国梦”这一构建美国身份的文化记忆是一个被性别化、种族化的神话。“美国梦”这一奉行自由、平等以及向上流动的理念自被提出以来历经了几百年的文学和文化的流通和运作，经过反复修正得以进入美国民族的文化记忆之中，而这种文化记忆反过来又不断强化“美国梦”的话语。三部曲小说中的主人公们在现实生活中遭遇挫折后，将目光投向美好而虚幻的过去，试图从过去找寻那个逝去的“美国梦”。在《美国牧歌》中，20 世纪 60 年代的暴力运动让以斯威德·莱沃夫（Swede Levov）为男权代表的“美国梦”走向终结，美国人集体陷入感伤的忧郁之中，并转向能体现“美国梦”价值的 20 世纪 50 年代寻求情感的慰藉。对于冒充犹太人的科尔曼·西尔克（Coleman Silk）来说，当通过虚构身份而实现的“美国梦”走向幻灭时，他不得不转向怀旧并通过重复和表演过去来反叛种族化的“美国梦”文化记忆。罗斯试图指出人们对用以建构美国身份的“美国梦”的背离，并以此反思美国近半个世纪以来的政治和历史。

第三章讨论罗斯的“晚期”创作风格、内容及记忆再现方式的转变。“晚期风格”这一批评概念最早由西奥多·阿多诺（Theodor Adorno）提出并由爱德华·萨义德（Edward Said）进行阐发，指的是一些伟大的艺术家在生命晚期的创作和思想表现出一种新的风格。进入 21 世纪后，随着作者年龄的增长，罗斯小说创作中的那些常见的讽刺元素渐渐减少，对自我记忆的关注和对记忆再现变化的关注则成为罗斯“晚期风格”一个重要的特点。与罗斯前两个时期关注宏观的文化记忆对个人的影响不同，罗斯“晚期”创作的记忆再现将关注点投向个人生存境况，回归人的本体存在，并呈现出去情境化、去时间化和超历史的特征。他聚焦于被权力压制而被边缘化的个人（老年人、病人等）的生存境遇，采用忏悔内省的方式来呈现个人对过去的记忆。《垂死的肉身》《凡人》《罪有应得》三部小说的主人公通过对自己过去的忏悔来讨论欲望、死亡和疾病等具有普遍意义的主题，并以此彰显罗斯的伦理价值取向。在罗斯的“晚期”创作中，大屠杀的记忆碎片再次出现在他的作品中，这可以解读为作为犹太人的罗斯的犹太性的回归。

第一章　犹太主题创作：后大屠杀时代的创伤记忆

忘却死者无异于再次谋杀。——艾利·维瑟尔《夜》

幸存者见证着一些不能见证的事物。——吉奥乔·阿甘本《奥斯威辛的剩余》

发生在 20 世纪 40 年代的大屠杀无疑是人类历史上最为惨烈、最骇人听闻的集体杀戮事件之一，包括犹太人在内的 1100 万条生命在短短几年间化为灰烬。人们甚至很难相信在现代文明高度发达的欧洲会发生如此惨绝人寰的行为，可随着幸存者的口述、照片等资料的披露，大屠杀的真相大白于天下，引起全世界舆论的一阵哗然。大屠杀不仅仅是犹太人或者欧洲人的劫难，它所代表的是全人类“共同人性遭到直接毁灭”（Margalit 89）的人道主义灾难。因而，大屠杀的研究吸引了一大批哲学、社会学、文学等学科学者的参与，甚至催生了“大屠杀工业”（Holocaust Industry）。

大屠杀产生并实施于人类文明和文化高度发展的现代理性社会，它是一个“社会、文明和文化的问题。发生在现代意识中的历史记忆的自我医治不仅是对种族灭绝的受害者不经意的冒犯，也预示着危险的和潜在的自我毁灭之愚昧”（Bauman xi）。面对这一惨痛的过去是铭记还是遗忘以及人们有责任记住什么，成为大屠杀这一文化创伤记忆的核心焦点。对大屠杀记忆的言说总是处在“无法言说”和“不得不说”的伦理困境之中。一方面，大屠杀这一极端事件的悲惨程度似乎超出了人类语言所能言说的范围，是无法再现的。西奥多·阿多诺甚至断言“奥斯威辛之后，写诗变得野蛮”（Adorno 162），言说似乎变得多余。那些已经丧生于集中营的牺牲者已经无法再开口说话，言词总是无法接近死亡的真相，而那些幸存者的记忆由于某些原因[1]变得不那么真实可靠，见证的可能性受到了极大的

① 大屠杀幸存者的记忆出现偏差的原因比较复杂，有可能是因为创伤后应激障碍所导致的心理防卫机制，或者出于为自己减轻罪责的因素考虑，不一而足。

质疑。另一方面，如果因为记忆和见证的不可靠而放弃记忆的责任，那么有关大屠杀的真相将随着见证者的离世而变得永久不可知。作为亚文学形式的“大屠杀文学”[①]更是深陷这一伦理困境，文学评论家 J. H. 米勒（J. H. Miller）基于匈牙利小说家伊姆雷·凯尔泰兹（Imre Kertész）的小说《命运无常》（*Fatelessness*, 1975）讨论了文学文本作为证词的可能性。米勒意识到文学在呈现奥斯威辛集中营事件时遇到的双重困境[②]，并认为文学证词的意义并不在于真实地再现大屠杀的恐怖，读者对永远无法获得事实真相的认识本身就是一种认识。

相比艾利·维瑟尔（Elie Wiesel）和莱维等“大屠杀作家”[③]把毕生的创作经历投入对大屠杀的直观呈现和反思中，罗斯作品中对大屠杀的直接呈现少之又少，其表现方式也十分特别。身处后大屠杀时代的罗斯，既没有亲历过那段悲惨的时期，也没有受到大屠杀的直接影响。在他现有的作品中，仅有几部提及大屠杀的字眼或与之相关的事件，因此罗斯的名字极少出现在“大屠杀文学”的讨论之中。正如斯蒂芬·米洛维兹（Stephen Milowitz）所指出的那样，20 世纪 90 年代以前罗斯研究的相关论文或书籍对他作品中的大屠杀主题鲜有提及。米洛维兹本人致力于揭示罗斯写作和大屠杀之间的关系，他把“大屠杀及其对 20 世纪美国生活的影响”看作罗斯作品的核心问题，并认为“忽略罗斯作品中这个主要动因，就不能理解罗斯在美国文学界的地位”（Milowitz ix）。纵观罗斯半个多世纪的小说创作，米洛维兹的说法有过度阐释之嫌，同时他忽视了大屠杀在罗斯小说中的矛盾地位（Rothberg 53）。

罗斯在《解剖课》中提到祖克曼的母亲被诊断出脑瘤，当被医生要求写下名字时，她毅然在纸上写下了“大屠杀”几个字。罗斯以这种隐喻的方式来表现大屠杀已经进入美国犹太人的潜意识之中。本章主要讨论罗斯犹太主题创作时期写

① 阿尔文·罗森菲尔德（Alvin Rosenfeld）认为大屠杀文学不仅是关于大屠杀主题的文学，还应当“表达意识的新秩序，即存在中的可见转变”。奥斯威辛之后的人类想象不再与以前相同。今天我们所知道的在奥斯威辛所发生的事情，甚至超过我们任何的想象。大屠杀文学是“人类精神与强大的历史和形而上负荷最汹涌斗争的编年史”。参见 Rosenfeld, “The Problematics of Holocaust Literature,” p.22.

② 米勒所指的双重困境是：有关奥斯威辛的事实通过再现的手段可能是无法想象和无法言说的；将纳粹大屠杀以任何虚构的形式再现并将其美化，是一个值得怀疑的行为。参见 Miller, *The Comflagration of Community*, pp. 182-7.

③ “大屠杀作家”更多指的是那些现实主义地描写纳粹大屠杀的作家，如艾利·维瑟尔、普利莫·莱维（Primo Levi）和保罗·策兰（Paul Celan）等，他们中的许多人都是集中营的幸存者或者纳粹屠犹的亲历者。

作的小说所呈现的大屠杀创伤记忆及其记忆的伦理。这些记忆有的是小说中的人物对大屠杀的见证，是作者有意识的刻画；有的是内在于作家的犹太意识的无意识显现。美国犹太人对待这段惨痛历史的反应也不尽相同，有的试图通过压抑民族记忆以求得融入美国社会，而有的则选择将创伤的记忆置换为另一种更容易被接受的历史。个人记忆和集体记忆交织和博弈，汇成了这个时期罗斯小说所描绘的创伤记忆。罗斯笔下的大屠杀记忆是动态的和多维的，具体体现在他在《狂热者艾利》和《鬼作家》等作品中对大屠杀这个文化创伤记忆的压抑和移置。

第一节　美国犹太人的大屠杀创伤记忆

英国历史学家艾瑞克·霍布斯鲍姆（Eric Hobsbawm）在《极端的年代：一部世界历史 1914—1991》（*The Age of Extremes: A History of the World, 1914-1991*, 1994）开篇便罗列了 12 位学者对 20 世纪的看法。“恐怖”“灾难”“血腥”等字眼频频出现，且很多在程度上都达到了最高级的形式，真可谓是一个“极端的年代”。面对两次世界范围的战争造成的杀戮和死亡，以及高科技带来的毁灭和伤害，创伤的文化记忆进入公众的视野之中。然而，要了解文化创伤记忆，我们有必要先探究个体创伤的成因。

由于 20 世纪一系列的灾难和战争留在个人心理上的后遗症，创伤开始进入心理学家的研究视域。创伤（trauma）既指外力造成的身体损伤，也指压抑的或隐现的记忆和情感冲击带来的心灵伤害。现代创伤研究大多着眼于个体的直接体验，特别是精神和情感的体验。最早的创伤研究可追溯到法国的神经病学家让-马丁·沙可（Jean-Martin Charcot），他将创伤描述为“头脑的寄生虫”（转引自 Alexander et al. 41）。弗洛伊德在其整个学术时期都对创伤的概念有所论述和发展。弗洛伊德早期的创伤研究将创伤的经历集中在个人的行为上，如强奸、家庭暴力等。他在论述个体创伤时，试图在普通癔症和创伤性神经症（traumatic neurosis）之间建立联系，他认为引起创伤性神经症的原因不是躯体性伤害，而是受到恐惧而触发的心理创伤（psychical trauma）。“任何一种引起不愉快的经历如恐惧、焦虑、羞惭或身体疼痛，都可起到这种心理创伤的作用，而事实上它是否起作用则很自然地取决于个人受影响的易感程度而定……”（弗洛伊德，《癔症研究》19）

美国精神病学协会（American Psychiatric Association）在第四版的《精神障碍的诊断和统计手册》（*Diagnostic and Statistical Manual of Mental Disorders*, DSM-IV, 1980）中首次收录了“创伤后应激障碍”（post-traumatic stress disorder, PTSD），并列举了该病症的七个标准：

> 创伤后应激障碍的主要特征是个体在遭遇极端创伤刺激之后发展出的特有症状。这些导致极端创伤刺激的事件包括个体经历的真实或潜在的死亡或严重伤害，或威胁到身体完整性的事件，或目睹死亡、伤害或威胁身体的事件，或得知家庭成员或其他亲密成员出乎意料地因暴力死亡、重伤或受到死亡的威胁和伤害（标准A1）。个体对事件的反应必须包含极度害怕、无助或者恐惧（儿童的反应必须包括混乱或暴怒的行为）（标准A2）。暴露在极度创伤之中所反映出的症状还包括不断地反复经历创伤事件（标准B），持续逃避与创伤有关的刺激和一般反应性麻木（标准C），还有持续增加的唤起症状（标准D）。完整的症状必须存在超过一个月（标准E），并且这种干扰必须在社会、职业或其他重要功能领域引起严重的临床困扰或损伤（标准F）（424）。

由此可见，创伤是能够引发受创者身体和情感上极端反应的经历。这种反应在事件发生初期受到有意或无意的压抑而进入潜伏期，在受到刺激后不断地侵扰受创者。创伤的病症并非由“事件本身”或“对事件的曲解”决定，而是包含在“经验或感知的结构之中：事件在当时没能被完全地吸收和体验，而是潜伏一段时期过后，折返回来不断地侵袭受创主体”（Caruth, *Trauma* 4）。

20世纪以来，当人们关注个人心理层面的创伤的时候，群体的创伤事件（如纳粹大屠杀、越南战争等）的影响也渐渐显现，创伤研究随着社会学理论的介入开始向集体和文化方向发展。扬·阿斯曼提出了记忆的神经、社会与文化三个维度，他对创伤的讨论颇有可借鉴之处。第一次世界大战（简称“一战”）首度重创人类现代文明，坦克、重机枪和生化武器的运用造成了数以千万计的平民和战士的死伤。弗洛伊德在目睹了战争的惨烈之后，将目光转向对文化创伤的探讨。他的《超越唯乐原则》（*Beyond the Pleasure Principle*, 1920）、《文明及其缺憾》（*Civilization and Its Discontents*, 1929）和《摩西与一神教》（*Moses and Monotheism*,

1937）三本书都着眼于创伤的集体和文化层面。《摩西与一神教》是弗洛伊德作为犹太人对本族尊崇的领袖摩西的身份的考据，他大胆地提出了一个离经叛道的命题：摩西是埃及人。缺乏有说服力的史料和主观的臆断使这部作品从未成为一个可靠的历史著作。弗洛伊德从摩西这个名字的词源出发，结合有关的神话叙述，从而得出摩西是埃及人的假设，并认为是传说把他变成了犹太人。而且作为埃及人的摩西把信仰一神教的阿顿宗教和割礼的风俗传给了犹太人，还遵照《圣经》所述带领犹太人来到了西奈山（Mt. Sinai），然而摩西却被他所解救出来的犹太人谋杀。谋杀他的犹太人内心背负着沉重的创伤，将摩西的真实出身隐瞒了几个世纪。然而，人们对此事件的记忆仍被活生生地保留下来，并在人们的心理上产生越来越大的影响。含混的传说逐渐为历史所替代，这些人经过漫长的潜伏期之后，借由诗人和艺术家根据想象来填补记忆的空白，根据他们的意图来再现的那一段时期，这种早期被遗忘后又复现的经历被弗洛伊德称作创伤。

社会学家卡伊·埃里克森（Kai Erikson）在《按部就班：水牛溪社区的毁灭》（*Everything in Its Path: Destruction of Community in the Buffalo Creek Flood*, 1976）中分析了发生在阿巴拉契亚山脉脚下的水牛溪（Buffalo Creek）洪灾①给社区带来的创伤。他区分了“个人创伤”（individual trauma）和“集体创伤”（collective trauma）。在埃里克森看来，集体创伤是“对社会组织的一记重击，撕裂了将人们联系在一起的纽带，也削弱了流行的共同性（commonality）观念”（Erikson 187）。共同性成为集体创伤区别于个人创伤的一个重要特点。尽管在记忆研究中，集体创伤与社会创伤常被视为可以互换的概念，但二者之间的区别还是显而易见的。较之文化层面的创伤，集体创伤显然是一个更宽泛的概念，它们形成的机制和影响的范围有所不同。罗恩·艾尔曼（Ron Eyerman）用文化创伤的概念专门讨论了美国的奴隶制和非裔美国身份的形成。耶鲁大学社会学教授杰弗里·亚历山大（Jeffrey Alexander）在《文化创伤和集体身份》（*Cultural Trauma and Collective Identity*, 2004）一书中，也用文化创伤来观照美国奴隶制、大屠杀、“9·11”等对美国民众造成巨大影响的文化事件。

---

① 西弗吉尼亚州水牛溪的洪灾发生在 1972 年 2 月的一个早晨。一个拦截了数百万加仑废水的防洪堤突然决堤，洪水漫延到山谷下数里，造成 125 人死亡，当地 5000 个住户有 4000 所房屋被毁，原本联系紧密的社区因遭受埃里克森所称的“集体创伤”而解体。

犹太人的创伤记忆与整个犹太民族的苦难历史密不可分。世界上没有哪一个民族比犹太民族更加命运多舛。自犹太民族形成以来，杀戮和流亡与之如影随形，其历史充满了悲情的色彩。犹太人[①]诞生于阿拉伯半岛和地中海之间的狭长地带，他们视阿拉米族的亚伯拉罕（Abraham）为创始人。根据《圣经·旧约》的记载，亚伯拉罕遵循上帝的嘱托，带领犹太人向应许之地进发。从古埃及第18王朝法老图特摩斯三世到第19王朝法老拉美西斯二世，受到埃及排挤与迫害的犹太人在摩西的率领下走出埃及。摩西确立了一神论的思想，颁布了律法，并创立犹太教（Judaism）。历史上，犹太人经历了三次大流散（diaspora）。这三次大流散迫使犹太人如蒲公英般散落到世界各地，开始自己新的生活。然而，他们是带着根流浪的，散居各地的犹太人始终保持自己独特的习俗和信仰。由于犹太教和基督教两大教派旷日持久的对立，反犹主义（Anti-Semitism）情绪早已在基督徒中积聚和发酵。克劳斯·费舍尔（Klaus Fischer）认为，到中世纪后期，现代恐犹症的要素已经形成，它来自"基督文化本身的弱点和不安全感"（28）。早在第一次十字军东征之时，一些狂热的基督徒就屠杀了数千名犹太人。之后，犹太人在多次的宗教战争中惨遭毒手。

自二战开始，犹太写作便背负着沉重的过去，同时也被过去所激励（Ravvin, *A House of Words* 3）。在犹太人所经历的所有苦难的过去中，他们在二战期间所遭受的种族灭绝无疑最为惨烈[②]。20世纪60年代，学界开始使用"大屠杀"（又称

---

① 现如今，犹太人可大致分为信奉犹太教的正统犹太人和世俗的犹太人两种。

② 1933年德国纳粹上台之后极力煽动民众的反犹情绪，原已在德国人头脑中根深蒂固的反犹论调甚嚣尘上。以希特勒为首的纳粹分子正是利用这一点，处心积虑、步步为营地推行自己的反犹政策。德国政府于1935年颁布的《纽伦堡法案》（*Nuremberg Laws*）从法律上定义犹太人，并为纳粹分子进一步放逐犹太人，以及大肆推行反犹行动埋下伏笔。1938年11月9日，纳粹党发动了一次反犹太集会，史称"水晶之夜"（Kristallnacht），犹太会堂、商店和百货公司等遭到纵火焚毁，民众的反犹情绪被煽动，纳粹德国迈出了从隔绝犹太人到有组织地从肉体上消灭犹太人的第一步。1942年初举行的万湖会议（Wannsee Conference）落实了有系统和有组织地扫除欧洲大陆所有犹太人的"最终解决方案"（Final Solution），意在灭绝欧洲大陆上的所有犹太人。为此，他们制订了一系列详尽的计划，步步推进屠杀的方案。犹太人最初被要求佩戴黄星，禁止进入剧院等公共场所，从社会中被疏离，而后他们被驱逐到位于波兰和苏联的犹太人聚集区里，直至最终被送进集中营，过着朝不保夕的生活。纳粹分子还在各地修建集中营，有计划地实施屠杀和灭绝犹太人的计划，德国许多工厂、企业都参与其中。1939年至1945年短短六年时间里，纳粹以一种系统高效的现代化方法屠杀犹太人，共有约1100万人死于集中营中，其中约600万为犹太人。他们或被直接投入毒气室、焚化炉，或成为医学实验的工具，或受到饥饿和疾病的侵蚀成为纳粹的冤魂。纳粹屠犹的活动一直在秘密地进行，直到盟军1945年攻占集中营，大屠杀的真相才渐渐为世人所了解。

“纳粹屠犹”）来指称这个特殊的历史事件。因为“大屠杀”一词来源于希腊语，有“献祭、焚烧”之意，所以犹太人倾向于用“浩劫”（shoah）一词来指称这场犹太历史上空前的大灾难。“大屠杀”是犹太史上规模最大的一次种族灭绝行为，留在犹太民族文化记忆中的巨大创痛的影响至今仍在。

杰弗里·亚历山大教授对文化创伤的定义是：“当个体和群体经历了可怕的事情之后，在他们的群体意识里留下了不可磨灭的印迹，且从根本上不可逆转地改变了他们的未来。”（1）这场大屠杀的影响波及了欧洲所有的犹太人，且大屠杀造成的影响没有局限于犹太人，它对作为加害者的德国，作为参与者的荷兰、波兰等国，以及作为旁观者的美英等国都产生了不同程度的影响。大屠杀发生之时，许多犹太人甚至不相信会有如此暴虐的罪行发生，而顺从地随着人群踏上了开往集中营的火车。当二战接近尾声时，纳粹屠犹的真相大白于天下，人们无不错愕和震惊于这一惨绝人寰的暴行。大屠杀这一 20 世纪最令人发指的事件引发了整个人类社会的大地震，它使得人们对既有的秩序和体制进行反思，求解大屠杀发生的偶然和必然因素。

据史料记载，二战后七年间有超过 250 万犹太人被安置在德国、匈牙利和意大利的难民营中。由于不愿面对过去以及早已支离破碎的家园，许多犹太难民不愿按照盟军的安排返回自己的故乡，而选择了去其他地方安身。[①]美国历史学家诺维克追溯了大屠杀进入美国犹太人的文化记忆之中的过程。这一文化创伤遵循着类似神经症“早期创伤—防御作用—潜伏期—神经症发作—被压抑材料的部分再现”（弗洛伊德，《摩西与一神教》70）的文化运行机制。二战以来，大屠杀在美国被接受与当时复杂多变的国际政治环境密不可分。由于美国犹太人远离二战战场上的杀戮和集中营里的恐怖，因此他们对在欧洲发生的惨剧要么一无所知，要么充耳不闻。美国犹太人在二战时对业已揭露的发生在欧洲的惨剧表现得漠不关心，并极力撇清与大屠杀的关系，这种状况一直持续到战后的 20 年。直到冷战时期对阿道夫·艾希曼（Adolf Eichmann）审判的争论才再次激发了人们对大屠杀的关注。随着大量的犹太幸存者进入这个信仰犹太教的国家，以色列开始自诩为

① 二战后，在英美等国的促成下，8 万名难民涌入美国，13.6 万名犹太人进入新近成立的国家以色列，另外 2 万人被安置在其他国家。详细数据参见“Holocaust Encyclopedia”。

“600 万（犹太遇难者）的后裔，且是唯一后裔”（Novick 147）。于是，任何针对以色列政策的指责和不满都会被视为对大屠杀的遗忘和对幸存者的背弃。对大屠杀的创伤记忆逐渐被以色列和一些美国犹太人利用，成为一种记忆的政治。1969 年，随着中东局势逐步升级，阿拉伯世界的发言人甚至扬言要将以色列从地图上抹除，这使大多数美国人处于高度的忧虑之中。随着第三次中东战争[①]的胜利，大屠杀开始“和其他民族神话一样，成为持久，可能永久的犹太状况”（Novick 151）。1973 年的第四次中东战争[②]对于美国犹太人而言是个决定性的转折。随着犹太人在美国社会的地位渐渐提高，并开始在“好莱坞、电视工业、报纸、杂志和书籍出版等传媒体系中扮演着重要而有影响力的角色”（207），他们极力在美国宣传大屠杀，使它已经成为美国犹太人“犹太意识”的重要组成部分，得以进入“美国的记忆”（207）。在美国许多公立学校中，讲授大屠杀成为法定必修课，华盛顿特区、波士顿地区等多地还陆续修建了大屠杀纪念馆。

尽管大屠杀的记忆早已成为并超越了犹太种族的局限，变成美国甚至全世界人们共同的文化创伤记忆，但战后几十年里人们对大屠杀却讳莫如深。直到 20 世纪 70 年代，当那些大屠杀的幸存者和亲历者即将不久于人世的时候，人们才开始意识到保存这段惨痛记忆的重要性和紧迫性，促使大屠杀叙事[③]的产生，特别是见证叙事的兴起。

然而，见证叙事注定是大屠杀亲历者的专利，文化或集体的创伤体验并不需要通过直接体验获得，民族的经历通过代际间的文化传承同样可以形成创伤。创伤记忆只有依靠个人或文化的传承，通过文学和大众传媒的形式反复进入公众的视野。文学和大众传媒又反过来强化了创伤记忆对公众的影响和身份的塑造。罗斯是第三代犹太移民，他的祖父母在一战前就已经从东欧来到美国，因而他们并

---

① 第三次中东战争，又称六日战争，指 1967 年 6 月初发生在以色列和毗邻的埃及、叙利亚及约旦等阿拉伯国家之间的战争。这场战争从 6 月 5 日开始，持续了 6 天，最后以埃及、约旦和叙利亚联军被以色列彻底打败而告终。

② 第四次中东战争，又称赎罪日战争，发生于 1973 年 10 月 6 日至 10 月 26 日。战争起源于埃及与叙利亚分别攻击 6 年前被以色列占领的西奈半岛和戈兰高地。尽管在战争的前两日埃叙联盟占了上风，但此后战况逆转，以色列又一次取得胜利。

③ 大屠杀叙事指的是大屠杀期间和以后与这一主题相关的叙事作品，既包括日记、自传回忆录等基于个人的真实的文字为大屠杀作见证，也包括虚构的小说、诗歌等对大屠杀想象性的再现。事实上，大屠杀文学已经模糊了“真实”与“虚构”之间的区别。

没有经历大屠杀那场可怕的灾难。尽管如此，如其他犹太移民一样，他们犹太人的身份使他们在美国备受歧视，这在《事实：一个小说家的自传》中有大量写实性的描写，特别是对罗斯任职于保险公司的父亲因为犹太人的身份受到歧视和排挤经历的描写。对待日益成为建构美国犹太性的大屠杀记忆，作为美国犹太人的罗斯始终在远距离地围观。罗斯犹太时期的小说呈现了美国犹太人对大屠杀记忆的压抑、遗忘、移置和扭曲等态度，当然作者在呈现的同时也彰显了自己的态度。

第二节 大屠杀记忆的压抑与遗忘：《狂热者艾利》

《再见吧，哥伦布》是罗斯进入文坛的第一部小说集，由同名中篇小说以及《犹太人改宗》（“The Conversion of the Jews”）、《信仰的卫士》（“Defender of the Faith”）、《爱泼斯坦》（“Epstein”）、《世事难测》（“You Can't Tell a Man by the Song He Sings”）和《狂热者艾利》5 个短篇小说组成。除《信仰的卫士》之外，所有的故事都将目光聚焦于美国郊区犹太人的生活（Gooblar 11）。面对评论家认为《再见吧，哥伦布》“描写了人们因为进入美国主流的中产阶级生活而导致原有价值观念瓦解”的误读，罗斯认为此小说集只不过是关于“特定犹太困境的喜剧”（Searles 4）。这些困境就是在美国犹太人向美国文化靠拢时，犹太民族的过去与美国的现实之间的碰撞。不管他们如何努力摆脱，他们始终无法抛却过去的记忆，犹太民族的过去如同幽灵般缠绕着他们。面对这一创伤的过去，有些犹太人表现出拒斥和回避，有些犹太人经历彷徨后成长，有些犹太人则最终走向疯癫。《狂热者艾利》[①]生动地刻画了被美国文化吸纳和同化的犹太人面对创伤的压抑的情境，同时也可以看成是对后大屠杀时代的美国犹太人对待犹太记忆的隐喻和讽刺。

二战后的几年间，人们对大屠杀的真相不甚了解，美国有关大屠杀的记忆处于空白时期，出版的有关大屠杀的文学作品也屈指可数。随着相关视频、幸存者口述的曝光，即便《狂热者艾利》中没有出现任何有关大屠杀的字眼，但它依然成为“二战结束后，美国作家创作的第一个主要关于大屠杀的故事”（Baumgarten

① 《再见吧，哥伦布》中只有《狂热者艾利》隐晦地提到了大屠杀，因此本节将主要讨论《狂热者艾利》。

and Gottfried 54）。罗斯为了有意识地将自己与其他的犹太作家区分开来，采取了更加隐晦和间接的方式来展现大屠杀对美国犹太人的影响。短篇小说中提到的战后美国犹太人对待进入伍登屯社区的犹太难民（displaced persons）的态度便一定程度上是美国犹太人对待大屠杀过去态度的集中体现。

小说中提到的伍登屯是一个离纽约 30 英里[①]的“现代近郊社区”，这里曾经是中产阶级基督徒的居住地。自二战以来，犹太人开始搬离原来的犹太聚集区到这里买房置业。新来的犹太居民为了与非犹太居民和平共处，双方达成协议，条件是大家要“放弃一些极端行为，使彼此不感到威胁或冒犯”（*GC* 196）。[②]在伍登屯犹太人的理解中，极端的行为便包括彰显自己的犹太身份和犹太过去。于是，他们不约而同地选择掩盖自己的犹太身份。二战过后不久，陆续迁入以色列和美国等地的犹太幸存者对自己在纳粹时期的遭遇集体失声，沉默成为面对这个创伤事件的反应，这部分源自对压制的本能的集体反应（Cole 2）。

伍登屯犹太人对民族身份的压抑绝非偶然，他们像一面镜子折射出战后整个美国犹太人集体失忆的状态。著名大屠杀研究学者德伯拉·李普斯塔特（Deborah Lipstadt）斥责美国犹太人这种对大屠杀的忽视和失忆行为，是“由无可原谅的无知或敌意造成的故意的无视导致的”（转引自 Novick 65）。美国犹太史学家雅各布·马库斯（Jacob Marcus）却认为，美国犹太人的行为有着迫不得已之处。失忆是他们面对不宽容的非犹太环境，在逃避中寻求庇护的无奈选择，这是移民在宗主国的文化适应过程中的一种保护色。犹太人要使自己免受反犹主义的侵害，并在非犹太世界获得成功，就得像非犹太人那样穿着打扮，就得避免意第绪语口音，克制自己不去遵守犹太饮食法，并使用非犹太人的姓名（雅各·瑞德·马库斯 248）。反犹主义情绪不是欧洲所独有的，20 世纪 30 年代在美国也诞生了许多反犹主义团体。这一方面是因为希特勒上台推行仇犹政策，另一方面是因为美国自身正经历着经济大萧条，他们需要找一个替罪羊来转移和应对国内人们日益增长的不满情绪。和他们祖先一样，犹太人再次担当了替罪羊的角色。

---

① 1 英里≈1.609 千米。

② 本书中所有对罗斯文本的引用皆为作者自译，但参考了现有的中译本，中译本皆在书后参考文献中列出，后不赘述。

两次世界大战期间，犹太人的移动模式和身份认同的范式发生了巨大的变化。以往犹太人搬离的社区由新来的犹太人补上，而生活逐渐宽裕的美国犹太人纷纷从隔都（ghetto）[①]移居到条件更优越的郊区，他们认为自己“配得上更好的美国生活”，由黑人家庭填补他们的空缺（Diner 240）。对战后美国犹太人的人口统计表明，二战之前，在美国出生的犹太人的人数超过外国出生的犹太人，这种状况即使在战后 8 万大屠杀难民到来之后也没有得到改变（240, 245）。第二代移民的身份认同范式也开始转变，他们不再像他们的父辈那样以他们在欧洲的出生地来界定自己的身份[②]，对稳定中产阶级生活的向往已经超越了他们对欧洲出生地的追求（246）。

搬离原来以犹太身份为集合的社区，摒弃犹太身份，这是很多美国早期移民（不仅仅是犹太移民）为了适应在新大陆的生存而采取的生存策略。战后不久的 1948 年，战争的硝烟刚刚从欧洲大地退去，被解放的犹太难民大都被分别安置到以色列和美国。作者选择的时间点正与史学家哈西亚 · R. 戴纳（Hasia R. Diner）在研究美国犹太人 350 年历史的著述《美国犹太人，1654—2000》（*The Jews of the United States, 1654 to 2000*, 2006）[③]中将 1948 年视为之前犹太人移民世纪和即将迎来的“黄金时代”的分界点。戴纳认为 1924—1948 年这段时期是美国犹太历史的“极其重要的时期”（Diner 205）。在此期间，原本按照欧洲来源杂乱聚集的美国犹太群体开始渐渐聚合成一个整体——美国犹太人。

对于美国犹太人而言，他们“参与到历时绵长且复杂的中产阶级美国化过程中，努力将自身灵活的现实与社会关于他们在国家中的地位的复杂信号融合”（206），包括一系列的平权法案和措施。1945 年纽约州州长托马斯 ·E. 德威（Thomas E. Dewey）签署的《伊夫斯-奎因反歧视法案》（Ives-Quinn Anti-Discrimination Bill），成为全美第一个减少对求职者种族、宗教或肤色的歧视的立法。新泽西州和马萨诸塞州紧跟其后，颁布了同样类型的法律。1948 年，《美国犹太年鉴》（*American*

① 隔都（ghetto）原专指犹太人的聚集区。在欧洲，犹太人因与基督徒对立的异教徒身份而被隔离到特定的区域。现在“隔都”一词已经超越了犹太人聚居区的范畴，而泛指少数族裔的聚居地，常带有贬义。

② 美国犹太移民以他们的出生地为依据，分为俄国犹太人、东欧犹太人、德国犹太人等。

③ 戴纳在其史料翔实的著作《美国犹太人，1654—2000》中，回顾了自 1654 年 23 名被葡萄牙政府从殖民地巴西驱逐的犹太人踏足新阿姆斯特丹（今纽约）以来，美国犹太人在社会、宗教和制度等方面 300 多年的发展历史。

Jewish Year Book）声称哈里·S. 杜鲁门（Harry S. Truman）总统的《人权委员会报告》（The Universal Declaration of Human Rights）使“美国的民主理想得以更全面实现”（Minkoff 202）。同年，美国高等法院“雪莉诉克莱默”（Shelley v. Kramer）①一案以法律形式确保了包括黑人在内的有色人种在传统白人社区购买房产的合法性，也使少数族裔入住代表美国主流文化的郊区成为可能。为了与象征美国主流社会的、以基督徒为主的典型美国社区维持这种“和睦”的关系，伍登屯的犹太人不惜隐藏自己的犹太身份，与他们身上负载的犹太过去割裂开来，以达到对过去惨痛创伤记忆的压抑和遮蔽，同时通过模仿主流白人的生活方式以期融入美国社会。

与此同时，战后不久美国犹太群体也饱受着大屠杀这段新近发生的创伤事件的困扰。不同于大屠杀给集中营幸存者留下的身体创伤，对于没有经历过大屠杀的美国犹太人来说，大屠杀带给他们更多的是一种集体和文化的创伤。从某种程度上说，大屠杀这一文化创伤促进了伍登屯社区的形成。与心理的创伤和身体的创伤往往与个人的伤害或者身心的极度痛苦的体验不同，文化创伤意味着身份和意义的巨大失落，社会结构中的苦楚影响着一群人，并将他们在某种程度上团结起来。从这个意义上说，“创伤不一定要被社会中的每一个人感知或者直接经历”（Eyerman 2）。因此，伍登屯的犹太人虽然没有亲历大屠杀，但他们通过各种媒介对大屠杀的认知也足以让他们受创。这些受创的群体不约而同地选择退缩进保护层，在这里，创伤的体验被视为孤独的负担，人们需要通过否认和抵抗的行为来忘却创伤。

大屠杀的创伤和新世界的美好生活让伍登屯的美国犹太人逐渐放弃了自己的族裔身份，追逐主流基督教中产阶级郊区的生活方式。这些已成功进入美国中产阶级生活的犹太人，俨然成为美国的一部分，当他们面对与自己有着同样信仰且公然彰显自身犹太身份的犹太难民时，便激起了强烈的反应：

---

① 在“雪莉诉克莱默”一案中，来自黑人家庭的雪莉在密苏里州的圣·路易斯市购买了房产，但在购买之时，并没有注意到自 1919 年开始实施的限制“黑人和蒙古种族的人”拥有地产的规定。住在邻近的路易斯·克莱默上诉请求剥夺雪莉一家对所购房产的所有权。密苏里州高等法院根据宪法“第十四号修正案”判决雪莉拥有房产的合法权利。美国遵循判例法体系，因此此案为之后涉及种族的类似案件提供了法律的依据。详见 334 U.S. 1 (1948) Shelley et ux. v. Kramer et ux. No. 72.

"犹太学校！"阿蒂·伯格说："艾利，在伍登屯有犹太学校，如果我想住在布朗斯维尔，艾利，我就住在布朗斯维尔。"哈里·肖也开始说话了："老普丁顿住的地方。普丁顿那老东西在棺材里也会震惊得辗转反侧的。艾利，我当时离开城市的时候就压根没料到还能回到城市。"

……

"那个傻子竟然走到我的窗户前，"泰德曾说："对我点点头，艾利，他现在已经是我的朋友了。"

"艾利，"阿蒂·伯格曾说："他把东西递给'N站'商店的店员，头上还戴着他那顶帽子！"

"艾利，"哈里·肖的声音又响起来："这可不是闹着玩的，总有一天，你会看到上百个小犹太佬戴着圆顶小帽在车房路上，唱着他们的希伯来课文。到时，看你还笑得出来。"（*GC* 192）

这里提到的布朗斯维尔位于布鲁克林区西段，是犹太移民自纽约下东区①之后的又一个聚集区。1886 年的布朗斯维尔还是一座宁静的村庄，可到了 20 世纪初，这里就已经发展成了"人口密集和规模过大的现代犹太小镇"，"一个遍布'血汗工厂'和嗡嗡作响的缝纫机、奇特的俄式澡堂和肮脏而狭小的店铺之地"（李爱慧 42）。1923 年，犹太人口占据整个布朗斯维尔总人口的 95%（43）。显然，伍登屯的社区犹太人从布朗斯维尔或者类似的社区搬到了新郊区，是为了追寻更美好的生活。

战后人们对大屠杀避而不谈一方面是为了维持自己经过万千努力、苦心经营得来的美国中产阶级生活；另一方面，美国犹太人由于在同胞受到令人发指的暴行的残酷摧残之时，自己却安坐在僻静的庭院中享受舒适生活而心存愧疚。于是，为了忘记自己在战时的冷漠和不作为，他们选择将这段本应与同胞共同承担的集体记忆遗忘。但如同个人面对突如其来的身体或心理打击过后选择性地遗忘这段创伤一样，犹太人集体的遗忘也是对这段文化创伤的防御性反应。他们原以为搬出犹太社区，摒弃附着于自己身上的犹太文化和身份，就能彻底地融入主流美国

① 初到美国的犹太移民无力承担在郊区生活的费用，往往会选择居住在城市中心的隔都。纽约下东区就是他们最大的聚集地，并由此获得"犹太城"的称号。

中产阶级的社区。可是，纳粹难民图里夫先生（Mr. Tzuref）带领经历了大屠杀的犹太难民不期而至，打破了伍登屯社区的宁静，成为勾起伍登屯犹太人内心创伤的刺激物。他们的在场无时无刻不提醒着伍登屯犹太人努力弃绝和压抑的文化创伤过去，并迫使伍登屯的犹太人不得不面临“压抑的复现”（the return of the repressed）。这让那些正在并努力被同化的犹太人感到万般恐惧，“暗恐”（uncanny）[①]由此产生。弗洛伊德在其名为《暗恐》（“The Uncanny”, 1919）的短文中，详细介绍了暗恐的概念。当人们面对与自己极其相似的“异己”（double）时，熟悉的脸、情境、犯罪场景等重复出现，既熟悉又可怕的“暗恐心理”随即产生。

图里夫带着18个犹太男童在伍登屯社区里开办犹太学校，并向杂货商订购橡胶童鞋，引起了社区极大的恐慌。文化记忆得以保存的一个重要的手段是物体、文本、纪念碑等的留存，也就是“记忆的形象”（figures of memory）。位于美国首都华盛顿的大屠杀纪念馆中，成堆的鞋如今在泛黄的灯光的照射下泛着幽暗的光，而这只是集中营里堆积如山的鞋子中的极小的一部分。虽然它们因为受挤压而变形，但鞋的款式、大小和质地仍然依稀可辨。在纳粹集中营里，当鞋的主人被送进毒气室里之后，狱工就将没用的鞋挑拣出来，如凉鞋、步行鞋和儿童拖鞋（Ben-Amos and Weissberg 63）。只是这些曾经属于鲜活生命的鞋已失去了原本鲜艳的颜色而变成清一色的灰色，成为纳粹屠杀犹太人的铁证。这些鞋的主人或化成焚化炉中的一缕青烟，或常眠于地下，早已踪迹难觅。因此鞋的在场往往与大屠杀遇难者的死亡紧密联系在一起，这也是图里夫订购胶鞋时会引起犹太社区如此巨大的恐慌的原因之一，即鞋勾起了伍登屯的居民们惧怕并竭力规避大屠杀带来的创伤。

如果说图里夫订购的胶鞋只是隐射了犹太人大屠杀的那段刚刚过去不久的种族创伤，那么图里夫和他带来的小孩头上带有特殊宗教意义的无边小圆帽[②]和他们的犹太寄宿学校则是对犹太身份更加赤裸裸的呈现。最让伍登屯居民坐立不安的

---

① 暗恐/非家幻觉是“压抑的复现”的另一种表述，指的是人的心里产生的一种既熟悉又陌生的情感，令人产生这种情感的可以是物、人或者情境。参见童明，第106-16页。

② 黑色的犹太小圆帽（yarmulke，后为 kipa 意为“遮盖”）是犹太人最显著的标志。犹太人进入犹太神殿时一定要佩戴小圆帽，以示对上帝的敬畏。

是和图里夫一起进入社区的那个不知名的犹太人，他全身上下刺眼的犹太人黑色服饰引起了居民们的强烈不满。居民派艾利与图里夫交涉，希望无名黑衣人能脱下象征犹太人的服装。图里夫在回信中告知艾利那是无名黑衣人“唯一”拥有的衣服。艾利还得知无名黑衣人的来历，他是“一无所有”的集中营幸存者，曾沦为纳粹的医学实验品。图里夫与艾利的对话中充满了误解，同时也制造出喜剧的效果。

伍登屯的犹太人面对象征着大屠杀这一文化创伤的犹太难民的出现，不仅表现出焦虑，甚至还有愤怒。他们一再声称伍登屯是一个“现代化的社区”（*GC* 232），可矛盾的是，在这个现代化的社区里，他们面对刚刚摆脱纳粹魔爪的犹太同胞，在社区非犹太人集体失声的状态下表现出的是残忍和冷漠。他们进入美国主流的文化之后，却对受难的同胞表现出嫌恶。他们反对开设犹太学校，不愿意自己的后代与犹太人通婚，甚至想把犹太难民赶出伍登屯，着实有违共同体的精神。

在费迪南德·滕尼斯（Ferdinand Tönnies）看来，共同体（或社区）是基于原始和自然的结合，是“持久的和真正的共同生活”（27），可分为以宗亲关系为基础的亲缘共同体、以邻里关系为基础的地缘共同体、以友谊为基础的精神共同体三种基本形式（27-28）。共同体期待成员依靠一种共同的、有约束性的感情维系在一起，滕尼斯称之为“共同理解或共识”，它是将成员紧密联系在一起的“力量和认同的感觉”（32-33）。在共同体里，个人要受制于共同体的道德观念。著名的社会学家齐格蒙特·鲍曼（Zygmunt Bauman）继承和发展了滕尼斯的共同体与社会的理论，并进一步将共同体与社会或生活圈子（company）进行区分。他指出共同体总是具有褒义的意蕴，给人以家一般安全而温馨的感觉。在共同体里，人与人之间应该相互信任、帮助和依赖对方。文化创伤记忆的建构有赖于共同体对某个过去的认同和接纳，而并非如自然主义创伤理论所主张的自然发生的事件。

对大屠杀创伤记忆的共同反应（即记忆的压抑和遗忘）成为伍登屯社区的黏合剂。伍登屯居民把外来犹太人视为异质于共同体外人的做法，体现了同一/认同的暴力，他们完全将既定的共同体的标准强加于外来犹太人。共同体成为排除异己、推行暴力的托词。而讽刺的是，希特勒就梦想着建立纯种的雅利安民族，对同一和纯粹的追求是犹太人噩梦的开始。

《狂热者艾利》中反复出现的一个关键词是“现代”（modern）。伍登屯的居民们屡次声明伍登屯是一个现代的社区，并以此为由排挤新来的犹太外来者。在伍登屯居民看来，“现代”意味着一套完全不同于以往（居住在犹太隔都的时候）的话语和行为体系，也不同于犹太外来者所背负的过去（犹太传统与大屠杀），而成为美国郊区化的代名词。图里夫带领的犹太难民居住在一座即将塌陷的房子里，这里条件简陋，图里夫的办公室空无一物，甚至连电灯都没有。相形之下，伍登屯灯火点点，呈现出一片繁华的景象。发达与落后、现代与传统、非犹太与犹太在伍登屯里表现得泾渭分明。

伍登屯的犹太人将大屠杀归因于犹太人和非犹太人彼此“威胁和冒犯”以及犹太人对犹太教的信仰。伍登屯的犹太人很大程度上代表了当时远离灾难发生地的美国犹太人的看法，他们与其他美国人一样对大屠杀表现出无知和冷漠。伍登屯的犹太人甚至将大屠杀的发生归咎于犹太人对既有规范的逾越，从而引起以希特勒为首的纳粹的不满。伍登屯的犹太人企图以隐忍的态度来赢得非犹太人的接纳，他们认为“或许，如果战前的欧洲能够这样，那么，对犹太人的迫害就不会成功——事实上，迫害根本就不会发生，你和那 18 个孩子也不会沦为受害者”（*GC* 197）。这是对长久以来的反犹主义和纳粹屠犹起因的无知和曲解。事实证明，犹太人的软弱和奉迎非但不会阻止大屠杀的发生，反而促成了惨剧的发生。如果大屠杀的发生不是伍登屯美国犹太人所理解的那样，那么是什么导致了大屠杀的发生？

大屠杀这一空前绝后的事件极大地挑战了既有的社会和政治分析范畴，并对“其后理论化地阐释权力、理性、秩序和意识形态”的影响重大（Fine and Turner 3）。二战后，大屠杀的成因成为战后一代学者主要的研究对象之一，其中最负盛名的莫过于汉娜·阿伦特（Hannah Ardent）和鲍曼。阿伦特通过对 1968 年以色列对纳粹重要头目之一艾希曼的审判的观察，指出在大屠杀中犹太居民委员会（Judenrat）所扮演的角色，并提出了“平庸的恶”（banality of evil），告诫世人警惕大屠杀的悲剧重演。在《现代性与大屠杀》（*Modernity and the Holocaust*, 1989）一书中，鲍曼迫使公众思考和正视大屠杀发生的必然性。鲍曼揭示了大屠杀研究领域的两种淡化大屠杀的趋势：第一，将大屠杀看作专门针对犹太人的屠杀，是犹太历史上独一无二的事件，并将反犹主义看作整个事件的起源；第二，将大屠杀泛化为普遍的社会现象的极端表达，就跟其他的种族灭绝一样（Bauman 2）。

在鲍曼看来，这两种趋势都导向一个相同的结果——大屠杀被社会学研究排除在外。大屠杀被正统社会学家视为因现代文明失败而产生的毒瘤，而鲍曼则认为大屠杀揭示了“现代社会的另一面”（8），因而属于现代社会的一部分。现代社会阴暗的一面与人们所崇拜的光明的一面共同构成了一个硬币的两面。

马克斯·韦伯（Marx Weber）看到了资本主义制度与合理性之间的“选择性亲和”（elective affinity）的关系，而鲍曼对大屠杀与现代性之间选择性亲和的关系尤为关注。现代性的理论体系十分庞杂，鲍曼所指的现代性主要是韦伯所看到的理性化与官僚体系。两者的共同作用为大屠杀的发生提供了可能，“‘最终解决方案’的初衷源于对理性的担忧，而一个形式与目的都与理性一致的官僚体制则确保其施行”（Bauman 18）。现代的社会规范和制度不仅没有能阻止大屠杀的发生，反而为其发生提供了保障。皮奥塔·斯托普卡（Piotr Sztompka）也看到了社会进步的过程中往往潜伏着各种危机，在变革过程中也充满了鲜血、汗水与泪水，并且随着社会变革的深入势必会造成社会生活各个层面的分裂。19 世纪以来，现代性的胜利引发了社会上所说的 6 个危机主题[①]。在进步话语与危机话语的夹缝间，诞生了一种有关社会变革的话语——创伤的话语（discourse of trauma）。纵观大屠杀的整个过程，从最初鼓吹反犹主义到“最终解决方案”的最后制定和实施，现代性都无一例外地与文明化紧密勾连。鲍曼总结出了大屠杀发生的逻辑：以希特勒为首的第三帝国首先勾画出一幅“完美社会”的图景，将犹太人视为破坏完美性而必须被根除的杂草。随后通过现代化的管理方式和具化的劳动分工，使大多数人远离直接接触屠杀惨烈场景的机会。人们都专注于自身的工作，并全身心地投入为帝国效力的荣誉中去，而全然不顾这一工作的最终结果。技术责任已然替代道德责任，普通的德国民众也变成杀人不眨眼的恶魔。当身体的暴力被更强大而又隐形的力量所代替时，现代科学成为规训网络的帮凶，包括科学家、教会在内的群体都成了沉默的旁观者。受害者为了明哲保身选择服从和合作，却不知不觉地使受害者参与到自己的死亡运作之中去。因此，大屠杀是发生在现代

① 斯托普卡罗列了发端于 19 世纪到现在仍然颇有影响的 6 个社会学主题：①滕尼斯提出的共同体的失去；②涂尔干提出的道德失范；③韦伯提出的官僚体制的牢笼；④何塞·奥特加·伊·加塞特（JoséoOrtega y Gasset）提出的大众文化的侵蚀；⑤生态的毁灭、资源的耗尽；⑥战争和屠杀的产业化，以及恐怖主义与暴力的蔓延。参见 Sztompka, “The Trauma of Social Change: A Case of Postcommunist Societies”, p. 157.

文明过程中作恶者、受害者与旁观者三者共同参与的惨剧。

罗斯笔下的伍登屯犹太人以“现代社区”为借口，排挤来自欧洲的犹太难民。从某种程度上说，该小说呈现了大屠杀的悲剧正在伍登屯重新上演的场景。对犹太过去的忘却和压抑使伍登屯的犹太人正在经历道德的滑坡。赫尔伯特·C. 克尔曼（Herbert C. Kelman）注意到使道德对暴行的抑制作用减弱的三个过程：权威化、常规化以及去人性化（38）。暴力权威化的过程利用来自法律授权机构的官方指令，使个人融入责任而无力进行道德判断；暴力常规化的过程使行动变得有组织，而使行动者丧失了提出道德问题和做出道德决定的机会；暴力去人性化的过程通过意识形态的规定和教化，使行为者的目标以及自己的态度被结构化，因而无法以道德的眼光来看待彼此的关系。三者相互关联，可能单独出现，也可能一起出现共同作用（38）。发生在伍登屯的同一性暴力，是一种追求纯粹的、非犹太身份的暴力。他们企图以现代性的名义，反对犹太外人在非犹太人的共同体里凸显和践行犹太传统。伍登屯对外来者的施暴工具便是现代法律，以及执行法律的工具——律师艾利。

《狂热者艾利》的主人公艾利·派克（Eli Peck）是整篇短篇小说的核心人物。他身为伍登屯犹太人的代表律师，奔走于客户与图里夫的犹太学校之间，与他们进行谈判，敦促外来者遵守社区条例，特别提到在公众场合的穿着要“符合 20 世纪美国人的生活品位”（*GC* 197）。在图里夫与艾利的两次交锋中，双方都提到了法律，却对律法有着截然不同的理解。犹太律法是犹太教的信仰和观念，是以神的诫命形式为犹太人确立的规范。犹太教最早的律法是犹太人作为上帝选民应该遵守的“十诫”[①]，由犹太教创始人率领以色列人走出埃及之后，在西奈山与上

---

① 根据《圣经》记载，以色列的先知和首领摩西，在上帝耶和华的帮助下，逃离埃及来到西奈山，之后上帝通过摩西与以色列订约，名为《摩西十诫》。这十条分别是：①我是耶和华，你的神，曾将你从埃及地为奴之家领出来。除了我以外，你不可有别的神。②不可为自己雕刻偶像，也不可作什么形象，仿佛上天、下地和地底下、水中的百物。不可跪拜那些像，也不可事奉他，因为我耶和华你的神是忌邪的神；恨我的，我必追讨他的罪，自父及子，直到三四代。爱我守我诫命的，我必向他们发慈爱，直到千代。③不可妄称耶和华你神的名，因为妄称耶和华名的，耶和华必不以他为无罪。④当记念安息日，守为圣日。六日要劳碌作你一切的工，但第七日是向耶和华你神当守的安息日。这一日你和你的儿女、仆婢、牲畜，并你城里寄居的客旅，无论何工都不可作。因为六日之内，耶和华造天、地、海和其中的万物，第七日便安息。所以耶和华赐福与安息日，定为圣日。⑤当尊敬父母，使你的日子在耶和华你神所赐你的地上，得以长久。⑥不可杀人。⑦不可奸淫。⑧不可偷盗。⑨不可作假见证陷害人。⑩不可贪恋人的房屋，也不可贪恋人的妻子、仆婢、牛驴，并他一切所有的。参见《圣经·出埃及记》（和合本）20：2-17.

帝订立了圣约。对犹太人最重要的是《托拉》（*Torah*）和《塔木德》（*Talmud*）。"托拉"为希伯来语的音译，词根有"教化、引导"之意，指上帝指引人的行动与处世之道。广义上的《托拉》，包括一切上帝给犹太人的引导和启示，狭义上仅指《圣经·旧约》的头五卷，又称律法书或《摩西五经》（包括《创世记》《出埃及记》《利未记》《民数记》《申命记》）。《塔木德》则是犹太教的口述律法，包括《密西拿》《革马拉》，内容涉及《圣经》训诫、法律、宗教仪式、生活习俗、文学、历史等多个方面。以《托拉》《塔木德》为准则的犹太人的律法观与承袭《汉谟拉比法典》以来形成的律法观不同。犹太律法观体现的是上帝对世人的慈爱，对律法的阐释也不是固定的，而古希腊、古罗马以来形成的法律以惩戒为目的，是世人制定的相互约束的法律。

当艾利向图里夫宣讲社区的法律条例的时候，图里夫质疑了艾利所说法律的本质，而主张"心即是律法"，并说出了"法律就不是法律。作为法律的法律何时又不是法律呢？……反过来道理也一样"（*GC* 200）这种佶屈聱牙却意味深远的一番话。现代的法律则是理性的化身、现代性的最极致体现，它旨在"将社会理性化，即将社会互动局限于理性的范围之内，或者用一个相对教条的公式来表述，法律就是试图把'人的行为限制在规则的掌控之中的规划'"（Goodrich 545）。在人们的印象中，律师往往以固守法律的刻板形象出现，他们忽视社会生活中非理性的因素以及人性中不确定的变数。具有讽刺意义的是，法律恰恰成为大屠杀合法化的工具，理性传统最盛、法制严密且完善的德国却正是最令人发指的屠杀的发生地。《纽伦堡法案》所包含的一系列法律使得犹太民族成为所谓的"劣等民族"，犹太人被堂而皇之地扫除出德国合法居民的行列。维护公正平等的法律使犹太人的财产被剥夺，自由受到限制，甚至连生命也危在旦夕。正如劳尔·希尔伯格（Raul Hilberg）所说，"从整体上说，毁灭的运作机制与有组织的德国社会并无结构上的区别。从它扮演的特定角色来看，毁灭的运作机制就是组织起来的共同体"（转引自 Bauman 10）。而在这里，组织起来的伍登屯社区成了毁灭的机械组织，法律又一次成为实施暴力、推行同一性的帮凶。

在这场被同化的美国犹太人与犹太外来者的冲突中，艾利在伍登屯扮演居中调停的角色，他充当犹太的过去和美国的现在之间的纽带，试图弥合二者之间的分歧和矛盾。伍登屯社区表现出对当下、现在的关注和执着，而对过去则表现出敌视和反感。相反，新来的犹太人固着于自己过去的传统和苦难。夹在现在和过去之间进退两难的艾利处于孤立无援的境地：作为伍登屯犹太人的代理律师，他无法完成客户交予的重托，去说服越界的犹太难民遵守社区的法律；作为犹太人，他遭到信仰犹太教的难民的嫌恶；作为丈夫，他与怀孕的妻子米莱姆·派克（Miriam Peck）关系日渐疏离。当他再次与图里夫就无名黑衣人的穿着问题交涉的时候，艾利又一次败下阵来，他甚至开始对自己的身份感到困惑。

> "英语里有'容忍'这个词吧？"
> "我们的词汇里有'容忍'，但也有'法律'。"
> "不要再跟我提法律！既然有容忍，那就试试吧。这只是件小事。"
> "他们不会这么做的。"艾利说。
> "那你呢，派克先生，你怎样？"
> "**我就是他们，他们就是我**，图里夫先生。"
> "不！**你是我们，我们也是你！**"
> ……
> "并不是我想为难你，图里夫先生，这是他们的意思。"
> "**他们就是你。**"
> "不是，"艾利严肃地说，"**我就是我，他们是他们，你是你。**"
> "你说的是树叶和树枝，我指的是泥土下的。"（*GC* 199-200，黑体为笔者另加）

从引文中可以看出，艾利将自己视为伍登屯的一员，因为他是被同化的犹太人之一，这也是作为社区代理律师应有的态度。图里夫试图规劝艾利成为"我们"（受难的犹太人）中的一员。在一段问答过后，艾利放弃了与"他们"的认同，但也拒绝成为笃信犹太教的"我们"中的一员。"你、我、他们"之间的关系，早在德国犹太哲学家马丁·布伯（Martin Buber）植根于犹太神秘学说的著作《我与你》（*I and Thou*, 1923）中便有精彩的论述。布伯看到了"我"和其他人关系之间的双重性："我-你"（I-Thou）和"我-它（他、她）"（I-It）。在"我-它（他、她）"的关系里，"我"将"我"之外的世界都看作对象和与"我"对立的客体，"它"成为可以征服和利用的对象。相形之下，"我"与"你"的关系是两者互惠和相互依存的关系，“你”有可能就是上帝，这后来被法国哲学家伊曼纽尔·列维纳斯（Emmanuel Levinas）发展为绝对他者，并倡导对他者的无条件好客与绝对责任。这段对话由深谙犹太教义的图里夫发起，不免让人想起有深刻犹太渊源的关系哲学。

图里夫“你是我们”“他们就是你”的逻辑把大家都看作犹太人，“本是同根生，相煎何太急”？殊不知，这些伍登屯的居民已渐渐背弃了犹太的教条。这个“现代”的犹太社区带给艾利的唯有“麻木和疲惫”（*GC* 187）。伍登屯居民不停指责他与图里夫交涉不力，而图里夫方面却以我行我素作为回应。在这个社区里，虽然美国犹太人貌似团结一致，声讨新来犹太难民的越轨行为，但实际上他们都是极端的个人主义者。他们从自身出发考量利益得失。他们害怕犹太人的到来破坏他们苦心追寻和经营的非犹太中产阶级的生活方式。在这些伍登屯的犹太住户的言辞之中，他们丝毫没有表现出对这些大屠杀幸存者特别是儿童的同情和怜悯。这些信奉美国常识理性的居民们，用这种“集体的无情（或麻木）”来保全自己现有的安宁生活（210）。

服饰不仅是为了遮蔽身体，还象征着穿衣者的个人或种族身份。无名的黑衣人的服饰直接彰显了他的犹太身份，这是对整个伍登屯社区的挑衅。艾利在多次交涉未果的情况下，一怒之下将自己的衣服打包寄给了无名的黑衣人，希望他能换下来犹太黑衣以平息这场由犹太传统的凸显引发的事端。艾利衣服上的品牌表明这些衣服都是美国制造的，也表明伍登屯犹太人要以美国身份替换犹太身份的意图。黑衣人最终脱下了那身象征犹太教的行头，以滑稽的方式穿上了艾利的绿色西服，成了绿衣人，并最终“属于这里了”（213）。无名黑衣人对艾利提供的服饰的接受代表他放弃了自己的犹太信仰（至少从表面来看如此），并向伍登屯的同化政策妥协。他虽然穿着十分怪异，但这也意味着伍登屯社区的集体暴力的胜利。他甚至不能再像先前那样痛彻心扉地哀号，而是只流下了两行清泪。

无名人把换下的黑衣送到了艾利家门口，这将艾利逐渐引诱至疯狂的深渊。黑衣令艾利生平第一次闻到了“黑色的味道：有一点陈旧、一点酸腐、一点古老，却还不至于将其淹没”（214-5）。艾利无法摆脱“陌生人帽子异常沉重的分量下，突然袭击肌肉和关节的巨大的软弱感”（215）。黑衣如同一块磁石，吸引着艾利将整套衣服一件件地穿在身上。换衣的举动使绿衣人（即先前的无名黑衣人）与艾利的角色互换，绿衣人成为守规矩者，而艾利成为越界者。当艾利换上黑衣之后，与绿衣人有过一场短暂的邂逅。他们看到彼此的装束，一时间感到迷惑。艾利觉得自己其实是“两个人，抑或是一个人穿了两套衣服”（218）。这种熟悉感和迷惑便产生自看见异己的暗恐心理，同时代表着欧洲犹太人与美国犹太人对待犹太教的两种态度，大屠杀将二者区分开来（Berger 157）。绿衣人要逃走，艾利竭力让其明白自己想为他做点什么。最终，艾利的坚持得到了绿衣人的回应。绿衣人将手放在胸前揉搓，并用手指指向伍登屯，面部露出万分痛苦的表情，就如同空气中满是刀片向他割来。艾利如同得到神启，欣然迈向了伍登屯（*GC* 219）。艾利穿着象征犹太传统的黑衣，公然游走于伍登屯的大街小巷，向那些被同化的犹太人挑衅。他感觉到黑衣已渐渐成为“他皮肤的皮肤”（220），与个体融为一体，并去医院看望了自己刚出生的儿子，打算将黑衣传给下一代。

弗洛伊德在进行癔症研究的时候，发现癔症患者主要是因为遭受了记忆恢复的痛苦（弗洛伊德，《癔症研究》 20）。对于艾利而言，大屠杀这一压抑良久的创伤记忆最终如火山般迸发，他用拥抱哈希德犹太教的狂热来对抗伍登屯的集体失忆。艾利的疯癫其实是一个悖论：“如果你能选择疯癫，便没有疯；如果你没有选择疯癫的时候，你便疯了。”（*GC* 222）艾利选择了疯癫，那么他就没有疯，然而伍登屯的犹太人却把他当作疯子对待，因为在他们的话语体系里，艾利是一个越界的疯子。米歇尔·福柯（Michel Foucault）在《疯癫与文明：理性时代的疯癫史》（*Madness and Civilization: A History of Insanity in the Age of Reason*，1965）里试图唤醒受到理性压抑而沉睡良久的疯癫。福柯看到长久以来理性将疯癫者禁锢于疯人院等空间内，宣布他们的非法性，并制定了一系列的规范来压制和管理这些疯癫者，这成为理性消除异己的方法之一。罗斯让艾利以疯癫为策略的反抗举动最终遭到了伍登屯的强力镇压，可是药物只能让他的肉体服从规范，而犹太教的教义已经深入到了无可触及的地方，这便是结尾的深意所在。

虽然伍登屯居民对大屠杀记忆的沉默和压抑与否认大屠杀（holocaust denial）有着本质的区别，但忘却也意味着背叛犹太传统。大屠杀极大地动摇了西方总体性的观念，以及现代性对同一性的追求。罗斯通过《狂热者艾利》以及整部《再见吧，哥伦布》敏锐地捕捉到后大屠杀时代美国犹太社区的解体，以及美国犹太人面对大屠杀这一无法理解和消化的创伤之困境和不适感。大屠杀既不仅仅是一个犹太人的问题，也不是只发生在犹太历史中的事件。罗斯以他特有的讽刺和喜剧方式，展示了更深层次的伦理追问。艾利虽然最终被以伍登屯犹太人为代表的现代性所驯服，但他在精神上仍是胜利者，因为他保有那片无法渗透的黑色——犹太黑色传统服装所象征的犹太传统。在《狂热者艾利》中，我们看到了忘记大屠杀的可怕后果。在记忆的伦理中，遗忘是比死亡更可怕的东西。沉默和旁观会让大屠杀受难者面临被遗忘的威胁，人类也可能重蹈大屠杀的覆辙。对此，罗斯的态度已经通过艾利的举动表现得十分明显，但同时读者也能感到处于 20 世纪 50 年代末期的罗斯面对犹太社区的失忆的无奈感。记住和呈现大屠杀是必要的，但其呈现的方式是得值探讨的。罗斯在《狂热者艾利》中所采用的大屠杀的言说方式是隐蔽式的，大屠杀的相关字眼一次也没有出现，但是这种不在场的言说却时时刻刻透露着它在场的信息。然而，20 年后有关大屠杀的话语在美国走向另一个极端，开始被大众传媒过度言说，《鬼作家》便关注了这一现象。

第三节　大屠杀记忆的移置和戏仿：《鬼作家》

在《狂热者艾利》中，我们看到了大屠杀的文化创伤记忆在战后 20 世纪 50 年代的美国处于被压抑的状态。面对大屠杀的创伤记忆，美国犹太人不约而同地选择努力融入美国社会以维持现有生活的保守策略。时隔 20 年，随着大屠杀的阴霾渐渐散去，以大屠杀为核心的犹太创伤记忆逐渐在美国犹太人中显现。冷战的大环境让犹太社区不再拒斥有关大屠杀的创伤记忆，大屠杀日渐成为建构犹太人身份的必要组成要素，融于美国犹太文化创伤记忆之中。然而，越来越明晰的大屠杀真相让这些没有亲历过大屠杀的人们无法直视，为了应对被压抑的创伤记忆的复现，受创的主体必须通过一定的方式移置来重复地展演出来。移置（transference）是心理分析中的一个关键词，指创伤记忆在受到受创者的压抑进入无意识过后，通过另一种更加隐蔽的、隐喻性的方式表现出来。弗洛伊德认为，“移置是重复的一种形式，重复是对被遗忘的过去的移置”（Freud, “Remembering, Repeating and Working-Through” 151）。

《安妮日记》（1942—1944）是战后第一个在美国受到广泛关注和接受的有关大屠杀的作品。日记中间接呈现出的碎片化的大屠杀记忆一度成为美国犹太人甚至全体美国人对大屠杀认知的基础。大屠杀的惨烈和创伤的记忆被移置成一个以安妮·弗兰克神话为核心的记忆，以此来安抚（working through）创伤。针对这一现象，罗斯借助他的“代言人”——内森·祖克曼之口，通过奇特的文学想象将洛诺夫的年轻助理艾米·贝莱特（Amy Bellette）置换成安妮·弗兰克这一战后美国人心中普遍认可的大屠杀代言人，并通过想象与之结婚以寻求与犹太社区的和解。

虽然祖克曼的声音最早在《我作为男人的一生》一书中已经出现，但直到“祖克曼三部曲”①时他才获得了独立的叙事声音。主人公祖克曼也因其与罗斯本人的相似经历，而被称为作者的“另一个自我”（alter ego）。《鬼作家》是祖克曼系列小说的开山之作，小说中初出茅庐的作家祖克曼以回忆的口吻讲述了自己在20多年前拜会隐居于深山农舍的大文豪洛诺夫的朝圣之旅，因而常被看成是作家精神上和文学上的寻父之旅。洛诺夫被视为罗斯的两位犹太前辈马拉默德与辛格的“想象糅合体”（Searles 129）。小说的标题《鬼作家》字面上意指代笔作家或枪手，即以他人名义操刀写作的作者。在此意义上说，以罗斯的名义写作的祖克曼也可以被称作“鬼作家”。然而，“鬼魂”一词代表着过去文化与个人记忆的萦绕和盘亘，从这个意义上说，“鬼作家”表明了以祖克曼为面具的罗斯与过去（犹太和非犹太）的文学传统无法割裂的联系。《鬼作家》被评论界普遍认为是一本关于写作的书，书中除了涉及虚构的犹太作家洛诺夫之外，还提到了詹姆斯、契诃夫等其他作家，其中以《安妮日记》的作者安妮最为引人注目。有评论家甚至将罗斯对安妮的这一段臆想看作无关故事情节的跑题，罗斯的《鬼作家》被批评为是一部不能忠实于历史记录的作品，对大屠杀进行歪曲（Shatzky 107, 110）。然而，他们忽视了祖克曼（罗斯）对《安妮日记》的改写意在通过审视安妮·弗兰克的作用来考察犹太人“共同的责任以及犹太文学的传统和历史”（Ravvin, *A House of Words* 67）。

如今在许多美国人看来，安妮·弗兰克的声音是大屠杀中600万消失的犹太亡灵的声音（Rosenfeld, “Popularization and Memory” 249）。二战中，被纳粹杀戮

① 罗斯的祖克曼系列小说共有9部，包括“祖克曼三部曲”及后来的《布拉格狂欢》（*The Prague Orgy*）、《反生活》、“美国三部曲”（《美国牧歌》《我嫁给了共产党人》《人性的污秽》）以及《鬼退场》（*Exit Ghost*）。

的 600 万犹太人中约有 100 万是儿童，其中要数少女安妮·弗兰克最负盛名。她遗留下来的战时日记——《安妮日记》一度成为世界上发行量最大的书籍之一。富兰克林·D. 罗斯福（Franklin D. Roosevelt）总统的夫人安娜·埃莉诺·罗斯福（Anna Eleanor Roosevelt）在为《安妮日记》美国版撰写的导言中，盛赞它为“表达战争及其对人类的影响最为睿智和感人的作品”（7）。迈耶·莱文（Meyer Levin）在 1952 年《纽约时报》上的书评中写道：“它（《安妮日记》）与读者分享着嫌恶和憎恨的时刻，但它却如此生动和贴近生活，我们能强烈地体会到人性的普遍性。”《安妮日记》一度被视为迄今为止出版的记录数百万希特勒屠犹牺牲者的煎熬和殉难最感人的文献。美国前总统约翰·肯尼迪（John Kennedy）也曾在演讲中说道：“在众多诉说经历巨大苦难和损失时人性的尊严的叙述中，没有一个比安妮·弗兰克的声音更令人信服。”（“Kennedy, Praising Anne Frank, Warns of New Nazi-Like Peril”）

《安妮日记》由犹太小姑娘安妮·弗兰克 13 岁到 15 岁的日记整理而成。她用日记的形式记录了 1942 年 6 月 12 日至 1944 年 8 月 1 日两年间，包括安妮一家四口在内的八名犹太人在荷兰阿姆斯特丹一栋建筑的后楼躲避纳粹迫害的经过。后楼位于安妮的父亲弗兰克先生的公司办公楼的隐秘处。安妮出生在德国法兰克福，在纳粹上台后随父母搬到荷兰的阿姆斯特丹。1940 年 5 月，纳粹德国入侵荷兰，直接导致荷兰的犹太人被驱逐至集中营。为了逃避被送入集中营的厄运，弗兰克先生将自己公司所在办公楼的阁楼改成了他们躲避盖世太保（Gestapo）[①]搜捕的藏身之所，先后共有八名犹太人藏匿其中。[②]他们在后楼中藏匿了两年之后，最终因有人告密而被盖世太保发现，被悉数送往集中营。除弗兰克先生之外，其他七人都丧身其中。安妮及其姐玛格特·弗兰克（Margot Frank）辗转到贝尔根-贝尔森（Bergen-Belsen）集中营后不久即患斑疹伤寒死去，此时距苏军解放集中

---

① 盖世太保是德语“国家秘密警察”（Geheime Staats Polizei）的缩写 Gestapo 的音译。它在成立之初是一个秘密警察组织，后加入大量党卫军人员，他们一起实施屠杀犹太人的“最终解决方案”，纳粹通过盖世太保来实现对德国及被占领国家的控制。臭名昭著的海因里希·希姆莱（Heinrich Himmler）、莱因哈德·海德里希（Reinhard Heydrich）曾任盖世太保的首领。

② 藏匿于后楼中的犹太人一共有 8 人，包括弗兰克一家四口（弗兰克夫妇及两个女儿）和范·培尔一家（the van Pels）（包括范丹夫妇二人及儿子彼得），牙科医生弗利兹·菲弗（Fritz Pfeffer）为后来入住的人员，这些人物都以化名出现在《安妮日记》中。

营仅一月之遥。

战后，后楼唯一的幸存者弗兰克先生从奥斯威辛回到荷兰，战时曾经帮助过他们藏匿的米普·吉尔斯（Miep Gies）[①]将逃过盖世太保清理的安妮的日记本以及所有有安妮字迹的记账本和散页纸等悉数交还给弗兰克先生。弗兰克先生决定完成女儿当作家的遗愿，努力将日记发表出版。经过多次碰壁之后，日记最终于 1947 年首次在荷兰阿姆斯特丹以《后楼：1942 年 6 月 12 日至 1944 年 8 月 1 日的日记》（*Het Achterhuis: Dagboekbrieven van 12 Juni 1942-1 Augustus 1944*，简称《后楼》）为题出版。之后，日记又被译成法语，英文版本也在弗兰克先生和美国剧作家迈耶·莱文的共同努力下，最终于 1951 年经由美国道布尔迪（Doubleday）出版公司出版，与读者见面，此时距二战结束已有 6 年了。

《安妮日记》由日记的条目组成，因而它对大屠杀的创伤记忆是碎片性的。自从《安妮日记》面世以来，它就被渐渐符码化，并进入了一条符码的增殖、繁衍之链。它首先与作者本人分裂。依照荷兰国家战争文献研究所（Netherlands State Institute for War Documentation）的考据，《安妮日记》总共有三个版本[②]。C 版删去了一些无关紧要的描写，并略去安妮对范·培尔一家和其母伊迪斯·弗兰克

---

① 米普·吉尔斯（1909—2010），荷兰籍奥地利人。德国占领荷兰期间，她曾与丈夫扬·吉尔斯（Jan Gies）以及其他四人，为安妮·弗兰克等 8 位犹太人在后楼的藏匿提供了帮助。安妮等人被党卫军带走后，吉尔斯妥善保存了安妮于躲藏期间所写的日记，并于战后交还给安妮的父亲。这就是为世人所熟知的《安妮日记》。吉尔斯晚年公开谈论起她亲身经历的与安妮有关的故事，力挫了有关《安妮日记》造假的传言。1987 年，吉尔斯所著的《回忆安妮·弗兰克：那个帮助安妮一家躲藏的女人的故事》（*Anne Frank Remembered: The Story of the Woman Who Helped to Hide the Frank Family*）出版，详细讲述了安妮在后楼的故事。

② 荷兰国家法学实验室 1986 年出版了长达 700 页的评注版《安妮日记》（英译本于 1989 年出版），以回应当时甚嚣尘上质疑日记真伪的声音。此书将三个版本的《安妮日记》并置，A 版为安妮未经任何处理的日记。安妮在被捕前夕从广播中得知，荷兰要在战争结束后出版记录战争时期的日记和书信集。她立刻想到出版自己的日记，于是开始整理和修改以往的日记，之后由安妮修改过的日记被称为 B 版。安德烈·勒斐伏尔（André Lefevere）认为安妮这种“自我编辑”的行为是出于个人情感和文学润色两个目的（60）。安妮除了对原来的日记进行文字上的润色之外，还删除了那些她认为读者可能不感兴趣的段落，并根据回忆添加了一些描述，甚至还为日记中的人物安置了假名。安妮对日记有意识的润色和改写，意味着写作私密日记的安妮与为预设读者写作的作者安妮之间的首次分裂。而后，弗兰克先生取两个版本的精华，编辑成“第二号打印稿”（Typescript II）。弗兰克先生竭力为日记寻找出版商，却无人赏识、四处碰壁。直到原稿辗转到历史学家简·罗门（Jan Romein）手里，此人读过原稿后，为其撰写了一篇题为《孩童的声音》（“A Child's Voice”）的评论，发表在《言语报》（*Het Parool*）上。罗门对《安妮日记》的高度评价，吸引了荷兰出版商的关注。最终，编辑在弗兰克先生“第二号打印稿”的基础上进行了修改，最终以《后楼》为名于 1947 年出版，这也就是日记的 C 版。

（Edith Frank）不好的评论，以及有关安妮青春期萌动的段落。[①]至此，《安妮日记》终于成书与读者见面，实现了安妮当作家的梦想，尽管《安妮日记》里传达出来了安妮与作者本人的一些思想，但是这些思想与她期待被读者所认识的形象已产生了距离。

在安妮的众多形象中，她不再仅仅是通过写作寻找被困后楼意义的含苞待放的花季少女，她还是"未成年人的守护神、狂热的女权主义者、文学奇才、宗教和种族平等的拥护者和各方争夺的文学财产"（Enzer and Solotaroff-Enzer 2），可安妮最为世人熟知的还是那个微笑着面对困境的少女形象。安妮在随家人躲入密室的两年中，尽管遭受着被剥夺自由的苦楚，经常感到外界未知的死亡威胁，但她仍然相信人们内心的善良。"不管怎样，我始终相信人心是善良的"（332）是《安妮日记》里最广为流传的一句话。安妮这一乐观形象与 20 世纪 50 年代舞台剧和电影版的《安妮日记》在美国上映不无关联。

读者所熟知的安妮形象主要是"依据美国的标准而产生的形象"（Rosenfeld, "Popularization and Memory" 261），即来自弗朗西斯·古德里奇（Frances Goodrich）和哈克特夫妇（Albert Hackett and Frances Hackett）改编的百老汇舞台剧以及以此为蓝本拍摄的同名好莱坞电影[②]。在莉莲·海尔曼（Lillian Hellman）的推荐下，哈克特夫妇取代莱文承担了日记的改编工作。哈克特夫妇自 20 世纪 20 年代末，便在好莱坞从事电影的剧本创作。在改编《安妮日记》之前，他们已是好莱坞有名的编剧。[③]由他们担任编剧的舞台剧《安妮日记》成功地将安妮的形象广泛投射到后战争年代美国人的心中。百老汇和好莱坞成为传播《安妮日记》文化价值的主要推手。剧本经过几次修改，成功将日记中的恐怖转变成"抚慰的、鼓舞的甚至涤罪的事物"（Graver 95）。让那些从剧院里走出来的人们记忆深刻的可能不会是

---

① 详见 Netherlands State Institute for War Documentation, p.70.

② 1959 年的《安妮日记》电影版基于哈克特夫妇的获奖剧本拍摄而成，由乔治·史蒂文斯（Gorge Stevens）导演，新泽西女孩米莉·佩金斯（Millie Perkins）扮演安妮，曾在舞台剧中扮演奥托·弗兰克(Otto Frank)的约瑟夫·斯柴德克劳特（Joseph Schildkraut）也在影片中扮演奥托一角。

③ 哈克特夫妇在编剧界名望颇高，曾多次荣膺学院奖（The Academy Awards）最佳编剧的提名，获得提名的影片有：《瘦人》（*The Thin Man*, 1934）、《迷雾重重》（*After the Thin Man*, 1936）、《岳父大人》（*Father of the Bride*, 1950）、《七对佳偶》（*Seven Brides for Seven Brothers*, 1955）等。他们还凭借《花开蝶满枝》（*Easter Parade*, 1949）、《玉女弄璋》（*Father's Little Dividend*, 1951）和《安妮日记》（*The Diary of Anne Frank*, 1959）等剧本获得美国编剧工会奖（Writers Guild of America Award）。《安妮日记》还为他们赢得了普利策奖和托尼奖。

那些逝去的生命和纳粹的种族灭绝的罪恶寓意，而是一个坚信人性的美好，并微笑面对困境的女孩（95）。

安妮的乐观形象迎合了20世纪50年代美国所需要的时代精神。二战后的20年是美国经济的“黄金时代”。相对二战带给欧洲传统强国英法等国的毁灭性的破坏，二战的战火并未在美国本土燃烧，反而因为军火输出带动了美国国内经济的飞速发展，帮助美国摆脱了大萧条。杜鲁门继承了罗斯福的战时新政，联邦政府对经济的干预依然有效，《退伍军人权利法案》（The GI Bill）[①]给数百万的退伍军人提供了受教育的机会，为美国市场补充了大量高素质的劳动力，中产阶级家庭数量激增，这些人成为美国社会的中流砥柱。汽车、电视等逐渐进入美国生活并开始普及。在丰裕社会创造的财富使人们变得盲目乐观的同时，人们虽然被迫面对大屠杀这一现实，却不愿意看到现有的美好生活被大屠杀的阴影笼罩。于是，他们按照当时的时代精神对《安妮日记》这一大屠杀的文本进行改造和置换。在格雷夫看来，时代精神的合力造就了《安妮日记》的成功。这些合力包括：

> 百老汇的商业利益驱动、观众对不愉快的（更不用说悲痛的）事物的排斥、美国人对普适主义与共同认同的追求、一些犹太人同化主义的情绪、战后重建的压力、不愿冒犯德国人，以及在某些左翼知识分子圈内的反麦卡锡主义。（Graver 235）

然而，造就《安妮日记》的因素虽多，最强大的力量莫过于20世纪以来兴起的文化工业。[②]尽管位于纽约市中心的百老汇早已存在，但直到20世纪20年代，百老汇的剧院文化才真正得到蓬勃的发展。在电视出现前的很长一段时间里，百老汇与好莱坞一道成为美国文化的风向标，为美国大众文化的形成奠定了基调。

---

① 1944年6月22日由美国总统富兰克林·罗斯福签署生效的《退伍军人权利法案》（The Servicemen's Readjustment Act of 1944，简称The GI Bill）对战后美国社会产生了极大的影响。根据这项法律，二战退伍军人可立即获得以失业保险形式提供的经济辅助。该法案为二战退伍军人提供了从职业、在职培训到高等教育的慷慨的受教育福利，使得美国社会人口素质大幅度提高，并储备了大量的高素质人才。同时，它动摇了战前有关性别、宗教和种族的固有观念，成为一种导致巨大社会变革的力量。

② “文化工业”（culture industry）这一概念由德国法兰克福学派的学者马克斯·霍克海默（Max Horkheimer）和西奥多·阿多诺（Theodor Adorno）在他们合著的《启蒙辩证法》（*Dialectics of Enlightenment*, 1948）一书中提出。在这部著作中，阿多诺列举了文化工业的三个特征：以工业化消费社会为基础、以大众媒介为手段，以及以资本盈利为目标。

百老汇的音乐剧从前期的筹划到后期的制作和宣传都充斥着商业气息。为迎合 20 世纪 50 年代观众的审美情趣，尽可能多地争取观众走进剧院，制作人从一开始就对《安妮日记》的剧本改编严格把关。在《纽约时报》刊登的哈克特夫妇回忆剧本创作的日程表中可见，剧本创作历时近两年，八易其稿，终得完成。哈克特夫妇在创作之初也曾认真研究光明节的仪式等犹太传统，然而剧本的前几稿反响并不好，制作人凯米特·布鲁姆加登（Kermit Bloomgarden）看过剧本后，要求“提升安妮的精神境界”，否则不予采纳（Hackett and Hackett）。在剧本交付排练后，得到的反馈是“过于严肃”，并为达到戏剧效果增加了第二幕中范丹先生偷吃面包的场景。一出积极乐观、紧张刺激而又充满浪漫色彩的音乐剧最终得以上映，并为《安妮日记》晋升为美国神话打下基础。1956 年《安妮日记》重回荷兰，此时的安妮已经不是彼时的安妮，她的故事被打上了美国的烙印（Cole 26）。《安妮日记》的美国化是美国人对大屠杀这一文化创伤的重复、改变和替换。

在罗兰·巴特（Roland Barthes）看来，神话（myth）是一种“意指形式”和“言说方式”（罗兰·巴特 169）。现代神话通过一系列的商业和文化运作而上升成为一种“集体表象”（19），进入人们的文化记忆。查尔斯·S. 利布曼（Charles S. Liebman）和埃利泽·唐-耶希亚（Eliezer Don-Yehiya）认为神话功用在于“将人类的希望与恐惧对象化和有组织化，并将它们永久地融入作品中。神话是激起强烈情感的故事，同时它也能传达和加强基本的社会价值”（7）。他们提出了以色列世俗宗教的三个核心的政治神话：特拉哈伊（Tel Hai）神话、马萨达（Masada）神话与大屠杀神话。蒂姆·科尔（Tim Cole）在《推销大屠杀：从奥斯维辛到辛德勒，历史是如何被购买、打包和销售的》（*Selling the Holocaust: From Auschwitz to Schindler, How History Is Bought, Packaged, and Sold*, 1999）中，也区分了作为历史事件的大屠杀与通过修辞再现的大屠杀神话，大屠杀的神话来源又外在于历史事件（4）。当然，将大屠杀定义为话语和言说层面的神话，并不是否认大屠杀的实际发生，而意在考察人们对大屠杀的观念的形成如何受到话语修辞的左右。在美国，安妮·弗兰克的神话已逐渐成为替代大屠杀神话的叙事进入美国人的文化记忆之中。《安妮日记》这个并不熟悉大屠杀事件的欧洲文献，通过舞台剧和电影等商业运作，成为全世界范围内关于大屠杀的最早的流行文本之一。美国式的想象很大程度上决定了大屠杀如何被记住，因而全世界有关大屠杀的记忆也很大程度上受到美国人对大屠杀记忆的看法的影响。通过《安妮日记》价值的确立，美国成为教导欧洲大屠杀道德含义的导师（Doneson 158-9）。

安妮被美国的媒体包装成为“从千百万犹太人身上剥夺掉的生命化身。……一个圣徒”（*GW* 96）。任何对安妮这个犹太圣女的调侃和亵渎都会受到观众强烈的反应。2009 年，当英国 BBC4 台主持人大卫·米切尔（David Mitchell）在其节目《不可信的真相》（*The Unbelievable Truth*）中调侃安妮，BBC 公司立刻收到 46 封抗议信，其中安妮同父异母的姐姐伊娃·施洛斯（Eva Schloss）对这位喜剧演员胆敢发表如此“轻率的言论”表示震惊，她认为大屠杀及其受害者不应成为被调侃的对象，这是一个极其不道德和麻木不仁的言论（Ferrer, “David Mitchell Fails to Raise a Laugh from Jewish Community”）。无独有偶，英国喜剧演员里基·格尔维斯（Ricky Gervais）不久后做客《天天秀》（*Daily Show*）时也大讲有关安妮的笑话，引起观众的不满，致公开信要求停止类似的笑话。

迄今为止，《安妮日记》已被译成 60 余种语言，发行量超过 3000 万册，其读者遍布世界各地。除了三个文字内容不同的版本，《安妮日记》还以舞台剧、音乐剧、电影等不同的形式出现。日记发表近 70 年来，有关安妮的大小新闻都会出现在英美主流报刊上，一些机构也相继以安妮的名义成立。①安妮的父亲编辑后的三个不同版本的《安妮日记》呈现出不一样的安妮。所有版本的日记都确切地透露出安妮的写作才能，从中读者看到了安妮的绝望，同样也感受到了她的乐观。但从弗兰克删节的段落里，读者能读到安妮对母亲和其他人的抱怨，也能更好把握住青春期的少女安妮对性的好奇与萌动，这无疑也向读者展现了安妮的另外一面。经由翻译、舞台、影像等中介的改编、删节和重写的《安妮日记》使安妮的形象变得更加多元。《安妮日记》正在不断地以各种方式为不同的人所利用和消费，这也是著名犹太作家辛西娅·奥兹克（Cynthia Ozick）为什么会问到底谁拥有安妮。她在《纽约客》上发表的《谁拥有安妮·弗兰克？》（“Who Owns Anne Frank?”, 1997）一文批判了将安妮变为“可用商品”的各种有意挪用。在她看来，

---

① 与安妮相关的非营利机构有“安妮·弗兰克之家”（Anne Frank House）、“安妮·弗兰克中心”（Anne Frank Center USA）等。奥托·弗兰克去世之前将《安妮日记》的手稿交给荷兰国家战争文献研究所保存。

尽管日记本身充满了起伏与激情，但结尾的缺失使它不成其为故事。也正因为结尾的缺失，《安妮日记》在首版以来的50年间屡屡被删减、歪曲、改变、转变、减少；它被幼稚化、美国化、同质化和感伤化；同时被伪造、媚俗化，甚至遭遇到无耻而傲慢的否认。这些人中包括剧作家、导演、译者以及律师，安妮的父亲也参与其中，包括全世界读者和戏迷在内的大众也难辞其咎。一部蕴含真理的作品生生地变成承载部分真理、替代真理甚至反真理的工具。纯粹有时候在颠倒的逻辑下变得不纯粹。几乎所有自诩为了帮助宣传日记的人们都为颠覆历史作出了“贡献”。（Ozick 77-8）

奥兹克将《安妮日记》不断被删减、歪曲的原因归结于结尾的缺失。安妮以二战屠犹为背景，记录了8名犹太人在后楼的生活以及她本人在这两年中的心路历程。后楼躲藏事件的后续即安妮在集中营里几个月的生活和最终的死亡，自然不可能出现在日记之中。然而，这些后续事件又直接影响着读者对《安妮日记》的释读。《安妮日记》作为一个文学作品的结尾是开放性的，这为后来的读者和作者提供了无尽的阐释空间。这些续写安妮故事的作家可分为两类。第一类作家相信安妮是唯一的，并标榜自己忠于安妮及其日记，立誓还原安妮之原旨，奥兹克所指皆为此类，最典型的就是安妮之父奥托·弗兰克（Otto Frank）先生。作为后楼的唯一幸存者和安妮的直系血亲，弗兰克先生顺理成章地成为安妮唯一的遗产继承人，当然这里所说的遗产不仅是物质遗产，还包括精神遗产，也就是对《安妮日记》所传达的精神的阐释。弗兰克先生直接参与了《安妮日记》多个译文的出版、《安妮日记》的舞台剧改编和电影的拍摄。出版商、编剧、演员觉得与安妮的父亲弗兰克先生的沟通能增加他们对《安妮日记》诠释的权威性。弗兰克先生固然能起到一定的见证和考据作用，但其作用到底有多大始终令人存疑。事实上，弗兰克先生在读完日记之后，表示自己并不懂得女儿的想法（Graver 57）。我们今天所熟知的那个乐观向上的安妮形象，很大程度上来自百老汇与好莱坞文化工业那些并未亲历大屠杀的个人和集体的阐释。第二类作家则深受后现代思潮的影响，他们拒绝那个唯一的、神龛中的安妮，而以一种虚构的形式来再现安妮的故事。他们不求自己的版本中的安妮更逼近真实的安妮，相反，他们想创造一个不一样的安妮，罗斯便属于这一类作家。他以小说为招魂术，将安妮已长眠于德国汉诺威市约 65 公里的贝尔根-贝尔森乱坟岗中的鬼魂复活，用戏谑的方式续写和填补了《安妮日记》缺失的结尾。

安妮在罗斯的《鬼作家》中化身成了犹太作家洛诺夫的助手艾米·贝莱特。自从祖克曼在洛诺夫家第一次看到艾米时，他便对艾米产生了一种似曾相识的感觉。在祖克曼眼里，艾米是个神秘的女子、一个女神般的神话。他一直猜测艾米的身份，甚至幻想与艾米结婚。艾米是洛诺夫以前的学生，现在在他家里帮助整理书稿。根据祖克曼的描述，艾米甚至与安妮颇有几分神似。艾米那乌黑浓密的头发、淡色的眼睛和高高隆起的椭圆形额角无不在提醒读者安妮的经典化的形象。且与安妮一样，艾米的散文体也很棒，有当作家的潜质。祖克曼在书房偷听到洛诺夫与艾米的谈话，竟挖掘出洛诺夫年轻貌美的助手艾米的过去，她便是《安妮日记》的叙述者和写作者安妮本人。原来，安妮并没有因伤寒死于贝尔根-贝尔森集中营，那些误以为她死去的人们可能是把她与姐姐玛格特搞混了，或者看到她被车拉走就误以为她已经死了。总之，在集中营里垂死的安妮熬到了盟军解放集中营的最后时刻，被英国军队救下来送进一个陆军野战医院。当安妮苏醒过来时，她为自己取名艾米，并决定远赴重洋来到美国，将贝尔根-贝尔森的惨痛过去远远地抛弃于脑后。“艾米”这个名字取自美国作家路易莎·梅·奥尔科特（Louisa May Alcott）的畅销书《小妇人》（*Little Women*, 1886）。奥尔科特笔下的艾米是马奇家四个女儿中最小的一位。与安妮一样，她是家里人的宠儿，虽然有点自私和爱慕虚荣，却也可爱善良。她怀揣着做画家的梦想，并为实现这个梦想不断努力。因而，安妮为自己重新选择了“艾米”这个名字，同时也寄予了自己对以后生活的期待。她希望像艾米一样能拥有慈爱的母亲和平凡而安宁的生活，这正是后楼所缺乏的东西。

大屠杀研究学者劳伦斯·兰格（Lawrence Langer）坚称，《安妮日记》的续篇应该（但没有）记录在奥斯威辛和贝尔根-贝尔森之后的生活，因而是大屠杀文学中未完成的书籍之一（xii）。《鬼作家》试图为《安妮日记》续写结尾，并试着提出并探索一个问题：《安妮日记》里的叙述是否能真正呈现出大屠杀的真相，参与大屠杀记忆的文化建构？

尽管后楼的生活与安妮等人先前富裕的生活不能同日而语，但它与人们后来了解到的集中营里的生活却有着天壤之别。在后楼生活的两年间，他们虽然食物匮乏和营养不良，却不至于食不果腹；虽然面临被发现的威胁和恐惧，却暂时躲过了毒气室与集中营。安妮将后楼比作被乌云包裹的一块蓝天，蓝天是安全的，可乌云正在步步逼近，这正是后楼境况的真实写照（Frank, *Anne Frank* 144）。安妮会梦见徘徊于死亡边缘的朋友，而陷入对自己拥有相对优越的生活的愧疚之中。《安妮日记》中看不到维瑟尔在作品《夜》（*Night*, 1960）里描写的自己目睹至亲被投入焚尸炉的场景，承受丧亲之痛；没有阿特·斯皮格尔曼（Art Spiegelman）的漫画《鼠族》（*Maus*, 1991）里描绘的集中营中人们衣不附体、食不果腹的生活；也没有看到其他口述见证中提到的人们为了活命而变得冷漠和残酷，犹太人除了要忍受党卫军的残酷折磨，也要提防犹太人中的叛徒；更没有呈现毒气室里形态各异的尸体或死人坑中的累累尸骨。1944 年 8 月 4 日，安妮一干人在后楼藏匿两年后，因有人告密而被党卫军发现，被送上通往死亡的路。安妮从韦斯特伯克居留营辗转到奥斯威辛-比克瑙死亡营，之后父女分离，母亲离世。安妮与姐姐玛格特被送到贝尔根-贝尔森，并双双死于伤寒。祖克曼描写了安妮在贝尔根-贝尔森的情形：她住在荒地的帐篷里风餐露宿，饱受寒风和饥饿的侵袭。她甚至目睹营地外小沟里堆满了尸体，这一切与她在后楼里的生活无法同日而语（*GW* 83）。荷兰电影制作人威利·林德威（Willy Lindwer）根据在安妮生命最后 7 个月里目睹她苦难生活的 6 名幸存的妇女的访谈整理而成的电影《安妮最后的七个月》（*The Last Seven Months of Anne Frank*, 2008）详细讲述了安妮死于伤寒之前的生命最后旅程。

试想如果安妮能活着走出集中营，她还能相信人性的美好吗？其真实的结果读者不得而知，但罗斯为读者提供了一种可能的阐释。当安妮被神圣化后，许多对安妮的刻画都集中在她受难之时的乐观，而祖克曼的安妮展示的是犹太圣徒安妮作为凡人的不同一面。安妮在经历了集中营的生活后，已经不再是那个躲避纳粹屠杀之时告诉她想象中的朋友吉蒂（Kitty）她仍然相信人性美好的 15 岁的单纯的女孩了，她已无法再为人类唱赞美诗了（*GW* 94）。当她战后寄养在英国时，继父丹尼尔大叔（Uncle Daniel）逢人便说安妮在大战中的遭遇。学校的吉丁斯小姐（Miss Giddings）也表现出对安妮的遭遇的同情。安妮无法接受这些从未经历过大屠杀的人表现出的同情。与很多大屠杀幸存者一样，她对过去选择了沉默和遗忘。

可创伤记忆并不会因为遗忘而永久消失，相反那段不堪回首的往事如同活火山随时有可能喷发。当安妮在牙医那里看到那本过期的《时代》杂志时，她看到了年过花甲的父亲茕茕孑立于后楼的照片以及对《安妮日记》发现过程的报道，因此不得不直面创伤的过去。《时代》杂志最后对《安妮日记》的评价是："这个小姑娘所记录的被追捕的犹太人，尽管物质匮乏，而且时刻提心吊胆，唯恐被查获，但仍设法维持了文明的生活，使荷兰读者读后备受感动。"（*GW* 82）从某种意义上说，围绕《安妮日记》的出版和接受展开的故事是《鬼作家》与《安妮日记》对话的起点。

安妮在观看舞台剧《安妮日记》时，亲眼看到观众的反应。剧院里的女人们都哭了，甚至有一个女人在最后尖声叫了起来："哦，不要呀！"（*GW* 79）正是在这个时候，她知道自己再也不能恢复安妮的身份，甚至也不能告知父亲自己活着的消息，只能如鬼魅般地活着。那么，安妮为何不能复活呢？按照安妮的说法，

> 如果书写《后楼》的作者还活着，那么它充其量不过是一个十几岁的少女在德国占领荷兰时记录藏匿生活的日记，也就是与瑞士家庭鲁滨孙一家一样，是一些男孩和女孩的枕边读物，永远不会产生更大的意义。但死亡使她能提供比给10—15岁孩子的消遣更多的东西，死亡让她那无意也没有努力去写的日记，成为让人最终能看到的充满力量的杰作。（*GW* 94）

安妮是在观看完舞台剧之后发出这一感叹的。包括舞台剧在内的"安妮·弗兰克工业"早已将安妮塑造成"犹太的圣人"（Searles 111）。安妮一个如此有灵气的小作家，刚刚展露才华就被残酷地夺取了生命，再没有比这更加凄惨的故事了。无辜儿童的死亡是人类邪恶的极致，这也是导演史蒂文·斯皮尔伯格（Steven Spielberg）的《辛德勒名单》（*Schindler' List*）将银幕上唯一一抹亮色给了那名可爱小女孩的红裙的原因。可当镜头切换时，红色已经退去，随着鲜活的生命的消逝，罪恶随之显现。就如同鲁迅先生所说，将人生有价值的东西毁灭给人看的是悲剧，而喜剧则将无价值的东西撕破给人看（鲁迅 197-8）。越美好的事物以越惨烈的方式被摧残，获得的悲剧效果就越好。亚里士多德在《诗学》（*Poetics*, 350 BC）中将悲剧定义为"对'一个严肃、完整、有一定长度的行动'的摹仿"，从

而“引发怜悯和恐惧使这些情感得到疏泄（catharsis）[①]”（63）。亚里士多德在论述悲剧的情节时，提到了“苦难”，即“毁灭性的或包含痛苦的行动，如人物在众目睽睽之下的死亡、遭受痛苦、受伤以及诸如此类的情况”（90）。安妮的死亡使她达到了受难的最大化，也正是通过死亡这一终极受难，她最大程度上激发了人们内心的同情。

然而，亚里士多德在讨论悲剧的时候提出的人物过失说显然无法解释二战中犹太人的悲剧。他们遭到屠杀仅仅是因为他们是犹太人这一无法选择的身份，弗兰克一家甚至并非“虔诚的和遵守教规的犹太人”（*GW* 91）。《安妮日记》中与犹太教相关活动的记录少之又少。安妮的母亲只是在星期五的晚上点蜡烛。在安妮眼里，基督教的圣·尼古拉斯节[②]比犹太的光明节（Hanukkah）更加让她期待。父亲赠送了安妮一本《圣经》作为礼物，希望她对《圣经·新约》有所了解，这都与正统的犹太教义背道而驰。他们日常诵读的不是《圣经》，而是歌德、狄更斯等作家的文学作品。只有姐姐玛格特是他们当中“唯一一个貌似对宗教有严肃思考的人”（*GW* 91-2），她立志去巴勒斯坦当接生婆。因此，如果玛格特的日记被发现，可能确实是一部关于犹太人的日记。然而，安妮不是玛格特，她的日记也只是关于被囚禁于后楼的普通人的生活。他们拥有与非犹太人一样的生活与品味，套用罗斯的话说，她们只是生长在犹太家庭的荷兰人。可就是这样一群与世无争的、无异于外教人的犹太人遭到了德国纳粹的残暴对待，这给非犹太人带来了更大震撼。

当安妮收到从出版商处订购的荷兰语的《后楼》后，她开始以读者的身份置身事外地阅读日记，就如同安妮在日记里就曾记录阅读自己过往日记的体验：“我有时好像在通过别人的眼睛看我自己。我从容地观察一个叫安妮·弗兰克的人和事，翻阅她的日记，仿佛她是一个陌生人。”（*GW* 87; Frank, *Anne Frank* 167）其实，在《安妮日记》最后一则日记里，安妮进行了深刻的自我剖析。她将自己定

---

① 净化（疏泄）说由古希腊的哲学家亚里士多德提出，他认为悲剧可以唤起人们的怜悯与恐惧之情，继而使读者的感情得到疏解与释放，使灵魂净化肉体。

② 圣·尼古拉斯节（St. Nicholas Day）是荷兰最热闹的节日之一，相当于荷兰的圣诞节。传说中，圣·尼古拉斯是基督教圣徒，尤其受到东正教会的重视，曾在土耳其麦拉（Myra）当过主教，看到贫穷小孩，便会施舍钱币，后来被人们尊为孩童的守护神。每年 12 月 6 日是圣·尼古拉斯的诞辰纪念日，前一天晚上，荷兰人合家团聚，亲朋好友互赠礼物，在壁炉上挂袜子和吃传统姜饼。

义为一个“矛盾的集合体”（Frank, *Anne Frank* 334），一个分裂的自我，一个内在与外在、乐观与深沉、放纵与纯洁并存的安妮，她的形象在文化工业运作下被严重地单一化和简单化。祖克曼的艾米（安妮）便是对这个单一形象的解构，为读者展示了安妮的另外一面，“那个讨人喜欢、懂道理、勇敢而又现实的艾米”，那个“她有一切权力成为的人”（*GW* 96）。罗斯的续写将原来正面的安妮树立成一个犹太荡妇，“把一个圣徒变成了一个不顾亲情、惟利是图的凡夫俗子”（刘文松 58）。

当然，续写《安妮日记》故事的远不止罗斯一个作家。《安妮日记》已成为催生其他文本甚至其他媒体形式的源文本。超过 15 个版本的电影或电视由《安妮日记》改编而来。与日记有互文关系的文学作品也不少，如《爱过安妮·弗兰克的男孩》（*The Boy Who Loved Anne Frank*, 2005）、沙伦·多伽（Sharon Dogar）的《后楼生活》（*Annexed*, 2010）等。这两部作品都不约而同选择了与安妮有过一段青涩感情的彼得·范·培尔（Peter van Pels）为叙述者。《后楼生活》以彼得的口吻精确地记录了他与安妮等人在后楼的生活，以及他在集中营里的最后岁月。《爱过安妮·弗兰克的男孩》的主人公彼得从奥斯威辛“复活”后，来到美国隐姓埋名，以基督徒的身份娶了一个犹太女子，过着美国中产阶级的舒适生活。这些文本都试图通过挖掘其他人的声音，试图打破和挑战占统治地位的安妮的话语。罗斯的《鬼作家》同样也引入了他人的声音，对犹太社区不能容忍揭露犹太人短处的不同声音表示不满。

《鬼作家》中，作家祖克曼发表一篇有关家庭纠纷的故事——《高等教育》（“Higher Education”）[①]，受到同为作家的洛诺夫的赏识和赞赏，却被父亲和整个犹太社区指责自己背叛犹太人。祖克曼先生认为儿子试图将犹太人丑陋的一面展示给众人，这是“对家族尊严和信任的最可耻和不体面的侵犯”（*GW* 52）。祖

① 《高等教育》这篇短篇小说便是引起父子失和的“元凶”。祖克曼将自己的犹太家族纠纷写成小说。故事是关于祖克曼家族对一位年长的亲戚留下来的遗产的争夺战，这笔资金原是外祖母用来资助丧父的双胞胎外孙接受高等教育的资金。双胞胎的母亲艾西想要用这笔钱继续供儿子们大学毕业后深造，却不料想这笔基金被双胞胎的舅舅西德尼觊觎。双方相持不下，最终对簿公堂。西德尼赢得遗产，却挥霍无度，私生活也不甚检点，最后落得个在异教女人的床上暴毙的下场。相反，双胞胎在母亲的辛苦支持下，最终从医学院毕业，即将成为医生。母亲十年的辛苦终于有一丝喘息的时间，她跑到电影院看场电影。不料，在黑暗中有一只手搭到了她的大腿上，艾西拿起锤子，小说戛然而止。

克曼先生认为异教徒从这个故事中读到的是：

> 关于犹太佬（kikes）的故事。犹太佬和他们贪财的故事。我向你保证，这就是我们基督教的好朋友将看到的。它不是关于他们成了科学家、教师和律师，以及他们为别人做的事。它不是关于像查娅（Chaya）那样的移民，勤劳、节俭、牺牲以在美国体面地立足。它不是关于你在我们家成长的那些美好和平的日日夜夜。它也不是关于你那些可爱的朋友们。不，它是关于艾西（Essie）和她的锤子、西德尼（Sidney）和他的歌妓、艾西的恶讼棍和他那张臭嘴，还有我所能想到的，我这个傻瓜祈求他们私下和解，免得全家都被拖到一个外教的法官面前去。（*GW* 60-1）

以祖克曼医生为代表的犹太社区认为从《高等教育》这个犹太作家故事里，异教徒只能看到其中展示的犹太人丑陋的一面，而忽视了他们的优良品德。长期存在的反犹主义根源使犹太人担心异教徒会轻易地将小说创作中犹太人细小的不足放大为致命的劣根性，将个人的行为上升为民族的共同特性，将艺术创作等同于犹太人真实的生活。祖克曼医生在劝说儿子无果后，求助于犹太社区备受尊敬的利奥波德·瓦普特（Leopold Wapter）法官。瓦普特法官给祖克曼写了一封信，跟他反复强调艺术家的责任，不能“超越他所生活的社会规范”（*GW* 65）。他建议祖克曼去看《安妮日记》的百老汇演出，并希望他从中受教，同时针对《高等教育》提出了 10 个问题。瓦普特法官的 10 个问题个个都与祖克曼书写的犹太人的方式有关。显然，在犹太社区看来，话剧《安妮日记》的言说方式才能恰当地代表犹太人的道德水准。

其实，罗斯在其写作生涯之初也遭遇了与祖克曼同样的问题。罗斯早在《书写犹太人》（“Writing About Jews”, 1963）一文中就深刻剖析了犹太社区对其作品的反应，《鬼作家》只不过是这种反应的文学表达。《再见吧，哥伦布》发表之后，罗斯虽然得到贝娄、莱斯利·费德勒（Leslie Fiedler）、豪等有名望的犹太作家的赞扬，但是却受到许多包括拉比在内的犹太人的指责。他们认为罗斯的小说“忽略了犹太生活的成就”和“制造歪曲正统犹太教基本价值的形象”，甚至将罗斯称为“反犹和自我憎恨”的犹太人（*RMO* 149）。罗斯清醒地看到美国小说中身处后大屠杀时代犹太人被描述为“正义和节制的，犹太人表现得公正、反应得当，而没有逾越社会能够接受的界限做出好色的或有侵略性甚至犯罪的行为”（224）。任何将犹太人的丑陋面展现出来的行为都不见容于犹太社区，因为根据保守犹太社区的逻辑，对犹太人的批判和弱点的描述就等于赋予那些反犹主义者攻击犹太人的理由。罗斯批评了犹太社区“狭隘和不堪一击的善恶观念”（150），并阐发了阅读虚构文学与真实生活之间的区别。《鬼作家》中对《安妮日记》的戏仿便成为承载罗斯文学主张、反击犹太社区对他作品的无端指责的有力工具。

瓦普特法官试图让祖克曼观看《安妮日记》的舞台剧，以说服他停止对犹太人的负面描写。然而，《安妮日记》的舞台剧传达的信息却不像瓦普特法官为代表的犹太社区所理解的那样。《安妮日记》通过好莱坞编剧的改编之后，为了得到普遍的传播，已经被最大限度地去除了犹太性。普遍性与犹太性之争正是莱文[①]与剧本改编团队双方争议之所在。莱文的改编遭拒的理由主要是“太过于犹太化”（too Jewish），而莱文则指责哈克特夫妇的剧本“玷污了安妮所承载的信息”（Doneson 150）。

---

① 莱文原本是一名小有名气的作家，二战接近尾声时，他跟随美军来到欧洲做起了战地记者，报道德国对犹太人犯下的暴行。在欧洲期间，莱文走访了许多纳粹集中营，记录那些活着或死去的犹太人的故事，但他始终感到自己无力呈现大屠杀的极度恐怖和邪恶。他承认：

> 我意识到我无力书写欧洲犹太人的故事。这一悲剧史诗不应该由一个未经历此事的陌生人来写，因为幸存者有着我们无法企及的宏大视角。他们曾离死亡那么近，在道德的层面上，他们要求整个描述的语调超越普通人……在最初的几个星期里，我逐渐摸索，并理解所要讲述的故事的罪恶性，我就知道自己无法穿透到时间的实质，这一恐怖行径的范围着实非人类所能及。……我讲述的故事仅仅能偶尔管窥幸存者内心一二。（我相信）总有一天，他们之中能有一位讲述者站出来。（Levin, *In Search* 173-4）

在莱文看来，大屠杀的叙述应当由亲历者来完成。对大屠杀的亲身体验赋予了亲历者一种叙述的纯正性。显然，安妮便是莱文一直以来期待的讲述者。当《安妮日记》在美国出版时，莱文为其撰写了书评，并刊登在《纽约时报》上，称赞安妮的声音代表着“600 万消失的犹太亡灵的声音”。随即，弗兰克先生任命莱文为文学代理人，为将日记改编成剧本做准备。然而，几经周折，莱文改编的《安妮日记》并没有受到制作人的认可和采纳，他的剧本惨遭流产。他以剽窃等事由起诉哈克特夫妇及弗兰克先生，并指责改编者蓄意削减日记中的犹太性成分和特定的反犹主义历史背景。这也开始了莱文之后 30 年旷日持久的困扰。莱文先后出版了《搜索：一部自传》（*In Search: An Autobiography*）和《迷恋》（*The Obsession*, 1974）两本书讲述这段故事。劳伦斯·格雷夫（Lawrence Graver）的《情迷安妮·弗兰克：迈耶·莱文和安妮日记》（*An Obsession with Anne Frank: Meyer Levin and the Diary*, 1995）以及拉尔夫·梅尔尼克（Ralph Melnick）的《安妮·弗兰克被盗的遗产：迈耶·莱文、丽莲·海尔曼和安妮日记的上映》（*The Stolen Legacy of Anne Frank: Meyer Levin, Lillian Hellman and the Staging of the Diary*, 1997）以或批判或同情的立场来还原和审视这段公案。格雷夫虽然同情莱文，但认为他太固执于安妮的犹太性，而梅尔尼克则认为意识形态的审查是莱文作品遭拒的主要原因。

祖克曼在洛诺夫的书房里偷听到洛诺夫与艾米的聊天，并得知他们之间的私情。当时，正深陷于父亲和犹太社区的漩涡之中的祖克曼，在得知艾米的“真实”身份之后，幻想着要与安妮结婚。他想：

> 不管怎样，我都想与你结婚。你是我的坚强的后盾、坚固的盟军，是抵御他们指责我背叛和鲁莽地张扬家丑的盾牌！嫁给我吧，安妮·弗兰克，免除我愤怒的长辈强加于我的那些无知的罪状吧！忽视犹太人的感情？对犹太人的生存无动于衷？摧残他们的幸福生活？谁敢指控安妮·弗兰克的丈夫犯了这些无法想象的罪状！（*GW* 110）

祖克曼希望通过与这一犹太圣女的结合，免除犹太社区针对他创作的文学作品中对犹太人的描写提出的一系列的指控。可他很快又承认这一切都是虚构，是他杜撰出来以回答瓦普特法官提出的问题的想象性建构。同时，祖克曼也意识到对犹太社区视若圣女的安妮的戏仿和调侃会让他对犹太社区犯的“罪”罪加一等，但戏仿这种形式本身便是祖克曼对瓦普特提出的10个问题的回答。

从《再见吧，哥伦布》到《夏洛克行动》的一系列前期小说见证了罗斯从现实主义作家向后现代主义作家的蜕变，《鬼作家》正处于这种蜕变的关键时期。《鬼作家》中，罗斯对《安妮日记》的戏仿受到战后渐渐兴起的后现代小说反传统的思潮的影响。戏仿是琳达·哈琴（Linda Hutcheon）有关后现代主义理论中重要的术语之一。不同于弗雷德里克·杰姆逊[①]将后现代的戏仿看作时代的症候，从而失去了与过去的联系以及有效的政治批判，哈琴则认为戏仿

> 不是怀旧的，而是批判性的。它不是非历史性的或去历史性的；并非将原来的历史语境从过去分离，而将其重新组装成某种现世景观。相反，戏仿通过植入和反讽的双重过程来预示现在的呈现如何从过去变来，以及连续与差异带来何种意识形态的影响。（Hutcheon 93）

---

① 后现代理论家杰姆逊主张用拼贴代替戏仿，成为后现代美学的特色和实践之一。没有了戏仿隐秘的动机和讽刺的冲动，拼贴只是中性的模仿，是一种空洞的、失去幽默感的戏仿。参见 Fredric Jameson, *Postmodernism or, The Cultural Logic of Late Capitalism*, p.16.

在她看来，戏仿通过植入与反讽双重过程将后现代作家与过去联系在一起。与原文本的异同突显出作者所受意识形态的影响和取向。在众多后现代文学中，经典的小说和形象成为后现代作家争相戏仿的对象。南非作家 J. M. 库切（J. M. Coetzee）以丹尼尔·笛福（Daniel Defoe）笔下 18 世纪上升时期资本主义的经典形象鲁滨孙为原型创作了《福》（*Foe*, 1986）。《福》以白人女性苏珊·巴顿（Susan Barton）为主要叙述者。在巴顿口中，遭遇海难的鲁滨孙萎靡不振、意志消沉。巴顿带着鲁滨孙的故事和被割了舌头的星期五，寻找可能的作者丹尼尔·福（Daniel Foe）。这与原著中流落荒岛后凭一己之力在岛上生活并建立起殖民帝国的那个掌控一切的鲁滨孙形成了强烈的反差。失语的星期五与《鲁滨孙漂流记》（*Robinson Crusoe*）中进入话语体系的野蛮人也相去甚远。尽管《福》中的星期五用失语对抗强大的资本主义和殖民话语，但文学中戏仿更多的是通过赋予原著中失语者以声音来颠覆原有的神话。

罗斯对《安妮日记》的戏仿将存在于美国以及世界文化记忆中那个犹太圣女安妮还原为一个具有多重性格、有血有肉的女子艾米，并努力去除文化工业运作强加于安妮身上的个人魅力（charisma）。这一偶像破坏（iconoclasm）的写作表达了他对战后犹太社区以及整个美国社会对文学作品（如《安妮日记》）简单化解读的不满，同时也是对大众文化强加于美国犹太社区文化记忆的盲目接受以及强加于作家身上责任的反叛。罗斯最后揭露了他笔下安妮/艾米的虚构性，提醒读者不要信以为真。这种元小说的叙述方式瓦解了叙事的真实性，打破了非此即彼、非真即假的记忆方式，同时也揭露出见证的不可靠性。

在罗斯创作生涯的前 30 年中，他对大屠杀这一文化创伤记忆的态度是复杂的。罗斯作为一名世俗犹太人极力探索和应对这一文化创伤，为表现这一主题，他先后用现实主义、后现代主义的写作手法进行尝试。对于战后美国犹太社区对大屠杀记忆态度的演变，罗斯既批判了战后不久犹太社区的集体失语与沉默，也对此后美国犹太人对大屠杀记忆出于政治目的的滥用感到不满。对犹太记忆细致入微的观察和描述让罗斯声名鹊起，而对犹太传统的看似玩世不恭的运用又令他备受诟病。他面对来自犹太社区的指责，不停地用文学作品奋力反击。他反感犹太作家的标签，宣称自己只是碰巧生在犹太家庭的美国人，但其大部分作品中却以各类犹太人生活为题材，而对美国题材很少涉足。其实，罗斯在此期间也不是没有尝试过以美国题材进行写作，但都不太成功。《伟大的美国小说》（*The Great American Novel*）和《同流合污》便属于这些不太成功的尝试。事实证明，他对自己还不够熟悉的美国题材把握得远不如对于已经深入骨髓的犹太生活那么精准到位、驾轻就熟，至少在他创作早期还是如此。

第二章　美国主题创作：“美国梦”的文化记忆

如果我们面对巨大的变革袖手旁观、无所事事，那么我们性格中最核心的部分就将失去，我们关于机会均等、每一代人都比上一代人过得更好的基本信条将变成一个神话，而不是成为现实。

——贝拉克·奥巴马《科诺克斯学院演讲》，2013 年 7 月 24 日

“美国梦”的理念自美国建国以来便吸引了无数移民来到这个国家，也成为鼓舞美国人奋斗的推动力量。“美国梦”的核心价值是“平等、物质富足和自由”（K. Hume 4），但它是一个流动的概念，每一代人都会为其加入新的阐释。在许多美国作家的文学想象中，“美国梦”占据了重要的位置，它成为构建美国身份重要的文化记忆。罗斯的“美国三部曲”创作于 20 世纪 90 年代，这是他结束旅居英国的生活回归美国之后的重要成果。整个 20 世纪 80 年代，罗斯因与女友英国影星克莱尔·布鲁姆（Claire Bloom）①的恋爱关系长期旅居英国。然而，英国的生活让罗斯感到了一种“文化的孤立”（Searles 262）。英国国内新左派日益激烈的反美情绪，以及大量反犹主义者的存在（如罗斯在《反生活》中所描述的那样）令他倍感沮丧，并最终促使他回到美国定居。罗斯这次回归不仅是地理上的回归，更是心灵上的回归。在与赫米奥娜·李（Hermione Lee）的访谈中，他坦言自己又重新爱上了美国，包括“它的能量、令人叹为观止的文化多样性、能言善辩以及对坦率言论的包容”（Searles 263）。罗斯这段长期在外旅居的经历以及

① 罗斯与英国默片演员克莱尔·布鲁姆的关系始于 1976 年，经过 13 年的爱情长跑，他们于 1989 年登记结婚，但这段婚姻仅仅维持了 6 年。离婚后不久，布鲁姆出版了纪实性回忆录《走出玩偶之家》（*Leaving the Doll's House*, 1996），讲述自己这段婚姻经历以及与多个男人的关系，其中就包括与罗斯长达 19 年的恋爱和婚姻关系。在回忆录中，她承认与罗斯的关系是她诸多关系中最为重要的一段关系。然而，这并不妨碍她将罗斯的心脏手术、膝盖手术以及药物给他带来的精神崩溃公之于众。在他们婚姻的最后阶段，罗斯被描写成一个小气、冷血无情且有些神经质的男人。对此，罗斯在《我嫁给了共产党人》中进行了反击，读者能从女主人公伊芙·芙瑞姆（Eve Frame）的形象中清晰地看到布鲁姆的影子。

他在欧洲和以色列的游历，赋予他一个不同的视角去重新审视美国，这成为"美国三部曲"的催化剂（Posnock 3）。重新回归美国的罗斯开始关注美国历史，特别是二战后 50 年的美国历史。20 世纪 90 年代，罗斯以对"[他]那一代影响最大的历史事件"（Safer, "Tragedy and Farce" 239）为题材，接连创作了"美国三部曲"（包括《美国牧歌》《我嫁给了共产党人》《人性的污秽》）等作品，这个时期可被称为罗斯的美国主题创作时期。当然早在罗斯写作生涯之初，他便已经将美国题材用于其小说《伟大的美国小说》《同流合污》等的创作之中，只不过这些作品在评论家与读者中引起的反响甚微。"美国三部曲"为罗斯赢得了巨大的成功，不仅为他斩获普利策奖，也最终帮助他走出那本有关波特诺伊的"脏书"带来的阴影①，使他得以跻身伟大美国作家的行列。

《美国牧歌》和《人性的污秽》分别置于越南战争和克林顿被弹劾事件等 20 世纪后半叶美国发生的重大历史事件的背景下，讲述莱沃夫和科尔曼"美国梦"破灭的悲剧故事。但当这些人物在现实中遭遇"美国梦"破碎之后，他们又不约而同地选择一个虚幻的"美国梦"作为其怀旧对象，这其中体现了"美国梦"这一文化怀旧记忆的政治运作。在康费诺看来，记忆的政治有关谁要他人记住什么，以及为什么要记住的命题，以及人们如何通过创造、挪用的方式构建过去，以此影响社会中的权力关系（Confino 1393）。"美国梦"进入文化记忆的过程是不断被塑造、传播、消费和体制化，并参与美国民族身份建构的过程，接下来我们将探讨"美国梦"这一理念进入美国人的文化记忆的过程。

第一节　"美国梦"的文化记忆

一般说来，民族的形成取决于对相同"语言、政治、文化、历史和地域的占有"等多方面的因素（Weinbaum 164），更重要的是要有一个共同的信仰。缺乏共同信仰的国家，就不会有共同的思想和行动，因而也就不能构成一个民族国家（nation-state）。因此，按照亚历西斯·德·托克维尔（Alexis de Tocqueville）的观点，"为了使社会繁荣，就必须用某种主导思想把全体公民的精神集聚起来，

① 在罗斯创作生涯的前几十年中，罗斯的名字一直与波特诺伊这个小说人物紧密相连。

并保持其整体性。除非每个公民时不时地从同一根源汲取自己的观点，并接受既有信仰当中的某种物质，否则是做不到这一点的”（8）。美国政治学家本尼迪克特·安德森（Benedict Anderson）为避免给民族填充具体的归约性特征，将民族界定为“一种想象的政治共同体——并且，它是被想象为本质上有限的（limited），同时也享有主权的共同体”（6）。回顾美利坚民族的历史，不难发现它与那些历史悠久的亚洲或欧洲民族国家有着诸多不同之处。那些经历了奴隶社会、封建社会形态的欧亚国家有着几千年的文化积淀和共同的文化记忆，而美利坚这个民族存在的时间尚短，并且是由外来移民将原有旧世界的原则进行修正后重新建立起来的一个新的共同体，它没有依靠其他国家建立时的必要因素——“共同的祖先、共有的宗教、历史默认的领土、文化的独一性以及特有的语言、法律或者文学”（卢瑟·S. 路德克 5）。新来的移民采用契约的方式解决他们从旧世界带来的传统和习惯等各种不相同的矛盾，他们也用契约的方式构建了一个全新的美利坚民族。面对“什么是美国人”的提问，法国移民 J. 赫克托·圣·简·德·克雷夫科尔（J. Hector St. Jean de Crèvecoeur）在《农夫书简》（“Letters from An American Farmer”, 1782）里这样回答道：

> 究竟什么是美国人？他既不是欧洲人，也不是欧洲后裔。因为他的血缘以离奇的方式混合，你再也不能在其他地方找到。……他是一个美国人，摒弃了原有的偏见和习惯，接受了他所拥有的新的生活方式，服从新的政府统治，也隶属于新的社会阶层。他被我们的伟大的母校接纳，成为美国人。在这里，来自不同国家的个人融合在一起，组成了一个新的种族。他们自身的劳动和他们的子孙后代，总有一天会给世界带来剧变。

克雷夫科尔看到了由移民组成的一个新民族——美利坚民族，不管他们来到美国之前属于何种民族、信仰何种宗教，当踏入那片新大陆的那一刻起，他们便成为美国人。在美利坚民族形成的初期，这个没有共同民族、种族或者宗教基础的新生的民族急需一个观念把来自各地的移民凝聚在一起。白修德（Theodore H. White）也在《美国的观念》（“The American Idea”, 1986）一文中提到，不同于那些以地理为核心形成的国家，“美国是由一个观念产生的国家”（868），这便是为所有美国人所熟知的“美国梦”（American Dream）或“美国信念”（American Creed）[①]。

“美国梦”这一早已家喻户晓的词语最早由詹姆斯·特拉斯洛·亚当斯（James Truslow Adams）在《美国史诗》（*The Epic of America*, 1931）中提出。亚当斯将“美国梦”描述为“我们各个阶层的公民对一个更好、更富有和更富裕生活的向往，这是我们对世界思想和繁荣做出的最大贡献。梦想或希望从一开始就已存在。从我们成为一个独立国家起，每个年代都有普通的美国人涌现出来使‘美国梦’免于被吞噬的危险”（Preface viii）。“美国梦”虽然是近100年才出现的词语，但它早已深深植根于美国人的文学的记忆和想象之中。如弗莱德里克·I. 卡朋特（Frederic I. Carpenter）意识到的那样，“美国梦”这样一个含糊而多变的概念不能也从未被准确地定义过，但是通过追溯“美国梦”形成的历史，或许可以呈现出它进入美国文化记忆的过程。

“美国梦”由一系列的契约确立，其根源可以追溯到移民踏足新大陆之时。据威廉·布莱德福德（William Bradford）总督的记载，1620年“五月花号”的朝圣者离开英格兰南部海岸的普利茅斯（Plymouth）启航来到这个新的应许之地（Promised Land），并在途中签订了《五月花号公约》（The Mayflower Compact）。《五月花号公约》确立了平等、公正和法制等原则，以保障人们的政治和宗教信仰自由，不久它便上升为普利茅斯殖民地居民必须遵守的法律。10年后，约翰·温斯洛普（John Winthrop）带领700余名移民向马萨诸塞湾挺进。途中，他发表了鼓舞人心的布道文《基督徒慈善的典范》（“A Model of Christian Charity”, 1630）。在这篇布道文中，他提到《马太福音》中耶稣对使徒的教导和允诺，号召移民肩负起在新大陆建立“山巅之城”（a city upon a hill）以善行来完成上帝赋予的神圣使命。与此同时，温斯洛普教导清教徒通过克服困难、努力奋斗以在这个新世界中生存下去。他为他们的美洲之行披上了神圣宗教的外衣，也为移民勾勒出一个前景美好的乌托邦，这成为“美国梦”的雏形。1774年，杰斐逊等人在费城签

① 威廉·泰勒·佩吉（William Tyler Page）于1917年提出“美国信念”，不久为美国众议院所采用。“美国信念”的内容是：“我相信美利坚合众国的政府是一个民有、民治、民享的政府；它的正当权力由人民赋予，在共和中实现民主，由众多自治邦联组成主权国家；它是一个统一、不可分的完美联盟，一个建立在自由、平等、公正和博爱的原则基础上，由无数爱国先烈以生命和财富为代价换来的国家。因此，我相信我有义务热爱祖国、维护宪法、遵守法律、尊重国旗，以及抵御外敌。”详见 William Tyler Page, *US History*.

署美国建国的纲领性文件《独立宣言》，向世人宣布那些“不言自明的真理：人人生而平等，造物主赐予他们不可褫夺的权力，包括生命权、平等权和追求自由的权力”，这也是日后亚当斯提出来的“美国梦”的核心。《独立宣言》被称为“‘美国梦’宪章”（Cullen 8），受启蒙思想的影响至深，它完美地体现了资本主义民族思想的精髓。“美国梦”传达的是对个人主义的崇敬和对个人自由的向往，这是对美国建国初期欧洲移民从旧大陆承袭下来的由家庭出身决定命运制度的封建等级制的反叛和修正，同时也是为了吸引更多移民来到这片荒芜、条件恶劣土地上的宣传策略。更重要的是，这些来自欧洲各地、有着不同背景的美国人需要有一个强有力的观念将他们凝聚在一起，以对抗恶劣的生存环境。“美国梦”的盛行与根植于美国的个人主义传统关系紧密，个人主义是美国文化的核心，也是美国精神的主体，它继承了启蒙时期人们相信个人能通过道德和物质的奋斗使世界得到改善的乐观精神（罗德·霍顿、赫伯特·爱德华兹 81）。崇尚个人成功的“美国梦”与清教主义精神倡导个体自我获救和自我改造的思想密不可分。

扬·阿斯曼认为文化记忆通过文本来传达信息，文本使处于不同时空的说话者、信使和听者共在一个“延伸的场景”之上。借由这个延伸的场景，文化得以“稳定表达、流传、循环和再次接收”（扬·阿斯曼 9）。文学文本在“美国梦”进入美国民族记忆的过程中正是扮演着描绘延伸的场景的角色，并开始成为文化文本。美国建国之初，文学文本在“美国梦”的文化记忆建构过程中扮演十分积极的角色。殖民地时期的文学形式多为殖民者的书信、自传或清教徒的布道文。最先来到新大陆的移民面临着印第安人的进攻、食物短缺和流行病等的侵扰，两三个月时间内 100 余人只剩下 50 人，这些新教徒的生活能在威廉·布莱德福德的《普利茅斯开拓史》（*Of Plymouth Plantation*, 1590—1657）中找到详细的记录。作为资本主义精神的完美化身的本杰明·富兰克林（Benjamin Franklin）在他的《自传》（*The Autobiography*, 1771—1788）中展示了自己勤奋自学、努力工作最终走向成功的道路，成为实现“美国梦”的典范。拉尔夫·瓦尔多·爱默生在他一系列散文中，反对盲目模仿，倡导“对天性的敬重”，并认为一个人只有摆脱外援，独立于天地，方能彰显自我的强大（爱默生 46）。惠特曼这个普通家庭出身的孩子同样通过努力成为伟大的诗人，实现了他的“美国梦”。惠特曼摒弃以往诗人承袭英国传统的做法，用独到的美国表达和自由诗来歌颂自我和美利坚。在惠特曼充满阳刚之气的诗行中，理想中的美利坚充满活力与自信，一切命运尽在“自我”的掌控之中。“美国梦”相信通过个人努力能够获得成功和自我完善，19 世纪阿尔杰式的英雄[①]便是其中的典型。阿尔杰的故事成功地将“美国梦”的观念灌输到美国人的头脑里，让美国人相信诚实上进的年轻人能够通过个人努力赢得物质上的成功和身份上的认可。充满传奇色彩的阿尔杰式的人物成为实现“美国梦”的固定模式（stereotype），成为人们效仿的榜样。这些有关“美国梦”的文学文本在不断被阅读的过程中意义得以扩展，开始承载更多的文化意义，而成为文化文本[②]进入美国人的文化记忆之中。

然而，随着美国西进运动的推进和第二次工业革命的兴起，美国的经济实力和国力日益增强，美利坚民族自我强化的需求已不那么强烈。随着 20 世纪初启蒙现代性对美国社会的侵蚀，“美国梦”遭到现实的背离，在现实社会中被不断地体制化。随着资本主义生产方式的日趋成熟，机器化大生产和流水线的生产方式所带来的缺陷逐渐显现。美国人经历了信仰的幻灭，他们独立自主的形象开始破碎，绝大多数美国工人对自己生产出来的产品几乎失去控制，个人异化成流水线上的零件。人的自我价值开始被工资量化计算，“领一份像样的工资”成为流行的口号，也是衡量成功的标志（埃默里·埃利奥特 591）。20 世纪以来的战争和社会变革让文学中对“美国梦”的褒扬和乐观的态度，渐渐被怀疑和幻灭的情绪所替代。现代主义作家对一战期间“渗透美国文学各个方面的物质至上主义深感失望”（埃利奥特 589），他们不仅纷纷出逃欧洲试图从传统中找寻灵感，而且开始反思已经成为宏大叙述的“美国梦”。从西奥多·德莱塞（Theodore Dreiser）的《美国悲剧》（*An American Tragedy*, 1925）到弗朗西斯·司各特·菲茨杰拉德（Francis Scott Fitzgerald）的《伟大的盖茨比》（*The Great Gatsby*, 1925），讲述的都是“美国梦”幻灭的故事。此时，“美国梦”开始与金钱和财富紧密相关，甚至将其与获得大量财富直接等同起来，而财富获得的手段反而变得不那么重要。“美国梦”渐渐脱离了清教的影响，清教徒努力工作，用成功来荣耀上帝以获得救

---

① 阿尔杰式的英雄指美国作家小霍雷肖·阿尔杰（Horatio Alger, Jr., 1832—1899）创造出来的一系列人物形象。阿尔杰的主人公大多出身贫穷，通过自己的努力获得成功。

② 阿莱达·阿斯曼（Aleida Assmann）在《什么是文化文本？》中区分了文学文本与文化文本。参见阿莱达·阿斯曼，第 133-4，139-41 页。

赎的观念渐渐被剔除，这也是韦伯所说的清教伦理与资本主义精神的关系。消费文化的兴起更将“美国梦”物化和商品化，“美国梦”在现代性的运作下，被抽空了实质，被捧上神坛，成为“传递着整个国家共同和普遍的目标和意义信仰的故事”（Hughes 2）的民族神话。文学开始作为反话语[①]存在的作用显现，成为对抗僵化“美国梦”的工具。对“美国梦”的批判并不能阻止它成为一代又一代的美国民众追逐的目标。在当今的美国社会，美国人依然信奉“美国梦”，前任美国总统奥巴马便在多次演讲中反复重申“美国梦”，可见其对美国人的影响之大。“美国梦”的文化记忆还通过节日庆典的方式传承下来，美国一年一度的独立日各种游行庆典活动便是为了庆祝《独立宣言》的签署。

理查德·T. 休斯（Richard T. Hughes）在《美国赖以存在的神话》（*Myths American Live By*, 2004）里讨论了美国信念以及其他五种美国神话，分别是“被选中的国度、自然的国度、基督的国度、千年的国度与天真的国度”。这五种神话分别对应美国从殖民地到 20 世纪的整个历史时期，其中前四种神话的抽象形式形成了“显然天命”（manifest destiny）的观念，而这一切构成了“美国梦”的神话（5-7）。美国学者理查德·特迪曼（Richard Terdiman）通过研读马克思的《资本论》（*Capital*, 1867），试图在记忆的物化与商品的物化之间建立起联系。马克思在分析商品的神秘性质的时候，发现了商品的拜物教（fetishism）[②]。这一概念后被格奥尔格·卢卡奇（György Lukács）发展成物化（reification）理论。特迪曼将物化理论用于对记忆的讨论中，他认为“商品化的体验和物化的过程都将实体从其历史中去除”（Terdiman, *Present Past* 12）。“美国梦”在被物化为财富和房子等有形的商品的同时，又通过商品社会的各种营销手段不断地强化成为主导的民族记忆。

---

① “反话语”（counter-discourse）理论出自美国学者理查德·特迪曼，他通过研究 19 世纪的法国文学，指出在支配话语内部存在一种反话语，其作用在于动摇支配话语表述体系的权威性和稳固性。反话语的意义在于挑战和颠覆权威，让处于边缘地位的人群发出声音。

② 马克思认为商品形式的奥秘在于：“商品形式在人们面前把人们本身劳动的社会性质反映成劳动产品本身的物的性质，反映成这些物的天然的社会属性，从而把生产者同总劳动的社会关系反映成存在于生产者之外的物与物之间的社会关系。由于这种转换，劳动产品成了商品，成了可感觉而又超感觉的物或社会的物。……在商品世界里，人手的产物也是这样。我把这叫做拜物教。劳动产品一旦作为商品来生产，就带上拜物教性质，因此拜物教是同商品生产分不开的。”参见马克思《资本论》，第 89-90 页。

蒂莫西·布里南（Timothy Brennan）认为"民族的神话"有着多重含义，具体表现为一系列"歪曲或者谎言、神话传奇或者口头传统、文学本身和习俗——所以这些意思分别在不同时期的神话书写中得以显现，并充当了维持现时代社会秩序的宪章"（44）。民族主义者通常将他们的国家的历史回溯至《圣经》时期，甚至回溯到"远古的过去"（immemorial past）（45），这样它的任意性就无从查证，这个与美国大陆的殖民史一样古老的"美国梦"亦是如此。"美国梦"的神话成为激励美国人勤奋工作、外国优秀移民进入美国的海市蜃楼，同时也为美国推销"美国例外论"（American Exceptionalism）提供了基础。"美国梦"的理想自美国建国以来便深深嵌入美国人的意识中，成为美国人文化记忆的一部分。纵观"美国梦"神话产生的历史可以发现"美国梦"是由白人男性创造，并不断被强化和修正的文化记忆话语体系。"美国梦"就其实质而言，是男性的、白人的、中产阶级的"美国梦"，属于塞缪尔·S. 亨廷顿（Samuel S. Huntington）所说的"盎格鲁-新教"文化。长久以来，女性和少数族裔都被排除在外，因而"美国梦"同时也是"占主导地位的、已故白人男性"（dominant, dead, white, male）成功的梦的神话（Terdiman, *Present Past* 19）。

在《美国牧歌》和《人性的污秽》中，当主人公莱沃夫和科尔曼在生活中遭遇重创时，他们不约而同地将目光转向过去。这种过去是一种被虚构的、美化的过去和一种怀旧的记忆。莱沃夫和科尔曼都流露出对自己曾经实现的"美国梦"的执着和怀恋，甚至在不停地美化和想象"美国梦"这个美国文化记忆，以对抗现实的不如意。罗斯通过这两部小说展现出"美国梦"只不过是一个被建构的文化记忆，里面充满了偶然性和不可靠性。为了找出潜藏在"美国梦"光晕之下的真相，他重新挖掘美国的历史，揭露"美国梦"的悖论，并关注主体通过怀旧记忆对权力的反抗。本章将通过对《美国牧歌》和《人性的污秽》两部小说的分析，考察罗斯利用主人公对过去的缅怀，从性别与种族两个方面回应、反击并解构"美国梦"这一美国的文化记忆以及所包含记忆的政治问题。

第二节　缅怀"美国梦"与男性气质的丧失：《美国牧歌》

尽管"美国梦"强调个人的平等、自由的权力，实际上它却被严重地性别化。

回顾女权运动之前关于“美国梦”的叙述，不管是史书的记载还是文学创作，女性追梦者要么被排除在外，要么以一种类似男性的面貌出现。女性被有意或无意地排除出这一话语体系而处于退隐的状态，她们甚至沦为男性实现“美国梦”至关重要的指标之一。自美国建国时流传到 20 世纪中叶有关实现“美国梦”的叙述几乎成了男性的专利。在《五月花号公约》上签字的人无一例外皆为男性①，而这一现象却在官方正史里鲜有提及，读者只能在霍华德·津恩（Howard Zinn）那部从普通美国人民角度撰写的著作《美国人民的历史》（*A People's History of the United States*, 1980）里了解到女性在新大陆的处境。

当移民拖家带口逃离欧洲来到美洲新大陆寻求新发展的同时，旧社会的性别结构也在这里得以复制和延续。一批男性探险者到达新大陆之后，随之而来的妇女充当男性生儿育女的工具以及陪伴者的角色。在殖民地时期，许多妇女甚至以契约奴的身份来到美洲大陆。从英国带来的清教主义教义的影响依然笼罩在新大陆上空，新英格兰的清教徒以刻板严谨著称，他们恪守秩序，认为“丈夫代表着上帝对于家庭的权威。女人有爱丈夫的义务，有支持丈夫的责任，但没有怀疑丈夫判断力的权利。女人是夏娃的后代，因此缺乏道德判断力，容易在诱惑下犯错误”（柯林斯 32）。就连标榜平等的《独立宣言》的起草和签署也没有女性参与，56 位签字者中没有一名女性。女性依然是附属于丈夫的私有财产，被剥夺了公开参与事务的权利。因此，在相当长时间内，“美国梦”成为男人的专利，女性的“美国梦”依附于男性的“美国梦”，男性甚至成为女性“美国梦”的全部。女性要么通过像《嘉莉妹妹》的同名女主人公那样依附男性，靠出卖贞操来实现自己的“美国梦”，要么就只能跟薇拉·凯瑟（Willa Cather）笔下的安东尼娅·什默达（Ántonia Shimerda）一样，将自己武装成男人以获得成功。因此，“美国梦”是一个高度性别化的民族记忆。

《美国牧歌》通过记忆的方式，在世纪之交回望 30 年前那段对美国影响至深的历史，展示莱沃夫代表的美国受到历史的创痛、遭遇到“美国梦”破灭的境遇，试图破除这个被性别化的“美国梦”的文化记忆。莱沃夫男性气质的丧失便是这

---

① “五月花号”上共有乘客 102 人，而《五月花号公约》在船到岸前由 41 名男性签署。参见盖尔·柯林斯，第 29-30 页。

一过程的隐喻，20 世纪 60 年代发生在美国的一系列政治运动的毁灭性都被罗斯加诸一个女性——梅丽·莱沃夫（Merry Levov）的身上，她让以莱沃夫为化身的男权"美国梦"走向终结，美国人集体陷入感伤的忧郁之中。同时，罗斯借祖克曼之口指涉第二波女性主义运动，流露出作者对待女性主义的复杂态度。

小说伊始，祖克曼便把读者带到几十年前的过去。他直接呈现给读者一个瑞典佬[①]的完美形象，这是个留存于他头脑中多年的印象。祖克曼一开始便重点叙述自己小时候对社区英雄莱沃夫的崇拜，以及莱沃夫如何在这个犹太社区显得与众不同。在祖克曼的眼中，莱沃夫无疑是犹太人实现去犹太化和美国化的典范：

> 他身上具备的犹太特性太少，就跟我们曾经接触过的身材魁梧、金发碧眼的运动员一样。在我看来，我们在将瑞典佬以及他对美国无意识的认同偶像化时，多少带着点羞愧和自卑色彩。由他的外形所引发的矛盾的犹太欲望即刻又被他平息下去。犹太人内心想融入社会和又想保持独立，以及认为自己与众不同和认为没什么特殊之间的矛盾，在看到瑞典佬取得胜利的那一刻自然而然地达成和解。……但他的犹太特性在何处？你不可能发现，然而你知道它确实存在。他的非理性在哪？他的懦弱在哪？还有不受管束的诱惑呢？没有狡诈，没有心计，也没有顽皮。他将这一切驱除并达到完美。无须刻意为之，不用含糊不清，没有处心积虑，只有球星自然具有的那种温文尔雅的气质。（*AP* 20）

从引文中可以看出，极力追寻"美国梦"的莱沃夫身上的犹太性已经所剩无几，他成为美国先生的完美化身。在他的身上没有非理性、懦弱、狡诈等一切不良特质，也就是 R. W. B. 刘易斯（R. W. B. Lewis）所说的那个"具备英雄般的天真和巨大潜力的人物"——"美国亚当"（1）。在刘易斯看来，美国神话不同于罗马神话之处在于它不是来源于天才的个人，而是一个"群体的事件"（Lewis 5）。人们常把美洲新大陆描绘为伊甸园，并赋予美国一个崭新的身份，"踏上新的冒险旅程的英雄：从历史中解放出来的个人乐意与过去决裂，家族和种族的遗风没有对他造成影响，自立而且奋发图强的独立个人时刻准备以自己的独特和

---

① "瑞典佬"（Swede）是小说中莱沃夫的昵称。

已有的特质迎接未来的挑战”（5）。祖克曼（罗斯）笔下的莱沃夫作为运动好手进入读者的视野，被刻画成充满阳刚之气的纽瓦克“阿波罗”。运动是成就莱沃夫“美国梦”的主要手段，他在体育方面声名显赫，身兼橄榄球队的边锋、篮球队的中锋、棒球队的一垒手等多个重要角色。莱沃夫曾经是主要的得分手，他曾帮助所在的篮球队夺得过两次市里的冠军。莱沃夫参加的三种球类运动——橄榄球、篮球和棒球均为最能代表美国特性的运动。[①]体育对男性气质的建构作用显而易见，早在古希腊、雅典时期就有不少雕塑作品表达运动员的阳刚之气，古希腊时期的雅典雕塑家米隆（Myron）的《掷铁饼者》（“Discobolos”）便是此类雕像的扛鼎之作。这尊表现运动员投掷铁饼的雕像，精准地捕捉到这一瞬间的动作，并将其通过艺术固定下来。运动员激烈而有力的动作在这一刻凝结，运动员表情安详而镇静。这一动与静的结合、力与美的交融，“正符合古希腊价值观对男人的要求——身体健壮、灵魂坚强，永远能控制自己的情感”（王家斌、王鹤 36）。

体育文化具有帮助个人借助他人来实现自我的功能，人们在体育里通过某种归属的安全感替代自己的孤单（鲍尔斯 242）。到了 20 世纪，随着体育竞赛的职业化趋势，运动员通过在体育竞赛中取得好的成绩来改变个人的命运。体育的职业化和商业化也加速了体育的造星进程。独特的计分规则[②]让即使是处于团体体育比赛中的个人也能凭借出色的技术脱颖而出，因为即使在团队体育项目中，个人成绩仍然能够得到突出。运动员各个赛季的成绩都会被分别统计出来，他们的名字被单独列出，并为观众所认识。在所有的体育项目中，棒球毫无疑问被美国人视为最能代表美国精神的运动而备受追捧。时至今日，尽管棒球作为曾经的美国的象征和美国价值的集中体现的地位正在被其他更为商业化的球类运动所取代，但它“作为全民的体育和消遣，依然代表着美国文化中最好的部分”（Elias, Prologue

① 职业体育是美国体育产业中历史悠久并有着巨大商业活力的领域。传统上，美国有四大职业体育联盟：职业棒球大联盟（Major League Baseball，MLB）、职业篮球协会（National Basketball Association，NBA）、职业橄榄球大联盟（National Football League，NFL）及北美职业冰球联盟（National Hockey League，NHL）。

② 以棒球和美式橄榄球为例，虽然这两种运动是团体赛，个人的每次表现和得分都没有分别计算和统计，但在联赛结束时，还是会根据个人的表现和得分授予各种奖项。

xviii）[①]。早在棒球兴起之初，惠特曼在与朋友贺拉斯·特劳贝尔（Horace Traubel）聊到棒球时，兴奋地说道：“这（棒球）是我们的运动，与此相关的事实是，这是美国的运动。它的一拍、一跑、一掷都契合美国的氛围，它属于我们习俗的一部分，并像宪法和法律一样深切地融入其中，在我们历史进程中占据重要地位。”（Schmidgall 261）美国职业棒球大联盟的创始人之一阿尔伯特·古德温·斯伯丁（Albert Goodwill Spalding）在那本介绍棒球历史的书《美国民族体育》（*American National Game*, 1911）中提到，再没有一项运动比棒球更能体现“美国人的勇气、信心、斗志，美国人的勇猛和决心，坚持和表现，美国精神、聪慧、成功，美国人的力量、活力和男子气概。棒球是最能代表美国的运动，因为它要求智力和力量的结合，美国的男性具备这些要素，并足以使其在整个大陆传播”（4-5）。

以棒球为代表的体育运动成为实现“美国梦”的捷径之一。它传达给人们民主和平等的信号，有利于消解种族、阶级的隔阂。莱沃夫也就是通过在赛场上的出色表现获得社区的赞誉和美国身份的认同。他凭借自己在体育方面卓尔不凡的表现，成功地跨越阶级和种族的界限。然而，体育不仅是建构个人身份的主要途径，更成为“民族身份建构的主要文化机制”（Smart 1）。体育运动自其诞生之时起，便与英雄主义紧密相连。一战后，美国社会的英雄崇拜之风空前高涨。随着体育在文化中的地位日渐显著，有关体坛英雄的报道和描写日益充斥着文化的各个角落。体育之所以能吸引公众的目光，一个重要的原因是“它能勾起人们对往昔的英雄及其丰功伟业的怀旧叙事。体育是英雄人物和英雄事迹的具象化最强有力的来源，这些人物和事迹‘能定义生活的记忆集锦’，也构成了有助于人们获得整体感的历史”（6）。美国社会的这种英雄崇拜与作为“美国梦”内核的个人主义密不可分。现代个人主义相信“个人的自主性、有为自己决定和按照自我想法生活的权力”（37），它强调个人努力、个人成就、坚韧和力量，它在褒扬胜利者的同时也对失败者表达了不屑。只有已经取得成就、从大众中脱颖而出的英雄个体，才能成为当代文化中引人注目和受欢迎的人物。

莱沃夫代表着人们对理想男性的想象，他被尊为威奎依克社区的“阿波罗”，

---

① 关于棒球的起源，阿尔伯特·古德温·斯伯丁认为棒球是美国的发明，而亨利·查德威克（Henry Chadwick）却认为棒球发源于英国的跑注式棒球。查德威克是19世纪后期著名的棒球作家，他的说法显然更为可靠。

这并不仅仅是因为他在体育上的建树，也不完全因为他是完美男性的化身。在祖克曼看来，莱沃夫被神化的另一个原因是为了对抗人们对如火如荼的德日战争的恐惧。

> 因为瑞典佬的缘故，纽瓦克这一犹太人聚集的社区得以进入了有关自我和世界的迷狂，一种各地球迷共有的迷狂：几乎像基督徒（他们想象中的基督徒）那样，这样的家庭竟然忘记身在何处，却将希望寄托在一个体育项目上，最根本的是——忘记了战争。体育成为社区逃避残酷战争、自我麻痹的工具。（*AP* 1-2）

那些"看似代表着更简单美德的英雄人物能为人们提供慰藉，这些人的信念被战争所动摇，生活被经济和技术骤变打断"（Smart 3）。于是，体育活动成为人们忘却残酷战争的麻醉剂。"瑞典佬"成为一个有魔力的名字，能唤起纽瓦克人们的希望，令他们保持对国家的信心。

莱沃夫在球场上展现的英勇神武，为那些见不到儿子、兄弟和丈夫的人们提供了"一种怪异的、产生幻觉的支撑，使他们进入一种瑞典式的天真状态，获得爽快的解脱"（*AP* 2）。根据非官方的统计，美国共有超过1600万的士兵参加了二战，其中67万余美国人战死沙场。[①]实际上，那些士兵的亲属和朋友将对士兵和国家的期许转移到莱沃夫身上。他们希望那些战场上的士兵能像莱沃夫一样骁勇善战，并期盼他们凯旋。正是从莱沃夫身上，众人看到了希望、力量、决心和极力鼓起的勇气，这可使那些高中毕业就参战的军人从中途岛、萨勒诺、所罗门群岛毫发无损地平安归来。同样的情况在唐·德里罗的《地下世界》（*Underworld*, 1999）里也能找到例证。小说的开场描述了1951年10月3日在纽约马球体育场的巨人队主场对阵道奇队那场传奇般的棒球赛。在比赛中，波比·汤姆森（Bobby Thomson）的一个本垒打在最后时刻帮助巨人队反败为胜，获得联赛冠军。《地下世界》里那枚遗失的棒球如同埃德加·爱伦·坡（Edgar Allan Poe）笔下失窃的信，在时间跨度长达40年历史的意指链中随意穿梭和滑动，同时将看似凌乱而不相干的文本碎片缝合，并揭示出不为人知的地下世界的历史。当然，

---

① 更多数据参见"World War 2 Casualties"。

这个日子对于德里罗而言，并不仅仅意味着汤姆森那记漂亮的本垒打。德里罗在《历史的力量》（"The Power of History", 1997）中解释了他创作《地下世界》的灵感来源于同一天的《纽约时报》的头版刊登的"巨人队赢得锦标赛"和"苏联引爆原子弹"两则新闻。美国人为巨人队欢呼的时候，暂时将苏联核威胁抛在脑后，这棒球史上的壮举与冷战的历史形成对位关系，由此也可以看出体育与政治之间的密切关系。

尽管在大家眼中，莱沃夫是"美国梦"的完美代言人，祖克曼却通过莱沃夫的弟弟杰里（Jerry）的讲述看到这个完美先生另一个不为人知的"伪装自我"（incognito）。他极力撕去莱沃夫的隐秘面具，还原一个"真实的"莱沃夫。莱沃夫曾写信约见祖克曼谈论莱沃夫死去的父亲，可见面之后他欲言又止的态度激发了作家祖克曼窥探秘密，以及挖掘隐匿于莱沃夫那"最简单、最平常，却最了不起的、完全契合的美国脾性"（*AP* 31）的个人历史的写作欲望。在杰里看来，莱沃夫对女儿梅丽和美好过去的怀旧是导致他走向毁灭的最终因素。自从梅丽在引爆邮局的炸弹后到处东躲西藏，莱沃夫就始终无法从痛失爱女的阴影中走出来。莱沃夫开始了漫漫回忆和内省之路，并且

> 这种微妙的感情一旦开始，自我反省的折磨就不会停歇。不管答案是多么牵强，他的问题总没完没了，他这个人以前从不真正拷问自己有关结果的问题。那次炸弹事件后，他再也不能将生活看成理所当然的事，也不再相信他的生活与他所想象的有什么特别的不同之处。他发现自己常常回忆起幸福的童年和少年时的成功，仿佛这就是他招致毁灭的原因。在他的审视下，所有的胜利都显得肤浅；甚至令他惊讶的是他的那些美德也似乎成了恶行。他记忆中的过去已再没有天真可言。（*AP* 92-3）

莱沃夫在头脑里反复检索自己过去的行为，试图寻找酿成他们苦难的根源。莱沃夫身上原本体现了极具理性的特质，然而失去女儿却使原先极具理性和平和的纽瓦克"阿波罗"变得日益情绪化，他在向迷狂的狄奥尼索斯（Dionysus）转变。在希腊传统中，阿波罗不仅集俊美与力量于一身，同时还是理性的象征。尼采在《悲剧的诞生》（*The Birth of Tragedy*, 1872）中看到了希腊世界中太阳神阿波罗与酒神狄奥尼索斯的对立和结合。阿波罗是一种建构梦境的冲动，是视觉或造型艺

术，提倡适度和个体界限。狄奥尼索斯所代表的是音乐、艺术，它展示了酒醉的迷狂，以及肉欲与残暴组成的欢愉。在这里，自然的野性得到释放，人达到了忘我的境界。受到酒神精神支配的艺术则让人们直面痛苦和毁灭性的悲剧命运。象征理性、形式的阿波罗与象征迷狂和疯癫的狄奥尼索斯两者之间的对立显而易见，可尼采认为通过“希腊‘意志’的一种形而上学的神奇行为，两者又似乎相互结合起来了，在这种交合中，终于产生出既是狄奥尼索斯式的又是阿波罗式的阿提卡悲剧的艺术作品”（17）。

在《美国牧歌》讲述的有关莱沃夫的隐喻故事里，代表理性的莱沃夫日益被感性所控制，变得优柔寡断、自怨自艾，他患上了忧郁症。弗洛伊德在其晚年一篇名为《哀悼与忧郁》（“Mourning and Melancholia”, 1917）的文章中，阐述了“忧郁”（melancholia）与“哀悼”（mourning）这两个概念。哀悼和忧郁是面对“失去所爱之人或某种抽象物——这个抽象之物可以是国家、自由、理想或其他”（Freud, “Mourning and Melancholia” 243）——的时候产生的两类不同的反应。缺失（loss）会让人们不可避免地产生失落感，带来心里的缺失和虚空，主体会与正常的生活态度发生严重的分离。面对这种失落，有些人的情绪能随着时间的流逝逐渐缓解，甚至成功地克服内心的伤痛，将情感转移到下一个对象。失落之物或失落感不再给他们的生活带来实质性的影响，这种关系便是弗洛伊德所说的“哀悼”。而另外一些人却无法克服这种失落感，因此患上了忧郁症，症状是主体变得“异常的痛苦和沮丧，对外部世界失去兴趣，丧失了爱的能力。他们抑止所有的活动，并将自我关注降格到寻求自我指责、自我贬抑的表达，更有甚者，他们会虚妄地希望受到惩罚”（244）。

毋庸置疑，莱沃夫的忧郁症的直接诱因来自女儿梅丽。她的炸弹使莱沃夫的“美国梦”瞬间化为灰烬。梅丽的激进举动也是对“美国梦”的“向上流动性”（upward mobility）神话的解构。长久以来，“美国梦”有着极强的向心力，吸引着外来移民和下层的美国人从贫穷走向富裕、从边缘走向中心。如果没有梅丽的炸弹，作为犹太人的莱沃夫家族能通过“洞察前辈们的不足和局限而变得更加聪明，他们每一代人都在一点点脱离过去的地域观念，期盼最大限度地运用自己在美国获得的权利，将自己造就成摆脱犹太传统习俗的理想之人。为了能在这群平等的人们中平等地生活，他摆脱了来美国之前的不安全感和旧的束缚”（*AP* 85-6）。和大多数移民一样，莱沃夫家族的"美国梦"是通过摆脱从欧洲带来的旧习、积极地融入进美国主流中产阶级社会来实现的。莱沃夫最终继承父业，掌管了纽瓦克女士皮革厂，实现了经济上的成功，并娶了"新泽西小姐"多恩·德怀尔（Dawn Dwyer）为妻。在结识多恩之时，他便将自己的美国梦境具象化为"[多恩]正待在石头房子的厨房炉边，此时他肩上背着他们的女儿梅丽推门进来——之所以给她取名梅丽（Merry），是因为她在他搭的秋千上玩得很开心"（191）。他不顾父亲的反对，买下了石头房子与清教徒做了邻居。理想的美国生活就如他对多恩允诺的那样：

> 这不就是美国的生活吗？我和你在一起，和孩子在一起，白天在工厂，其他时间在这里（石头房子），这就是我想待的地方。我们拥有美国的一片土地，多恩。任我再怎么努力也不会比现在更快乐。我做到了，亲爱的，我做到了——我做到了我想要做的。（315）

可第四代移民梅丽的炸弹中断了在其父辈、祖辈中产生和保持的这种向上流动性，也使父亲莱沃夫的"美国梦"变成了"美国噩梦"。梅丽的炸弹不仅毁掉了莱沃夫一家的美满生活，也将莱沃夫拉入了无尽的深渊之中。莱沃夫与多恩这个犹太王子与爱尔兰公主之间的童话本该有一个完满的结局，可他们女儿梅丽非但没有给他们带来快乐，反而成了毁灭莱沃夫的"恶魔"（67）。

20世纪的60年代对于美国来说是一个多事之秋，古巴导弹危机（Cuba Missile Crisis）、猪湾入侵（Bay of Pigs Invasion）、越南战争（Vietnam War）、肯尼迪遇刺、民权运动（Civil Rights Movement）以及妇女解放运动等事件一次又一次地刺激着美国人愈发脆弱的神经，同时也极大地冲击了美国传统的价值观和美国人民乐观的精神。《美国牧歌》中塑造的女性形象梅丽受到反越南战争组织的影响，成为"气象员"（Weatherman）组织①的一员。1968年，她制作并安放在邮局的炸弹炸飞了邮局并炸死了路过的一名医生，之后她便如人间蒸发般消失了。梅丽制造的爆炸案是1968年激进学生运动的缩影，她代表着那些怀揣着理想主义和革

① "气象员"组织是美国新左派学生运动的组织，是"学生争取民主社"（Students for a Democratic Society，简称"学民社"）的分支之一，是一个用暴力推翻现行体制、结束越南战争的组织。在整个20世纪60年代，"学民社"成为美国反对内战、争取民主的主要组织者，曾多次组织全国性大规模的游行和静坐活动。

命热情的中产阶级的孩子们。这些孩子们大多有着不俗的家世背景，接受过良好的教育，他们自命为“新左派”（New Left）[①]。新左派的孩子们为表达对越南战争、种族、性别等不平等制度的不满，走上街头参加游行示威。小说中的女性人物的塑造直接指涉20世纪60年代的女权主义运动[②]。梅丽的炸弹是对以莱沃夫为代表的性别化的“美国梦”神话的解构。

二战后的美国，社会安定、物质丰富，人们开始沉湎于舒适的家庭生活，妇女在大众传媒以及社会舆论的双重作用下，被重新塑造成为“幸福的家庭主妇”。这些妇女来自白人中产阶级，在城郊过着“快乐的”相夫教子的生活，这便是美国女权运动家贝蒂·弗里丹（Betty Friedan）所说的“女性的奥秘”（the feminine mystique）。20世纪50年代是号召女性回归家庭的年代，朱莉亚·罗伯茨（Julia Roberts）主演的电影《蒙娜丽莎的微笑》（*Mona Lisa Smile,* 2003）非常直观地表现了这个时期保守的卫斯理女校。女校的目标便是培养标准的中产阶级妇女，唯一的职责便是照顾丈夫和养育孩子。学校教授的课程知识是关于仪态、厨艺、如何虏获男人的技巧，女性被赋予的“天生角色”便是穿上吊带袜以取悦男性的性感尤物。

弗里丹在其女性主义经典著作《女性的奥秘》（*The Feminine Mystique*, 1963）

---

① “新左派”对应的是20世纪30年代的自负而保守的“老左派”。莫里斯·伊瑟尔曼（Maurice Isserman）在左派经典著作《如果我有一个锤子：老左派的灭亡与新左派的诞生》（*If I Had a Hammer: The Death of the Old Left and the Birth of the New Left*, 1987）中试图厘清新老左派的关系。老左派的灭亡与新左派的诞生并不是简单的时间上的存续关系，新左派来源于老左派。随着20世纪20年代末美国经济繁荣的结束以及大萧条的开始，美国进入了一个新的时代。

② 通常认为，20世纪60年代的女权主义运动是女性主义发展的第二阶段。要弄明白60年代激进的女权主义运动，对美国的妇女运动史的简要回顾显得尤为必要。在美国早期殖民地时期，严重的性别失衡威胁着詹姆斯敦的殖民地，为了避免殖民地的消亡，弗吉尼亚州公司推行了一系列的政策鼓动在英国国内生活窘困的女性到这块殖民地成为“烟草新娘”（Tobacco brides）。之后，陆续有女性作为契约奴来到这里。事实证明，由于早期南方殖民地的恶劣环境，以及男女比例失调的实际情况，这里的人们并未对女性的贞操吹毛求疵，也没有南方淑女观一说。而那些追随丈夫登上“五月花号”的妻子和母亲中有的甚至连名字都没有。受到新英格兰清教信仰和法律的束缚，婚前性行为受到严格的禁止，可通奸在殖民地并不少见，这最直接的反映是在霍桑的《红字》（*The Scarlet Letter*）当中。独立战争期间，人们的家庭生活走向正轨，女性承担了被视为没有经济价值的家庭劳动，被排除在商业活动之外。此时，“殖民地区女性的标准形象，从多生子任劳任怨的劳动力变成了‘窈窕淑女’”（盖尔·柯林斯 90）。女性的地位一直没有得到显著的改善，直到世纪之交“新女性”大量涌现。一战期间，女权主义运动兴起，提出了以投票权换取女性对战争的支持的方针。威尔逊总统虽然一直反对妇女享有选举权，但迫于政治现实不得不采取行动。1920年8月26日，赋予美国妇女投票权的宣言——美国宪法第19条修正案签订。

中呈现了女性在战后的美国病态社会表现出的症候，探究 20 世纪 50—60 年代存在于她们身上的"无名的问题"以及女性生活的现状与女性试图达到的形象之间的差距。20 世纪 50 年代后期开始，生活在美国郊区的家庭主妇们过着让全世界妇女艳羡的生活，由于科技发展和一些先进设备的出现，她们从繁重的劳动中解放出来，也不用像祖辈一样遭受生孩子的痛苦或其他病痛。在这里，她们美丽健康、相夫教子，作为男人伴侣而受到平等对待，还可以随心所欲地购买她们想要得到的东西。这个时期的女性"唯一梦想就是成为无可挑剔的贤妻良母；最大的奢求就是生五个孩子并拥有一幢漂亮的房子；唯一的奋斗目标就是找到一个中意的丈夫并紧紧抓住他"（Friedan 13）。可弗里丹在采访中发现，也就是这样一群看似幸福的家庭主妇却有着不可名状的问题困扰，如感到空虚、焦虑和绝望，甚至精神失常。弗里丹用"女性的奥秘"来概括战后美国女性面临的强大社会话语和神话，它鼓吹"女性的最高且唯一的价值在于实现她们自身的女性气质"（37），而女性气质的实现不外乎对男人的顺从、对家庭的奉献和对孩子的关爱，任何事业上的追求都是不应该的。她们为孩子而生活，只关注自己的家庭、孩子、住宅或自己的容貌，最集中体现在《反斗小英雄》（*Leave It to Beaver*, 1957-1963）中的人物琼·克里芙（June Cleaver）身上。"幸福的家庭主妇"成为 20 世纪 50 年代以来的女性颇为骄傲的职业。这些植根于陈规陋习之中的女性的隐秘逐渐在社会建构过程中上升为神话，而当神话"变得十分强大的时候，它会将虚构的东西变成事实，它汲取那些可能与之矛盾的事实，然后渗透到文化的各个角落"（Friedan 53）。柯林斯把这种对 20 世纪 50 年代神话的批判的女权主义兴起的趋势称作"钟摆强烈摆回来"（552）。

莱沃夫的妻子多恩与女权运动的关系略为复杂。贫穷的家境促使多恩参加选美比赛，并获得了"新泽西小姐"的头衔，进入当年的"美国小姐"的评选。"美国小姐"这个一年一度全美范围的选美活动，每年 9 月 7 日在新泽西州的大西洋城举行。来自全美的妙龄女孩们通过从县到州的层层选拔，才得以站上决赛的舞台。选美比赛的过程漫长，之前的准备工作更可持续数月。这些女孩们被要求身着泳装、脚蹬高跟鞋，在一群中年男性评委面前搔首弄姿，以获得他们的认可。参赛者需要对自己的身体进行一番精心雕琢，如节食、护肤、美发、脱毛，只为了达到男权社会为女性所限定的标准。"美国小姐"成为每个年轻女孩子的偶像，女孩们都希望拥有类似的身材和容貌。女权主义者认为，选美比赛是女性沦为男权社会商品的有力证明。这些为取悦男性评委和观众的女性搔首弄姿，成为男人的尤物。因此，1968 年抗议“美国小姐”选美比赛的组织者们呼吁女性扔掉胸罩、腰带、卷发棒、抹布、锅碗瓢盆以及《花花公子》时尚杂志等“折磨女性的工具”（instruments of female torture）。多恩本人也非常反感自己“新泽西小姐”的称号，并试图走出莱沃夫为她规划好的石头房子中家庭主妇生活。

小说中出现的另一个女性人物科恩是一个神秘的人物，她不仅利用梅丽勒索莱沃夫，甚至色诱莱沃夫。在梅丽失踪四个月后，科恩作为梅丽的“革命世界的导师”（*AP* 96）来找莱沃夫索要梅丽的旧物。祖克曼对她的描述中充满了嘲讽与贬损。透过莱沃夫的眼睛，读者看到科恩的“打扮与金博士的接班人拉尔夫·艾伯纳西（Ralph Abernathy）一样，身着自由抗议者外套，脚踩一双丑陋的大鞋，头上蓬松的乱发凸显出孩童般稚气十足的脸蛋。……她是这么瘦小、这么年轻，看起来她不能胜任什么大事……”（96）。科恩先是冒充宾夕法尼亚大学沃顿商学院（The Wharton School of the University of Pennsylvania）的学生要求参观莱沃夫的工厂，莱沃夫友好地接待了她，并拿出上好的羊皮为她量身定做了羊皮手套。莱沃夫在领着她参观工厂的时候，头脑里不停闪过与女儿的对话场景，他很大程度上将对失去女儿的想念转移到科恩身上。然而，有了梅丽这张王牌在手，科恩成为“一个与世界上残暴行为和谐共存的生物”（134），她通过梅丽来羞辱、挟制和敲诈莱沃夫。她用着新左派成员极其幼稚的口吻来斥责莱沃夫是压迫工人的资本家，却对真正的资本运作一无所知。如果说梅丽是“将战争带回家”的中产阶级的孩子们的代表，科恩则直接以历史中真实存在的安杰拉·戴维斯（Angela Davis）为原型，她是激进女性主义者的化身，曾担任过美国共产党的领袖，与黑豹党也保持着十分密切的联系，涉嫌参与过暴力事件。

在性别研究中，最基本的原型是男人都非常有侵略性，女人往往都有着一颗慈悲和仁爱之心（Mansfield 23）。而长期从事男性暴力研究的美国教授迈克尔·卡夫曼（Michael Kaufman）也认为现代家庭中，男性的暴力行为明显多于女性，暴力成为建构男性气质的方式之一，男性与暴力之间同样有着某种意义上的选择性亲和。R. W. 康奈尔（R. W. Connell）注意到“一个男性统治女性的性别结构不可避免地会形成防卫性的男性利益集团和求变性的女性利益集团”（112）。在男权制社会中，男性从男权占主导的性别结构中获得利益。较之女性，他们掌控种种与荣誉、威望和控制权力有关的东西，并得到物质性的好处。当社会结构出现严重不平等时，暴力成为不可避免的解决方式。

尽管早在罗斯 20 世纪 70 年代的小说《我作为男人的一生》中，主人公彼得·塔诺珀尔（Peter Tarnopol）便已经意识到"有关男性不可侵犯性的神话、男性统治的权力和能力的神话十分强大"（*MLM* 174）。可在《美国牧歌》中，罗斯试图反转这一逻辑，颠覆这种男性的暴力结构，将莱沃夫的女儿梅丽刻画成暴力的实施者。在罗斯以往的作品中，对女性或苍白或否定性的呈现并不少见，这使他背上了"厌女症"（misogyny）的恶名。《美国牧歌》中梅丽等女性被赋予了超出男性的力量，以莱沃夫为代表的男性反而成为柔弱、易受伤害的一方。这既是罗斯对女权主义的解放性力量的肯定，同时作者对它的贬抑也溢于言表。

小说中的作家祖克曼赋予梅丽那种彰显男性气质的暴力，一方面是社会因素导致的，早期的学生运动与美国国内民权运动提倡非暴力的改良，而这种非暴力运动收效甚微；另一方面由梅丽实施的爆炸也是对男权社会的反抗。因此，梅丽的暴力行动既是对社会的反抗和不满，也是对男性权力的挑战。杰里米·瓦伦（Jeremy Varon）在仔细考察了 20 世纪 60 年代的暴力后认为：

> 暴力斗争是塑造新的、革命性主体的主要介质，这种主体跳出之前的社会化过程，而完全投身到政治斗争当中。为了服务于这个目的，"气象员"和"红军支队"（Red Army Faction）参与了自我重新塑造的激进实验。他们相信暴力能使它的实施者让新左派的核心矛盾变得更加明显紧张。一方面，他们将暴力视为极端的越界和反抗行为。客观地说，暴力挑战了国家的权力；主观上说，暴力释放了他们内心的精神束缚，为他们提供了政治最极端形式的体验。两个组织的游击队成为象征着玩命之徒的神话、反对集权的标志。另一方面，"气象员"和"红军支队"渴望克服被视为消费资本主义的重要组成部分的个人主义和颓废。（9）

对于"气象员"等组织来说，暴力成为改变社会现状不可或缺的手段。在民权运动兴起之初，领导者们试图用改良的方式来改变美国社会不平等的现象，以终止日益深陷的越南战争。虽然小马丁·路德·金（Martin Luther King, Jr.）提倡的“非暴力运动”拥趸众多，他们在金的带领下用游行、静坐等和平的方式进行抗议。然而，面对国内强大的舆论和反战运动，约翰逊政府并没有在越南问题上做出让步。美国接连发生的几起暗杀事件，包括约翰·肯尼迪总统、罗伯特·肯尼迪、民权运动者马尔科姆·艾克斯（Malcolm X）、金等人相继遭到暗杀。美军士兵在越南的伤亡数量上升，美国政府在国内的大肆征兵引起民众不满。1968 年的美军在越南屠杀平民的“美莱村大屠杀”（My Lai Massacre）通过媒体报道出来后，更使美国国内媒体这些激进的左派们意识到和平的抗议成效不大，同时他们对那些保持沉默、蛰伏在自己中产阶级郊区房子里的普通民众也颇为不满。他们要通过制造暴力行为，唤起广大民众的觉醒，让他们加入推翻这个有害民主的政府行列之中。于是，他们将暴力带回了家。从 1969 年 1 月到 1970 年 4 月短短一年多的时间里，美国就发生了 2800 起暴力袭击（Varon 3），小说中梅丽的炸弹袭击只是这些暴力的缩影。

虽然在祖克曼的眼里，莱沃夫有着超乎常人的硬朗外表和男性气质。可随着他欲言又止的过去逐一被祖克曼挖出，莱沃夫的阴柔及其内心对男性身份的不确定感渐渐浮出水面，这表现在多年后他对父亲的顺从、对妻子的顺从和对失去的女儿的固着情感。阿尔弗雷德·阿德勒（Alfred Adler）认为男性的弱点和焦虑会激发过度的男性气质，从而引起“男性抗争”。在康奈尔看来，“男性抗争”意味着“对攻击倾向的过分补偿和对胜利的无休止的追求”（21）。反观莱沃夫，男性抗争在莱沃夫身上明显缺失。正如弟弟杰里所了解的莱沃夫，他的致命弱点是太过于软弱。按照杰里的说法，莱沃夫为人平和，是一个受社会制约、不爱轻易发脾气的人物。愤怒的情感既不是他的负资产，也不是他的资本。按照这种理论，恰恰是这种忍气吞声最后毁掉了他。而进攻性却有净化或疗伤的功能（*AP* 59）。弟弟杰里与哥哥莱沃夫截然不同，身为外科医生的杰里不像莱沃夫那么注重家庭，离过好几次婚，也不把犹太家庭传统放在心上。杰里的愤怒和向前看与莱沃夫看似平和的怀旧情绪形成了鲜明的对比，对记忆的不同态度让他拥有与莱沃夫截然不同的人生。

在小说末尾，莱沃夫从最初的“美国亚当”成为被去势的“永久哀悼者”（perennial mourners）（Bergmann 9），这与他深陷对过去的记忆之中无法自拔有很大的关系。过去经过他们有意识或无意识的选择的回忆、加工和美化变得符合个人的想象。在弗洛伊德看来，忧郁症患者常常处于自我分裂的状态，他自我的一部分反对和批判其他的部分，并将其客体化。忧郁症患者在失去心爱之人之时的自我指责"是对他所爱的客体的责怪，而这种责怪已经从这个被爱的客体转移到患者的自我之上"（Freud, "Mourning and Melancholia" 248）。莱沃夫最后将对女儿爆炸行为的责怪全部转移到对自己的责怪上。在梅丽制造爆炸案之后的五年中，莱沃夫始终没法从女儿实施的暴行带来的创伤中走出来。他不断地回忆与梅丽有关的过去，回想对她成长造成影响的人和事，并试图为梅丽的残忍行为找到合理的解释。祖克曼将梅丽的暴力行为归因为弗洛伊德所说的"恋父情结"（Electra Complex）①，莱沃夫将梅丽后来的举动归结为父女之间一个越界的、带有肉欲的亲吻。梅丽没有继承母亲的美貌，只能通过假装口吃扮成弱者以吸引父母特别是父亲的关注。

弗洛伊德认为，正常的人面对对象的失去会选择另外一个对象代替，并将力比多（libdo）②贯注于特定的对象。当这一对象不能再成为其贯注的对象时，人们会选择新的对象转移情感。但是，这种转移需要满足一些条件，当条件没有达到时，自由的力比多没有流向对象，反而回流至自我身上，使自我认同那个被抛弃的对象。对象的影子被投射于自我，"对象丧失转变为自我丧失，自我与所爱之人的冲突转变为自我的批判性活动与由于认同作用而改变的自我之间的分裂"（Freud, "Mourning and Melancholia" 249）。莱沃夫在哀悼梅丽的同时陷入自恋的困境之中，并最终走向自我分裂：

> ……即使是瑞典佬这个上帝赐予了凡人该具备的一切品质的人物，也不能像决裂者杰里指示的那样去摆脱那个女孩，尽力完全摆脱那种疯狂的占有、父亲的责任、对已失去的女儿的偏爱，抹掉那个女孩和那段历史的一切痕迹，从"我的孩子"的歇斯底里中永远跳出来。要是他真能渐渐忘记她就好了，可瑞典佬没有那么伟大。

---

① "恋父情结"是弗洛伊德在《图腾与禁忌》（*Totem and Taboo*, 1913）中提出来的，指的是人在婴儿阶段会对父母中与自己异性的一方产生迷恋，并将与自己同性的一方视为竞争者，故欲取而代之。

② 力比多（又叫性驱力，sex drive），最早由弗洛伊德提出，它指的是一种本能或力量，类似于饥饿、权力、意志等，是人类固有的一种本能。

> 他得到了生活所能给予的最严酷的教训，可毫无作用。而当那发生时，幸福不再同时降临。这都是人为的，即使在那个时候也是以完全与自我历史的疏离为代价换来的。这可爱、具有绅士风度的男人用他的温和的方式处理冲突与矛盾，这信心十足的前运动员所具有的敏感和取之不竭的力量，在任何战斗中都以公平的方式去对抗不公平的方式（人类交手时难以根除的恶心），所以他完蛋了。他那种自然的高贵品质也就是他表现出来的那样，他经历了太多的苦难，已不可能再那么天真完美。瑞典佬再也不满足于相信旧的瑞典人的生活方式，但为了他的第二个妻子和他们的三个孩子——为了他们天真的完整性——他还是冷酷地假装下去，他冷峻地压制住自己的恐惧，学会戴上面具生活，用一生的时间来检验自己的忍耐力。这是一场劫后余生的表演。瑞典佬莱沃夫过着双重生活。（*AP* 81）

之后，祖克曼连续用三个“五年过去了”向读者交代了莱沃夫在这五年中的行动和心灵轨迹。在过去的五年里，“他（莱沃夫）所读、所看、所听的都只有一个单一的意义，没有什么不受到个人感受的影响”（167）。老里姆洛克（Old Rimrock）的建筑、学校等与梅丽有关的“记忆场域”，以及纽瓦克媒体上有关梅丽爆炸案的报道，一次又一次造成了梅丽在莱沃夫心中的反复在场。在爆炸案发生之后，莱沃夫还不断地重返被梅丽炸飞的商店的原址，那个地方由根本不关心过去的事情的夫妇所开的新店代替，而莱沃夫仍把周六早晨去新店读报、喝咖啡变成缅怀梅丽的一种仪式。然而，从表面上看，莱沃夫尽力维持了他生活本来面目，

> 可这些伴随着一种可怕的内心生活。这种生活充满了残暴的困扰、令人窒息的偏向、愚昧的期待、恐怖的想象、荒诞的谈话和无法回答的问题。他陷入一宿接一宿的辗转反侧与自我斥责、巨大的孤独感以及永无休止的悔恨之中。（173）

莱沃夫在缅怀女儿的同时，也在不断地探寻梅丽从一个乖巧女孩变成一个愤世嫉俗杀人犯的原因。他甚至天真地把原因归结为他和 11 岁女儿的那次有点乱伦意味的亲吻。显然，莱沃夫成了过去的奴隶，陷入对过去的回忆里无法自拔，并从失去女儿演变成失去自我，最终患上了忧郁症。

相比莱沃夫的忧郁症，患有自杀性抑郁症的多恩选择不同的方式来应对失去

女儿的痛苦。多恩自我治愈的方法是完全忘却，"抛弃那件意外的、难以置信的事情。她不想自己的生活就这样被剥夺"（187）。具体说来，多恩的忘却和治愈创伤的手段是洗心革面，"洗心"当然是从心理上的割舍，梅丽的名字从此成为家庭的禁忌，不允许被提起；而"革面"是指她做的拉皮整形的手术。多恩在莱沃夫的陪同下，找到日内瓦的整形医生做了面部整形手术，术后她感到"自己被赋予了新的生命，感到从里到外都获得了新生"（188）。多恩在恢复了俏丽的面容后，决定卖掉与莱沃夫共同生活的那个旧石头房子，并建造一座现代化的房子。此时，多恩憎恨和想摆脱的不仅是旧房子，更是一切和房子和整个以前的生活有关的记忆，因为"这些都和房子关联在一起"（202）。而在莱沃夫看来，这个美国建国之时就可能已经存在的古老石头房子是"一个美丽的港湾——它坚不可摧、固若磐石"（190），是他 16 岁就开始梦想的房子和美国式的田园牧歌生活。因此，多恩的卖房行为标志着她和莱沃夫的决裂。而这个爱尔兰水管工的女儿走出梅丽带来的伤害，并重构自我的终极手段是与邻居威廉·欧克特（William Orcutt）的婚外情。欧克特三世是正宗的"白人盎格鲁-撒克逊新教徒"（White Anglos-Saxon Protestant, WASP），其家族史可以直接追溯到美国革命时期，因此与欧克特的结合是多恩追逐更为正统的"美国梦"的隐喻。

当莱沃夫唯一的女儿从杀人恶魔成为一名浑身肮脏的耆那教徒（the Jain）后，象征着完美郊区生活的房子被改造，多恩最终投向美国中产阶级白人男子的怀抱，莱沃夫的"美国梦"从此彻底破灭。面对女儿、妻子和梦想的离席与缺失，莱沃夫转向了这场导致他毁灭的战争发生之前的美好过去寻求慰藉，怀旧[①]似乎成为他

① 瑞士内科医生约翰尼斯·霍福尔（Johannes Hofer）在 17 世纪晚期创造了"怀旧"这个词，专指远离家乡在外征战的瑞士雇佣兵所患的一种思乡病，其症状是沮丧、忧郁和情绪上的不稳定，包括"突然爆发的抽泣、厌食症、普遍变瘦，偶尔还有自杀的企图"（转引自 Davis 1-2）。18—19 世纪的医生认为思乡病为器质性病变，并试图找到发病的器官。霍福尔推断此疾病发病的生理机制是"动物精神通过大脑中部的纤维持续运动，这些纤维里还残存着祖国意识"（转引自 Davis 2）。在之后的很长时间内，怀旧依然被看作一种由外界环境引起的心理病症，如忧郁症、强迫症、幽闭恐惧症等。直到 19 世纪末，它才开始了褪去军事和医学色彩，转变成对过去的忧思情绪。当怀旧随着大众文化进入美国的流行话语之后，它逐渐演变成一种文化现象。有人认为早在"怀旧"一词被造出之前，它就已经广泛存在于西方文学传统之中，最早可追溯到《荷马史诗》。《奥德赛》的主人公奥德修斯赢得特洛伊战争之后，率领同伴回国，不曾想得罪了地神波塞冬，使他的归家之旅耗时十年，历尽千辛万苦。最终他战胜魔女喀耳刻，抵御海妖塞壬的美妙歌声的诱惑，被困在女神卡吕普索的岛上七年，最终回到故土伊萨卡。此后，归家的主题在文学作品中反复出现。19 世纪，工业革命的兴起逐渐侵蚀人们原本恬静美好的田园生活，以威廉·华兹华斯为代表的浪漫主义文人最早对这种侵蚀做出怀旧的回应。

忘记内心创痛的良药。

怀旧（nostalgia）由两个希腊语词根组成，nostos 意为回归，algos 指的是非常痛苦的状态，因而怀旧就是“未满足的回归欲望引起的痛苦”（昆德拉 4）。它从最初的生理疾病演变成 20 世纪的社会症疾。怀旧更多的是对过去的时间而不是空间的怀念，还包括情感、思想上的行为。从广义上说，怀旧试图“对抗现代时间观念——代表历史和进步的时间。怀旧意欲抹除历史，将历史变成个人或集体的神话，并希望像访问空间那样访问时间，拒绝屈服于折磨人的境况的时间的可回溯性”（Boym xv）。经历和表达怀旧需要积极地重构过去，也就是积极地选择记忆什么和如何记忆（Wilson 25）。杰姆逊对怀旧持消极批判态度，因为后现代的怀旧感与不能重现痛苦的现代派不同，后现代怀旧根本“无法捕捉到真正的文化经验中社会现实的历史性”（詹明信 458），它只能通过拼贴的手法“重现一些昔日时光的陈腔滥调”（462）。在约翰·J. 苏（John J. Su）看来，记忆与怀旧的区别在于：记忆指代亲密的个人体验，这种体验常常与历史相悖，怀旧则是“由资本主义或民族主义反复灌输的不真实的或商品化的体验”（2）。贝尔·胡克斯（Bell Hooks）强烈主张记忆研究弃绝怀旧，应该将“为指引和改变现在服务的记忆”与“缅怀已经发生的事情的无用怀旧”加以区分（转引自 Su 2）。而约翰·J. 苏以托尼·莫里森（Toni Morrison）的《宠儿》（*Beloved*, 1998）为例，说明记忆和怀旧之间相互纠缠、相互渗透的关系，怀旧并非完全是消极、保守的同义词。

《美国牧歌》中所指的牧歌是对 20 世纪 50 年代美国繁荣影响的称颂。20 世纪 50 年代是“人所公认的欲望之‘所指’，是众心所向的，失落掉的欲望对象”（詹明信 457）。事实上，莱沃夫在 20 世纪 90 年代回忆 50 年代，与美国社会在 70 年代之后掀起的怀旧之风不谋而合。风靡一时的美国电影《美国涂鸦》（*American Graffiti*, 1973）、电视剧《幸福时光》（*Happy Days*, 1974—1984）便是其中的杰出代表。实际上，莱沃夫的 20 世纪 50 年代是他所代表的整个 70 年代以来美国人选择性记忆的产物的缩影。他所想象的完全是那个年代美好的一面，将其丑陋面从记忆中抹除。可真实的历史并非完全如此，当冷战的铁幕降下，麦卡锡主义的恐怖正在美国全国蔓延，一时间全美风声鹤唳、草木皆兵，罗斯的小说《我嫁给了共产党人》便以这个时期的历史为背景展开。

当 20 世纪 60 年代的体育运动将美国人在战后重新燃起的"美国梦"的火焰浇灭时，返回 20 世纪 50 年代那个"美国梦"得以实现的年代成为美国人自我疗愈的工具，正是"通过返回民族象征和神话融入历史的反现代神话制造之中去"（Boym 41）。斯维特拉娜·博伊姆（Svetlana Boym）认为，

> 现代怀旧是对神话中的返乡无法实现的哀悼，对有明确边界和价值观的魅惑世界消逝的哀悼；这也可能就是对一种精神渴望的世俗表达、对某种绝对物的怀旧，怀旧既是躯体的又是精神的家园，怀旧是进入历史之前的时间和空间的伊甸园式的统一。（8）

莱沃夫的怀旧不过是自己想象出来的伊甸园，他所钟爱的象征"美国梦"的房子，却遭到多恩的厌恶，她不停地想要搬离那里。怀旧总是与家园意识密不可分，莱沃夫对旧石头房子的固着与"美国梦"的田园理想紧密相连。在莱沃夫的眼里，石头房子曾经是"是一座坚不可摧、固若磐石的房子，绝对不会被焚毁，可能从这个国家建国的时候它就存在了"（*AD* 190）。石头房子也可以抽象成美国和"美国梦"本身。这个国家和理想曾经看起来是如此的坚不可摧，它是美国人生活的保障和追求，指引世界人民的灯塔，可 20 世纪 60 年代如风暴般席卷美国的运动给美国带来了意想不到的重击。

怀旧症候的出现来源于主体对时代剧变表现出的不适感，也是怀旧者出于对现在的焦虑和不满，从而试图遁逃回一个过去美好的"伊甸园"。这个伊甸园象征着一个"天真的开始……在从儿童到成人的成长过程中，知识和罪恶相互勾连"（Bigsby 1）。莱沃夫面对的变化的世界是 20 世纪 60 年代，一个美国历史上极为动荡的年代。美国社会经历着自美国内战以来的最大变革，越南战争让美国人对美国的民主感到幻灭，女性主义运动和民权运动又不断冲击着美国人的平等观。罗斯借莱沃夫的父亲娄·莱沃夫（Lou Levov）之口说道："我们生长在与现在完全不同的时代。那时，人们对社区、家、家庭、父母和工作的情感……等完全不同。这些变化已超出人们所能理解的范围。"（*AP* 364-5）莱沃夫一直试图恪守社会规范，他不关心政治，只埋头于个人的家庭空间，试图忽视风云变幻的大环境。当剧变真正发生并降临到自己家庭的时候，他表现得无所适从。当 1968 年风暴来袭时，那个曾创造历史的英雄莱沃夫最后败在历史的车轮之下。

博伊姆将怀旧分为复归型怀旧（restorative nostalgia）与反思型怀旧（reflective nostalgia）两种。复归型怀旧强调“归家”，希望重新构建起那个失去的美好家园并渴望修补记忆的空白。莱沃夫的怀旧无疑属于博伊姆所说的复归型怀旧，他希望用过去的田园理想重新构建起那个失去的美好家园，以减轻内心的痛苦。《美国牧歌》可以被视为祖克曼对怀旧者莱沃夫的怀旧。作家祖克曼对儿时偶像莱沃夫的想象则可归为反思性怀旧。他通过叙事“拾起回忆的碎片，以时间展示空间”（Boym 49）。祖克曼略带嘲讽的呈现方式，拉开了与莱沃夫的距离。而在幕后的操纵者罗斯更是冷眼旁观，也展现了作者对以梅丽为代表的激进女性主义的矛盾态度。

20 世纪 60 年代学生运动的参与者在七八十年代时掀起了一阵怀旧之风，祖克曼和罗斯站在 30 年后的世纪之交回望那段历史，重新审视了 20 世纪 60 年代这一美国集体被去势的年代给莱沃夫一家所代表的湮没于历史尘埃中的千万个家庭带来的影响。在 1960 年的大选中，英俊潇洒、颇具男子气概的总统肯尼迪凭借着刚刚兴起的电视辩论，以微弱的优势击败了副总统尼克松。这是一位在民众心中男子气概十足的总统，他的男性气概不仅表现在他的俊朗外形和个人经历上，更隐迹于他作为领导人的内外政策之中。肯尼迪在演讲中常向民众灌输美国正处于危机时期的思想，并表示乐于承担责任，带领民众度过危机。肯尼迪所倡导的“新疆界”（New Frontier）计划迈出了人类征服外太空的第一步，他对待古巴和苏联的强硬态度都表现出其争强好胜的一面。然而，杀手李·哈维·奥斯瓦尔德（Lee Harvey Oswald）的致命一击不仅终结了这位魅力四射总统的生命，也使整个美国陷入巨大的创痛之中。之后，又有黑人马尔科姆·艾克斯和小马丁·路德·金相继被刺，就连肯尼迪家族的另一男性成员罗伯特·肯尼迪也难逃此厄运。越南战争的泥潭深陷极大地挫败了美国人的自信心，他们对曾经笃信的“美国梦”也产生了怀疑。1972 年被媒体揭发的“水门事件”（Watergate Scandal），让美国民众一直相信的“民治、民享、民有”的政府信念受到了极大的打击。

《美国牧歌》的写作过程是祖克曼对莱沃夫生活的回顾和哀悼，目的是发掘一个与表面不一样的莱沃夫。小说的叙述者依然由罗斯的代言人祖克曼担纲。如果说整部小说是关于 1968 年对“瑞典佬”莱沃夫生活巨大改变的叙述，毋宁说是作为作家的祖克曼对这一形象的重新认识。罗斯通过祖克曼的想象再现了一个悲剧式英雄莱沃夫的形象。莱沃夫被寄予了躲在祖克曼身后的作家罗斯对美国身份的诉求。罗斯既看到了"美国梦"的虚幻性，同时也给予了这个悲剧式英雄以莫大的同情。面对社会变革的重压，个人的命运风雨飘摇、朝不保夕。20 世纪 60 年代的暴力导致了男性气质的丧失，个人在宏大的历史政治面前遭到阉割。莱沃夫男性气质的丧失只是这一历史时刻对男性社会的去势的譬喻，是对性别化"美国梦"的解构。

第三节 "美国梦"与种族身份的重复和表演：《人性的污秽》

20 世纪 90 年代，犹太人在美国的境遇已经大大改善，他们成功地融入美国白人主流社会。无独有偶，罗斯这个时期创作的小说中的犹太性也全面隐退。曾经作为犹太人争取权利的忠实盟友的黑人，却仍然因其族裔身份被阻挡在实现"美国梦"的大门之外，这成为《人性的污秽》的关注焦点。叙述冒充犹太人的故事既反映了犹太人的地位及其美国化程度的提高，以及他们在美国的境遇得到改善，同时也是罗斯去除长期贴在他身上的犹太作家的标签，转而成为美国作家的又一有力尝试。

前文第一节中已经提到，"美国梦"的要旨在于给每个努力奋斗的人提供一个机会均等成功机会的美好愿景。可事实上，性别和种族歧视的存在都严重地破坏了公平的规则，并将"美国梦"变成了白人男性的特权。美国是一个移民国家，自哥伦布来到新大陆之后，美国便开始了移民的进程。美国的少数族裔包括非裔、墨西哥裔、印第安人和亚裔等，其中非裔美国人的历史是一部心酸的血泪史。随着 15 世纪欧洲的航海大发现，日益扩张的欧洲国家对劳动力的需求日益扩大，导致了贩奴贸易的繁荣，非洲黑人开始落入西方殖民者的魔爪之中。16 世纪初，他们作为奴隶从非洲被贩卖到美洲的海地、墨西哥、巴西等地，并最终于一个世纪后进入北美大陆。美洲这片待开垦的辽阔处女地，对劳动力极其渴求，这进一步扩大了对黑人奴隶的需求。到 1715 年为止，美国弗吉尼亚州的黑人总数达到 2.4 万人之多，超过了当地白人的数量（张福运 21）。非裔美国人自作为奴隶踏足美洲大陆的时候起，便一直处于被压迫和被剥削的地位。他们作为私有财产的奴隶，被迫在种植园中从事繁重的劳动，并受到奴隶主残酷的剥削和虐待。种族主义者为了让黑奴贸易合法化，确保能持续从中获利并实现本国的原始积累，一直企图建立并采用优生学的方法从生理上界定白人的种族优越性，企图将黑人排除出人类的范畴。遵循肤色政治的逻辑，盎格鲁-撒克逊人被确定为“最优良的种族”，因为他们是白人中肤色最白的。独立战争之后 20 年间，北方诸州纷纷废止了奴隶制。尽管种族歧视并没有从此消失，但美国北方黑人的境遇得到了显著的改善，南方奴隶的遭遇也得到了不少北方人的同情。加之南方奴隶通过各种途径逃离恶劣的环境后纷纷加入废奴运动之中，于是越来越多的美国民众开始认识到奴隶制的危害。在 1860 年总统选举中，代表北方的共和党候选人亚伯拉罕·林肯（Abraham Lincoln）击败南方民主党的约翰·C. 布雷肯里奇（John C. Breckinridge）成为美国总统。南方各州意识到奴隶制即将不保，于是先发制人脱离联邦，成立南方邦联，战争由此爆发。五年美国内战（1861—1865）虽然结束了奴隶制，但包括北方黑人在内的非裔美国人依然远没能够享受到与白人一样的权益。一系列的“吉姆·克劳法案”（Jim Crow Laws）[①]、“隔离但平等”（segregate but equal）的思想将美国黑人排除在以白人为主导的社会之外，平等和自由的“美国梦”对于非裔美国人来说只不过是一个空头支票。正是美国存在了几百年的种族歧视政策，催生了马丁·路德·金的那篇鼓舞人心的《我有一个梦想》的演讲和轰轰烈烈的民权运动。民权运动为非裔美国人争取了许多平等的权益，种族平等的观念也渐渐走进美国人的观念之中。它通过废除“吉姆·克劳法案”等一系列的法律措施，为黑人实现“美国梦”提供了可能性。然而，种族平等却逐渐走向另一个极端，成为一种言词和形式的政治——“政治正确”（political correctness），例如 20 世纪初美国大学为了限制有色人种和犹太人的进入，开始实行配额（quota）制，可是到 20 世纪末，配额制反过来变成维护种族多样性的硬性指标，造成另一种形式的不平等。尽管如此，种族不平等的问题依然是阻止“美国梦”实现的一个重大

---

① “吉姆·克劳法案”不是单个的歧视黑人的法案，它是各州（特别是南方）通过的一系列法律的总称。重建时期（Reconstruction Era）过后，美国南方蓄奴省份以法案的形式限制非裔美国人的权利。吉姆·克劳的名字来源于内战时期的一个白人扮演黑人的音乐剧的名称。吉姆·克劳的角色通常被定位为穷开心、思想简单的乡村奴隶，之后用来指代所有黑人，以及加诸于黑人的法案。参见 Brown and Stentiford, *The Jim Crow Encyclopedia*, p. xvii.

的障碍。

罗斯的《人性的污秽》用“幽灵事件”准确地捕捉到有关“美国梦”种族方面的问题。小说以作家祖克曼对科尔曼的传记形式出现，想象性地记录了科尔曼的过去。1996年，时年71岁的犹太教授科尔曼因其在课堂上的不当用词（spook，指“幽灵、鬼”，还表示对黑人的蔑称）被黑人学生指控为种族歧视。这部小说写作的历史背景是美国社会“政治正确”之风大行其道。作者虽然同情黑人的遭遇，但对20世纪80年代末以来老布什政府矫枉过正的做法也颇为反感，因此在小说中也包含着对“政治正确”的讽刺。

《人性的污秽》中充斥着各种各样的秘密。所谓秘密，就是被表面所掩盖和压抑（个人、群体或国家）的过去。叙述者祖克曼从1998年往回看，通过回忆性的倒叙手法回顾科尔曼的一生。就如科尔曼在讲授《伊利亚特》（*The Iliad*）的开头时，提到开启了整个欧洲文学序幕的那场阿伽门农（Agamemnon）与阿喀琉斯（Achilles）的争吵，整部小说开始于科尔曼·西尔克的绯闻。这场绯闻发生在71岁的退休教授科尔曼与34岁的女清洁工福妮雅之间，这也是科尔曼向祖克曼吐露秘密的发端。《人性的污秽》的写作过程就是一部揭秘的过程，揭露出人们不为人知的隐秘“污秽”。对秘密的探究成为整个小说的驱动力，维系小说的情节之间的联系，并推动其向前发展，同时也是小说所呈现的矛盾和含混性所在。罗斯（祖克曼）通过回忆的叙事将各个时空的科尔曼并置和自由联想，探究过去的记忆与主人公的美国民族身份之建构的关系。种族歧视虽然是阻止非裔美国人实现“美国梦”的主要因素，可科尔曼通过冒充白人来实现“美国梦”的愿望也不过是过眼云烟。

实际上，科尔曼有色人种的身份直到他死后才被祖克曼获知。最终暴露科尔曼埋藏多年的秘密的不是别的东西，正是通过基因传承的种族记忆。在科尔曼的墓地边，祖克曼注意到一个长相并非白人的女性。祖克曼一开始将她错认为是某个没能在幽灵事件发生后站出来的科尔曼的黑人同事，但当他看到她的脸的时候，他洞察到“清晰地通往科尔曼秘密的东西——与丽萨（科尔曼之女）面部的相似之处”（*HS* 289）。也正是从科尔曼的妹妹厄妮丝汀·西尔克（Ernestine Silk）那里，祖克曼得知了科尔曼弃绝整个家族历史并冒充白人之前的故事。科尔曼的秘密最后通过祖克曼的小说大白于天下，因为书籍出版本身便是向大众兜售秘密的行为。

种族的代际记忆不仅通过生理的基因血亲传承，父亲在传递种族记忆的过程中也承担了教化的作用。科尔曼的父亲一直规划着科尔曼的人生，包括让他转到奇斯纳医生（Dr. Chizner）那里学习拳击或者进入全是黑人的霍华德大学。来自美国南方的西尔克先生保护儿子免受种族歧视伤害的方法是淡化其种族记忆。从某种程度上说，科尔曼的父亲自身作为有色人种也在一直扮演着白人模仿者的角色。西尔克一家居住在几乎全是白人的东奥兰治区。他们能说一口完美的、清晰的英语，并在孩子的教育上坚持白人的精英教育，这在 20 世纪 30 年代的黑人家庭里并不多见。父亲教三个孩子学习“乔叟、莎士比亚和狄更斯的语言”，用莎士比亚的《凯撒大帝》（*Julia Caesar*）中三个人物的名字为孩子们命名。他对孩子们的用词非常挑剔，让他们“学到了精确用词的威力”（83）。西尔克先生对孩子的教育也努力模仿着白人的精英教育，他带孩子们看展览、学习天文知识，带他们去看票价不菲的百老汇歌剧，对他们进行戏剧的入门教育。

语言是建构种族身份、传递记忆的重要工具。尽管麦迪逊·格兰特（Madison Grant）认为“种族在铸造人的命运方面远比语言和国族性扮演更加重要的角色，因为种族隐含着遗传，以及遗传所包含的所有作为政治和政府源泉的道德、社会、理智的品性和特质”（1），但是语言并非人们通常所理解的那样透明和私人化，它与种族有着密不可分的关系。在美国，黑人的处境略为尴尬。他们在非洲的根早已被拔起，他们语言的起源也难以考据，但是他们在生活了几百年的美国却形成了独特的黑人英语，更准确地说是非洲美国语言（African American language, AAL）。这种英语区别于标准美语，这在威廉·福克纳（William Faulkner）等作家的作品中可以找到例证。黑人的另一独特的语言就是音乐，灵歌、布鲁斯和爵士乐都具有独特的种族特征，但是这些与黑人关系密切的语言对于科尔曼一家来说都颇为陌生，他们在试图背弃这种语言传统。弗朗兹·法农（Frantz Fanon）在《黑皮肤，白面具》（*Black Skin, White Mask*, 1952）里就以安地列斯人为例对黑人和一切被殖民的群体的语言进行了精辟的论述。他认为：

> 每个被殖民的民族——即每个因自身文化独特性消亡或者被掩埋，而在心灵中产生自卑情结的民族——都发现它必须直面开化民族的语言，也

> 就是宗主国的文化。被殖民者的丛林地位的提升与他对宗主国文化的吸收成正比。当他背弃他的黑人性和丛林之后，他就变得更白。（18）

在法农看来，被殖民的民族埋没本民族的语言等文化特性的举动是由于他们的自卑情结（inferiority complex）。他们认为宗主国的文化优于本民族的文化，要通过对宗主国文化的吸收来摆脱自卑感，将自己洗白，因为“说一种语言便是接受那个世界、接受一种文化。希望成为白人的安地列斯黑人，随着他们对作为文化工具的语言的深入掌握，而变得更像白人”（Fanon 38）。美国黑人努力学习代表正统美国身份的盎格鲁-撒克逊语言和习俗，并希望用这种方式来实现对美国民族身份的认同。甚至如小亨利·路易斯·盖茨（Henry Louis Gates, Jr.）注意到的那样，许多黑人作家都是通过阅读那些传统的西方正典来学习写作，其创作的作品也与西方的文本类似（4）。

对语言的选择，特别是对古典语言的选择，是西尔克先生褪去家族身上的黑人性（blackness）的手段之一。西尔克先生反对科尔曼练拳击，但他反对的不是拳击本身，而是科尔曼所在的纽瓦克男生俱乐部。这是一个由纽瓦克黑人参与的俱乐部，是“专供贫民窟孩子、文盲以及将与贫民窟或监狱终生结缘的无赖消遣的地方”（*HS* 87）。于是，科尔曼转到犹太牙医奇斯纳的门下，因为在西尔克先生看来，犹太人是边缘人群进入美国主流社会的引路人，他们的经历宣示了有色人种进入主流社会的可能性。父亲采取的同化策略与我们在第一章曾提到的犹太人为融入美国社会所采取的策略颇为相似，都是以一种迂回的策略进入白人和西方的话语体系。

严格说来，西尔克一家并不是纯粹的黑人，他们充其量是黑白混血儿（mulatto）。追溯科尔曼母亲的家族史可知，她的祖父是在贵格教会帮助下从南方的马里兰州逃跑到北方的黑人奴隶。聚居在高德镇的外祖父一家则更富传奇色彩，这是个混杂通婚的家族，一个奴隶照顾死于独立战争的士兵的遗孀，并最终娶了这位寡妇，生了三个儿子。儿子们而后与17世纪来到美国定居的白人姑娘通婚，他们的血缘甚至可以追溯到英国贵族约翰·芬威克（John Fenwick）时代。科尔曼得知这些有关母亲家族的光荣历史全都是基于母亲和长辈的回忆和叙述。他们口中的高德镇上的人既有普通男女，也有战争英雄。尽管不同的长辈讲述的有关高德镇的细节从来都各不相同，但他们无疑都用话语的记忆共同塑造出与白人并无二致的和谐美满的中产阶级社区生活：女人打理家务、炮制美食，男人狩猎经商、冲锋陷阵，孩子们读书习字、健康成长。值得注意的是，纵观美国种族混杂的历史，白人与黑人之间的种族通婚在 18 世纪的美国被许多州的法律明令禁止。可从那个年代的史实来看，绝大多数的种族通婚发生在白人奴隶主与黑人女奴之间，因而这段家族记忆的可信度大打折扣。面对这一段被美化成“祖先崇拜”（*HS* 144）的记忆和种族历史，科尔曼选择了逃离并与过去隔绝，而与过去决裂的手段便是“冒充白人”（passing）。

“冒充白人”是对种族主义非黑即白的二元逻辑的颠覆和游戏。20 世纪初种族主义者对黑人的划分采用的以降格继嗣[①]（hypodescent）为基础的“一滴血原则”（One-Drop Rule）于 1910 年率先在田纳西州以法律形式被规定下来，之后其他州陆续施行，这也促成了 1924 年弗吉尼亚州的《种族诚信法案》（The Racial Integrity Act）[②]，从而将“一滴血原则”制度化。白人性成为隐形基因，据此体察到美国社会的种族概念实际上可以与肤色无关。格兰特在描述两个种族之间的混杂时，这样说道：“白人与印第安人之间的混杂是印第安人；白人与黑人之间的混杂是黑人；白人与印度人之间的混杂是印度人；任何欧洲人与犹太人之间的混杂都是犹太人。”（Grant 18）在所有白人眼中，根据降格继嗣原则，所有混合种族都不是白人，“那些与黑人结合的种族无一不被排除出大多数的种族划分之外，而只能成为黑人”（Gordon 158）。白人性（whiteness）成为一种隐性的特质，而少数族裔成为显性的特质。因此，尽管科尔曼的肤色已经浅到不能再浅，白到与白人难分伯仲，但还是难逃被归为黑人的命运。他与《美国牧歌》中的莱沃夫一样，学习成绩优异，并试图通过在体育上有所建树为自己赢得一个光明的未来。科尔曼秘密加入拳击俱乐部，并取得了不俗的战绩，但他仍然不可避免地被归入黑人的行列。父亲的去种族化精英教育是出于对科尔曼的保护，却使他对自己的种族

---

① 降格继嗣是指将不同的种群之间混杂的人自动降级和归类为身份较低的那个种群。该法则规定，无论一个人有多少白人血统，但只要有一点黑人血统就被归为黑人，白人与其他肤色的混血后代必须遵循此法则。

② 1924 年，弗吉尼亚大会制定并通过了《种族诚信法案》，禁止异族通婚和将除白人以外没有任何血统的人归为白人，将包括美国原住民在内的所有非白人列为“有色人种”，从而加强了种族隔离。直到 1967 年，《种族诚信法案》和 1924 年的《弗吉尼亚绝育法》（Virginia Sterilization Act）才被美国最高法院在其“拉文诉弗吉尼亚”（Loving vs. Virginia）判例中正式推翻。

身份始终没有十分清醒的认识。

崇尚和迷恋"美国梦"的科尔曼相信，只要凭借个人不懈的努力，通过平等的竞争就能获得成功。然而，在霍华德大学和首都华盛顿遭遇的种族歧视，让他顿时意识到"原始的自我成为我们及其气势汹汹的同盟的一部分"（*HS* 108）。然而，科尔曼并不甘于承受这个种族身份以及随之而来的压迫。他不愿"将大的他们（the big they）那顽固的偏见强加于[自己]，也不愿让小的他们（the little they）变成一个我们，并将其伦理强加于[他]"（*HS* 108）。从上下文可知，科尔曼既对美国社会大环境（大的他们）把种族歧视强加于非裔美国人（小的他们）不满，同时也对黑人团体（小的他们）将他（科尔曼）置于主流之外并用种族的条框规约个人的做法颇多微词。科尔曼想成为一个自由和独立的自我，一个"美国梦"的实践者。

科尔曼信奉的自由平等的个人主义"美国梦"在初恋女友斯蒂娜·帕尔森（Steena）那里遭遇到巨大的挫折。斯蒂娜来自明尼苏达州的一个北欧移民后裔的家庭，一个白得不能再白的家庭。她厌倦了家庭的繁文缛节、父亲的叫喊及母亲近乎偏执的节俭和清洁，于是逃到纽约上大学。科尔曼的盲目自信让他对当时种族歧视的情势估计不足，他试图将自己和家人与黑人群体分离，他认为他的家人都是和他一样的人，"他们跟我一样都不是你（斯蒂娜）所想象的那种黑人"（*HS* 121），他还把斯蒂娜带回自己位于泽西小镇的黑人家庭。科尔曼认为斯蒂娜等白人头脑中想象的黑人，不仅仅是包括肤色在内的外貌特征，而且也包括长期存在的对黑人的固有偏见——贫穷、落后、野蛮、素质低等。于是，科尔曼极力将自己有教养的、文明的家庭与整个美国黑人社会剥离，表明自己黑白混血的家庭成员优于其他的黑人家庭。斯蒂娜的离去让科尔曼深刻地意识到凭借个人的力量无法逾越种族歧视的藩篱，于是他决定与自己的种族过去以及代表着种族过去的家庭决裂。在祖克曼（罗斯）的描写里，科尔曼舍弃的是另一个真正的、隐秘的过去，但这成为与他如影随形的东西，构成科尔曼身份中不可或缺的部分。那么，当科尔曼弃绝种族身份、抹除种族记忆之后，他是如何来重塑并赋予自己新的身份的呢？

当科尔曼弃绝自己黑人种族的过去之后，他必定要以新的身份取而代之。于是，他为自己伪造了一个犹太白人的身份，以及与此相关的记忆，并通过反复的表演强化和确认这个犹太族裔身份，这是一种种族身份的表演性（performativity）。种族身份的表演性[①]借鉴了性别研究学者朱迪斯·巴特勒（Judith Butler）所提出的“性别表演性”（gender performativity），是对女性主义研究中有关本质主义与建构主义之争的回应。性别表演是巴特勒整个理论体系的核心概念，她通过西蒙娜·德·波伏娃（Simone de Beauvoir）有关“女性不是天生的，而是后天形成的”论断，解构生理性别与社会性别的对立（倪湛舸 4）。受到雅克·拉康（Jaques Lacan）与德里达的影响，巴特勒看到了语言对建构女性身份的作用。同时，身份的物质性是通过“仪式化重复”（ritualized repetition）建构起来的（Butler, *Bodies That Matter* x）。

同理，科尔曼的犹太身份也不仅仅是履历表上的一个单词，还需要他通过行动不断地表演加以充实。科尔曼在新英格兰一所纯白人的学校谋得了职位，并讲授纯白人的课程——希腊文学。他与犹太人爱丽丝·吉托曼（Iris Gittelman）的婚姻也是构建其犹太身份的一部分。然而，科尔曼要真正拥有犹太身份还需要伪造一段家族的过去，并通过话语仪式化重复将其固化。在与爱丽丝交往后，科尔曼告诉她，自己是俄国犹太人，“西尔克”这个姓是父亲从艾里斯岛入境时海关官员给他的。他知道“对自己的身世只要能坚持一种能自圆其说的说法，就没有人会质疑”（*HS* 131）。于是，当科尔曼面对自己孩子有关家族过去的反复提问时，用话语实践反复地操演和确证自己伪造的这么一段过去。科尔曼与爱丽丝的结合，特别是他们的四个孩子，没有留下任何黑人的生理特征，标志着科尔曼冒充白人计划取得了成功。冒充白人的行为在很长一段时间内帮助科尔曼摆脱了原有黑人身份的限制，他成功地凭借着自己的努力实现了“美国梦”，可幽灵事件[②]将科尔

---

① 国内学界对 gender performativity 的翻译主要有“性别操演、性别表演、性别述为”等译法。当然，诚如巴特勒所说，她反对在“种族主义、恐同性恋和厌女症之间建立平行或类比的关系”，因为它们之间抽象或结构性的类比会因不可避免地贬低一方或其自身排他性的建构而受到指责（Butler, *Bodies That Matter* xxvi）。但这并不等于巴特勒反对这种理论的移植，她不过是在提醒我们不要生硬地套用性别表演理论。事实上，巴勒特本人也注意到性别操演论在讨论种族问题中的应用，她甚至在《身体之重：论“性别”的话语界限》（*Bodies That Matter: On the Discursive Limits of Sex*, 1993）中辟专章讨论哈莱姆文艺复兴时期的女作家内勒·拉森（Nella Larson）的《冒充白人》（*Passing*, 1929）。

② 科尔曼从雅典娜学院院长一职退休之后，被返聘回学院教授古典文学。在一次上课点名时，他将两名缺席的学生称作“幽灵”（spook）。碰巧的事，spook 一词除了有“幽灵”之意，还曾是对黑人的蔑称。而缺席的两名学生正好是黑人。于是，那些从前被科尔曼得罪的人利用这一事件大做文章，伺机打压科尔曼。

曼几十年的努力瞬间化为泡影。语词的双关、有色人种的学生和一群伺机报复的同事促成了幽灵事件的发生，科尔曼成为 20 世纪 90 年代盛行的"政治正确"风潮的牺牲品。事后，科尔曼对幽灵事件极力辩解，他辩称自己用的是 spook 最基本的含义："幽灵"或"鬼魂"。然而，对于科尔曼这样一个从小受到严格的语言训练，并有着几十年训练学生言词造句的古典文学教授而言，忽略词语的其他意义实属不该，这也许是一个弗洛伊德式的失言。长期隐匿在科尔曼心中的种族过去，在那一刻从无意识中迸发出来。

幽灵的复现在现代记忆研究中并不少见，例如匈牙利哲学家和心理分析家尼古拉斯·亚伯拉罕（Nicolas Abraham）与玛利亚·托罗克（Maria Torok）的代际间幽灵（transgenerationalphantom）[①]理论。在祖克曼对科尔曼一生的回忆性的记录中，祖克曼将大量笔墨放到了科尔曼冒充白人之前的过去以及幽灵事件发生之后他与福妮雅的交往等事件上，而对从科尔曼与爱丽丝结婚到幽灵事件发生之间的那段时间着墨甚少。祖克曼对科尔曼与包括作家在内的三个不同人物（斯蒂娜、福妮雅和祖克曼）之间的三段舞蹈的设计颇有深蕴。这样在不同的时空中的表演性重复绝不仅仅是情节上的简单重复，它对表达小说的主题有着重要的意义。科尔曼与斯蒂娜那段舞蹈的记忆反复地在科尔曼的生活中出现，并变换形式。与很多后现代性小说一样，罗斯（祖克曼）运用拼贴的手法，打破线性的时间顺序，将过去与现在并置在一起。

白人性在科尔曼身上的显现最初表现在科尔曼与斯蒂娜的关系上。从表面上看，科尔曼与斯蒂娜之间的爱情建立在肉欲的基础之上，或者说是在对对方身体的欣赏之上。当两人的关系发展到甜蜜的阶段之时，斯蒂娜为科尔曼赋诗一首，赞美他"美丽的身体——大腿和脖子后面的肌肉"（*HS* 112）。可科尔曼在看到这首诗的时候，将"脖子"（neck）一词看成了"黑人"（negro）。小说用了大段的篇幅来描写科尔曼认为斯蒂娜洞悉其黑人身份之后的反应——恐惧、疑虑、羞耻与不解。科尔曼的反应突显出隐匿在他无意识中的恐惧感，这种恐惧感来自 200 年来美洲白人一直不断强化的黑人的负面形象，即黑人属于劣等种族，相对于高贵的白人，他们代表着神秘、野蛮的他者。在白人文学中，黑人要么被描述

① 参见陶家俊，《创伤》，第 117-25+159-60 页。

成“傻宝”（sambo）[①]，他们智力低下、逆来顺受、生性懒惰，独立生存能力低下，需要奴隶主的照顾和呵护（张立新 2）。黑人被认为性欲旺盛，并具有暴力倾向，对妇女特别是南方淑女的贞洁造成巨大威胁。黑人的负面形象投射在他们心中内化为自卑情节，而对自己的种族身份产生了自我厌恶的情感，即使通过自我奋斗取得成功，这种感情也挥之不去。把“脖子”一词误认成“黑人”的行为暴露了冒充白人的科尔曼内心充满了害怕自己黑人身份被识破的无意识恐惧。他作为个体无论如何成功都没法让他摆脱这种恐惧和不安全感。

在科尔曼看来，斯蒂娜是欲望的化身，这不仅是出于女人对男人情欲上的吸引，更是黑人对白人性的向往和欲望。黑人对自己族裔身份的拒斥以及他们试图通过模仿白人而成为白人的心态并不少见。最典型的便是美国当代著名的非裔作家托尼·莫里森的《最蓝的眼睛》（*The Bluest Eyes*, 1970）。严格说来，黑人甚至不是一个种族。黑人与白人的区分主要体现在肤色、长相和头发上，但200年来，美洲大陆各种形式的黑白通婚早已模糊了这些界限。据统计，到1850年13%的美国黑人有白人血统，而美国自由黑人中有白人血统的比例更是高达37%；19世纪美国南方的320万奴隶中有25万黑白混血儿（只包括外表非常明显的混血儿）（陈华 128），纯粹的白人不过是一个自欺欺人的神话。事实上，对种族纯粹性的追求是一件可怕的事情，对纯洁的执念只会导致更严重的不纯洁。乔治·弗莱德里克森（George Fredrickson）将美国南方奉行的“种族纯粹”政策看作二战期间希特勒针对犹太人的灭绝手段的先兆（2）。犹太美国人、意大利裔美国人和拉丁裔美国人在不同的历史时期和基于不同的政治立场，都曾被视为“白人”或“非白人”。种族间的通婚和关系史也表明，白人只不过是被一套排他性法律和风俗实践维持的政治经济范畴（Frankenberg 11）。

对于有色人种科尔曼来说，白人性成为显性的、可视的东西，而黑人性成了不可见的秘密。在他观看斯蒂娜的舞蹈时，最吸引他眼球的是她那白色的身体。

> 突然，并没有受到他的任何暗示——似乎只因为听着埃尔德里奇的小号——她开始跳起那段科尔曼所描述的，一个在纽约待了才一年多的福格

---

① “傻宝”是一个贬义词，指的是非洲和美洲印第安人血统的混合体。

> 斯福尔姑娘跳过的最为妖娆的舞蹈。她能用那个舞和她唱那歌的方式把格什温本人从坟墓里惊醒。随着一个有色人种号手吹奏的犹如黑人单恋情歌似的歌曲，她翩翩起舞，她身上的白人性如白日一样暴露无遗。那白色的庞然大物。（*HS* 115）

白色是如此引人注目，以至于在一句话中被重复了三次。科尔曼没有看到斯蒂娜作为女人的性感，但看到了她作为白人的白人性。在这场观看和凝视的表演中，科尔曼如同拉康笔下的婴儿，通过观看斯蒂娜这一镜像人物白人性的表演，获得自我的完整形象。显然，此时科尔曼是观看的主体，而斯蒂娜成为被观看的客体。可是，斯蒂娜的客体地位在她见过科尔曼的家人并获知其黑人身份之后便发生了反转。达到纽约联合车站后，斯蒂娜失声痛哭，并将科尔曼抛弃在车站，从此杳无音讯，这也直接导致了科尔曼与他那黑人家庭决裂。

虽然科尔曼在与斯蒂娜分手之后也结交过有色人种女孩，丢掉种族秘密虽然让他感到快乐，却使他丢掉了长久以来驱使他前进的野心。于是，在碰到犹太女孩爱丽丝之后，他决定彻底与原生家庭决裂。这个新族裔身份的塑造需要通过反复的表演来完成，生发出新的身份认同感。于是，科尔曼通过进入一套新的犹太话语体系来为自己去黑人化，他为自己虚构了一个犹太人的身份和历史，并对其进行丰富和填充。他名字的由来、割礼标志以及父母双亡的事实都是科尔曼犹太历史的一部分。甚至可以说，与爱丽丝结婚本身也是科尔曼充实其犹太身份的一个重要的表演性事件。此后，他一直扮演着犹太人的角色，并在他有生之年不断重复和确认自己犹太身份的合理性。

弗洛伊德曾提出"神秘的写字板"记忆理论，将持久的无意识和流动的意识记忆联系在一起。弗洛伊德认为关键性的记忆会被保存起来，即使有些看似被遗忘的东西也以一种主体不知晓的方式被压抑在无意识里。弗洛伊德说的是个人记忆在身体中的铭刻（inscription），文化记忆以一种更加隐秘的方式存留在个体意识之中。实际上，那段关于斯蒂娜的舞蹈的记忆一直盘亘在科尔曼的心头，如同留在写字板上的记忆，虽然表面上已经被抹去，却留下了不可磨灭的痕迹。失去斯蒂娜成为科尔曼的创伤记忆，变成一段美好而遗憾的往事。面对所爱之人的失去，科尔曼并没有像莱沃夫那样陷入忧郁中不能自拔，相反他很快地将情感和力比多转移到其他人的身上。

小说中另一个跳舞的情节出现在科尔曼与福妮雅交往六个月的时候。福妮雅应科尔曼的要求跳舞，祖克曼用了一段很长的篇幅来描写这个充满色情的场面，此时的科尔曼已经看不到白人性，对白色似乎也已不太敏感，相反性感的、肉欲的身体成为吸引他眼球的事物。很显然，科尔曼在将福妮雅与斯蒂娜做比较。

> 她翩翩起舞，但不像斯蒂娜在 1948 年跳得那样妖娆，因为她不是个甜姐儿，不是那个希望从他的愉悦中得到愉悦的那个年轻甜姐儿，那个用行动诉说——“我能为他跳，他想要，我能给，一切就发生了”的年轻的甜姐儿。不，不再是当年那个花蕾初放、天真无邪的场景了。当然，福妮雅也能跳，但她的舞蹈全然没有花蕾成熟那一刻的感觉，没有稚嫩，没有她、他、所有活着和死去的人那种朦胧的升华。……她（福妮雅）开始扭动起来。她抹平皮肤，仿佛在抹一件皱了的衣服……（*HS* 225-6）

与半个世纪前的天真少女斯蒂娜相比，福妮雅是一个十分坚忍和成熟的女人。她历经生活磨难，14 岁时因不堪忍受继父的性骚扰离家出走，独自谋生。她与越南战争退伍老兵莱斯特·法利（Lester Farley）结婚，可与法利的婚姻并不幸福，她遭遇了丈夫的家暴，他们的两个孩子也在一次意外中不幸葬身火海。离婚后，福妮雅还是受到因战争和丧子重创而变得疯癫的法利的不断骚扰。生活的不幸铸就了她的坚毅，赋予她“某种刚强的、执拗的和些许不容置疑的品质”（*HS* 50）。

同样是一场舞蹈表演，其中观看的权力政治却发生了逆转。从表面上看，福妮雅是科尔曼观看的对象，科尔曼掌握着观看的权力。在祖克曼对这一情境的描写和想象中，读者却能清楚听到福妮雅的声音。这一点可以从叙事中人称代词的转换看出来，对福妮雅的指代人称从“她”变成了“我”，而指代科尔曼的人称也在“他”与“你”之间不停转换。全知视角叙事对福妮雅内心活动的声音和她与科尔曼之间的对话的呈现，逆转了表演的主客体权力关系。福妮雅甚至将心中所想脱口而出：“我看到了你，科尔曼。”（*HS* 228）

> “我看到了一个孩子。我看见你像孩子一样坠入爱河。但这样不行。这样不行。你知道我还看到了什么吗？”

“是的。”

“是，我现在知道了——我确实看到了一个老人。我看到了一个垂死的老人。”

“告诉我。”

“你已经失去了一切。”

“你看到了？”

“是的，除了我的舞蹈之外的一切。你还想知道我看到了什么吗？”

“什么？”

“科尔曼，你实在不该挨那一拳。这就是我看到的。我看到你怒气冲冲。一个愤怒的老人将是这件事的终点。其实，它本可以不这样的。你的愤怒便是我看到的。我还看到了怒火和羞耻。……一切都被从你身边带走。我看到这些是因为我了解这些事。这些该死的混蛋在眨眼间改变了一切。他们夺走你的生活，并将它抛弃……”（*HS* 232-3）

在这段对话中，福妮雅是掌握着主动权的一方。她俨然成为经验丰富、洞察一切的老者，科尔曼反而成了脆弱的一方、一个疯狂坠入爱河的孩子和被夺取一切的愤怒老人。福妮雅与科尔曼的关系之所以不见容于社会，不仅仅是因为双方巨大的年龄差距，更是因为身份和知识上的差距悬殊。福妮雅是雅典娜学院的清洁工、一个只上了两年中学且有阅读障碍、不识字的文盲，一个没有知识武装的底层女人，而科尔曼是古典文学的犹太教授、一个极具智慧的老者。二者身份地位上的悬殊让科尔曼这场生命晚期的艳遇变得意味深长，这是科尔曼对社会迫害的反叛。在此之前，科尔曼的一生都在按照“美国梦”的规范在追求卓越的自我，他中学时在学业和拳击比赛中崭露头角，作为犹太人应征入伍，退役后进入纽约大学学习古典文学，并最终成为雅典娜学院的教授和院长。他的人生选择总是以向上爬为直接目的，而与福妮雅的结合显然有违他大半生的人生信条。幽灵事件之后的科尔曼将社会价值规范抛诸脑后，追求的是此刻的欢愉，这不仅是在做自己，更是在挑战现有的社会秩序和“美国梦”的向上流动性。

瓦尔特·本雅明认为记忆型的作家创作的小说是以回忆为纬线、以遗忘为经线的编织物（202）。他看到了普鲁斯特的非意愿记忆所呈现出来的“建设性的、想象的、虚构性的一面”（Miller, *Fiction and Repetition* 7）。小说中重复的第三段舞蹈发生在祖克曼与科尔曼之间，并被祖克曼编织进这个文本记忆之网。祖克曼以阅读斯蒂娜几十年前的来信为代价答应了陪科尔曼一起跳舞的请求。这段舞蹈虽然按时间顺序来说最接近小说的写作时间，却被放在小说的开头呈现。正是跳过这段舞之后，科尔曼开始向祖克曼诉说他与福妮雅的关系，两个男人之间的友谊由此开始，也正是这种友谊成为祖克曼对科尔曼隐秘生活和内心不断挖掘的动力。与科尔曼的狐步舞过后，祖克曼便与他“成了生死之交，也让他的灾难成为我的题材。随后，他的伪装也成了我的题材。如何恰当地呈现他的秘密成为我的当务之急”（*HS* 45）。即便科尔曼试图摆脱自己的种族过去，但小说中反复出现的舞蹈是科尔曼受到过去困扰的表现，他需要通过不断地展演以获得解脱。

祖克曼不仅是故事的参与者，还是小说的叙述者，掌控着整部小说的叙述时间和节奏。米勒在分析《达洛维夫人》（*Mrs. Dalloway*, 1925）的重复时认为，弗吉尼亚·伍尔芙（Virginia Woolf）“将讲故事视为过去在人物和叙述者的记忆中的重复”（Miller, *Fiction and Repetition* 176），小说的成功依赖于“那个能记住任何事情，也有力量在叙事中唤起过去的叙述者的在场”（178）。这一评价同样适合小说的叙述者祖克曼，他娴熟地穿梭于过去和现在时态的转换之中。

> 过去时态的运用让叙述者成为那个在事情发生之后依然活着的人，他准确无误地知道所有的过往。以现在时态讲述故事的叙述者，能通过对过去的概括和重复向未来推进。这种重述的行为将过去带入现在融为一体，或朝着融合迈进。（Miller, *Fiction and Repetition* 177）

叙述者如同掌握了招魂术的法师，能自由地将死去的人通过文字找回。他熟知每一人物的过去，将他们的行为甚至头脑的活动无比细致地记录和描画出来。他“记录下他们的每一个思想，窃取他们的每一个秘密”（178）。叙述者进入别人的心灵，体悟着别人心灵中发生的一切。与《达洛维夫人》中的叙述者回溯达洛维夫人一天的行动轨迹一样，《人性的污秽》中的祖克曼回忆了科尔曼以及以他为核心衍射到的人物。这种全知的叙述者进入人物心灵说出人物的心声的手法在小说创作中并不少见，早在 18 世纪萨缪尔·理查森（Samuel Richardson）等作家的作品中已经开始应用。《达洛维夫人》及其代表的现代派小说在继承传统的同时，试图寻找叙述者与人物心灵的“融合和统一”（Miller, *Fiction and Repetition* 181）。对于处在 20 世纪和 21 世纪之交的作家罗斯而言，兴许他厌倦了后现代创作的形式上的技巧，但后现代主体的矛盾性和游戏性对于他来说依然有着不小的吸引力。

小说的矛盾性体现为人物所宣称的过去与祖克曼所了解到的过去相抵触，以及读者的理解与祖克曼作为一个带有偏见的不可靠叙事者所呈现的内容相矛盾。罗斯在小说的最后一章“净化仪式”中将秘密揭晓。祖克曼在科尔曼的墓地上看到了科尔曼的妹妹，从而得知了他的黑人身份，并否定了科尔曼之前向他所宣称的犹太身份。当然，小说一早就已经将科尔曼的黑人身份道明，最后只是个元小说自我指涉、自我解释的情节，解释叙述者如何得知这一身份，并依靠已有的材料和自己的想象创作这部小说，暴露出叙述者本身的不可靠性。

在福妮雅的告别仪式上，科尔曼偷听到她的同事将她遗留下来的日记交予她父亲这一细节，这完全推翻了福妮雅所伪装的文盲身份。福妮雅努力把自己伪装成一个粗俗、充满肉欲、害死自己的孩子的残酷女子。受尽生活磨难的她显得十分强大，甚至能为了钱去清理惨不忍睹的谋杀现场。假装不识字意味着她脱离了美国整个话语体系，这是一个以“美国梦”为核心的话语体系，这可能也是福妮雅吸引科尔曼的魅力所在。在外人看来，科尔曼与福妮雅的结合是他在道德上的自我放逐。处于垂暮之年的科尔曼最终挣脱了包括种族在内的一切的社会束缚，找回了自己作为男人最原始的欲望。

《人性的污秽》被学者看作一场“讽刺性悲剧”（Halio, *Philip Roth* 208）。小说最大的讽刺性在于，科尔曼“因为他的黑人身份被赶出诺福克的妓院，而白人身份则成为他被踢出雅典娜学院的原因”（*HS* 16）。祖克曼将科尔曼的身份层层剥开，反讽的效果即刻呈现。那个极善言词、努力摆脱黑人身份的科尔曼教授，最后因为一个涉嫌歧视黑人的言辞 spook 愤而辞职，而且直接导致了妻子心脏病发死亡以及他最终的死亡。他苦心追求的“美国梦”最终因违反了“政治正确”的原则而破碎。

小说采用的回忆性记忆叙事暴露出记忆和叙事的选择性、复杂性和不可靠性。作家祖克曼根据科尔曼之妹厄妮丝汀讲述的科尔曼冒充白人之前的真实身份，以及自己之后听到的科尔曼的讲述和对他的了解，一齐拼凑出了一副记忆的拼图——《人性的污秽》，罗斯用种族的不平等解构了“美国梦”的神话。美国社会并不是像一直鼓吹的那样是一个完全平等的国家，相反这里充斥着种族歧视和压迫。在《人性的污秽》中，罗斯关注的是 20 世纪后半叶的黑人种族发展史，也看到了美国 20 世纪 80 年代布什政府掌权以来愈演愈烈的“政治正确”风潮。白人性从有色人种取得成功的优越地位的手段，演变成为阻碍个人成功的负累。罗斯既有对过激的女权运动的批判，同时也有对美国社会中性别矫枉过正的批判。美国社会如果过分注重形式和言说，那么对真正消除种族歧视的作用并不大。毫无疑问，种族和族裔问题成为《人性的污秽》关注的焦点。但如果将种族问题看作此小说的唯一焦点，将会使小说的艺术和美学价值大打折扣。在此部小说中，罗斯的写作转向对人性的观照也成为不争的事实。

《美国牧歌》与《人性的污秽》无疑是罗斯小说创作生涯的两座高峰，也是罗斯从犹太族裔作家过渡到美国作家的表现。小说展现的不仅是莱沃夫与西尔克两个男性追逐“美国梦”的悲剧，更是作家罗斯对美国历史的观照和评论。小说中对日渐淡出人们记忆的半个世纪的美国历史的大量指涉和呈现，不仅是为了让记忆重新在场，提醒当代美国人记住历史，也是为了让美国人对“美国梦”这一历久弥新的文化记忆有全新的认识。他通过两部小说讽刺“美国梦”这一渗透在美国人集体记忆之中的平等和自由的神话。与《美国牧歌》一样，《人性的污秽》由作家祖克曼担任叙述者，以直接或者间接了解到的有关男主人公的事迹为素材，通过文学的再现和想象的方式艺术性地呈现给读者。与《美国牧歌》不同的是，在《人性的污秽》中，罗斯在关注宏大的美国历史背景的同时，开始将目光转向更为复杂的人性，这一点从标题就可以看出。罗斯并没有满足于书写美国题材的美国作家的身份，随着他的年龄的增长和疾病的困扰，进入古稀之年的罗斯逐渐将目光转向更为普适的话题——死亡、欲望和疾病。事实上，在被马克·谢克纳（Mark Shechner）誉为“道德的罗曼司”（188）的小说《人性的污秽》里，罗斯对包括人与人之间的尔虞我诈、仇恨、欲望等人性黑暗面的揣摩和呈现可谓淋漓尽致。其实，即使在罗斯早期的创作中也不乏对人性的描写，如性、愤怒、焦虑等，或者说任何伟大的文学作品都应当关注个人境遇，有探寻人性善恶的复杂性的人文关怀。罗斯试图超越种族、民族和国家的界限，甚至剔除了宏大的历史背景，关注“凡人”的生存状态。个人最终挣脱了历史的枷锁，以独立的形态存在。21 世纪的罗斯先后创作了七部小说，除了《反美阴谋》之外的其他六部都主要关注个人的记忆与身份，这些小说中独特的记忆方式也是接下来的一章将要探讨的主要问题。

第三章　“晚期”创作：个体的忏悔记忆

我的天主，记忆的力量真伟大，它的深邃，它的千变万化，真使人望而生畏；但这就是我的心灵，就是我自己！我的天主，我究竟是什么？我的本性究竟是怎样的？真是一个变化多端、形形色色、浩无涯际的生命！

——奥古斯丁《忏悔录》

罗斯千禧年之后的创作体现了他不同于以往的创作风格，这也可以称作罗斯的“晚期风格”。“晚期风格”一词最早来自阿多诺对贝多芬晚期音乐风格的分析，阿多诺并没有刻意强调差别，而是强调艺术家在生命的最后阶段所折射出的不同寻常的创作的回光。阿多诺认为“死亡被强加在生物体上，而不是艺术作品之上。因此，它在艺术中只是以折射的模式（如寓言）表现出来”（转引自 Shipe 190）。在萨义德的《论晚期风格：反常道的音乐与文学》（*On Late Style: Music and Literature Against the Grain,* 2006）一书中，他对阿多诺的这一概念加以阐发，并将之用于对文学和艺术的讨论之中。萨义德将关注点放在一些伟大的艺术家身上，“集中在他们的生命临近终结之时，以及他们的作品和思想怎样获得一种新的风格”，也就是他所说的“晚期风格”（Said 6）。在珀斯诺克看来，罗斯的普适主义“已被长久地隐匿在人们早已熟知的犹太美国人的标签之下”（Posnock 3）。因此，珀斯诺克主张在国际的（美国、欧洲和东欧）语境下考察罗斯的普适主义。在考察罗斯千禧年之后的创作时，作者将目光投向更为普适的人性，试图揭去长久强加在他身上的“犹太作家”“美国作家”的标签，这是罗斯晚期创作的特点之一。

在萨义德看来，晚期风格的独特之处并不仅是艺术家晚期创作的艺术作品与作者其他时期的作品风格或主题上的迥异，更是伟大的艺术家在生命最后阶段感悟到难逃一死的命运后，显现出的创作灵光。这种晚期风格与生命的终结状态密切相关，它是一种容纳矛盾、复杂却又散漫的写作风格。晚期风格对于艺术家而言，并不仅仅局限于阿多诺对贝多芬风格的总结，还有像索福克勒斯（Sophocles）或莎士比亚在晚年面对死亡时在作品中表现出的和谐、静谧与圆融，也有些作品里传达出一种无法解决的矛盾。艺术家在创作晚期作品时，也不一定比先前的作品表现得更加成熟，相反可能以“时间错误和反常”（Said xiii）的形式呈现出来。进入新千年后，罗斯仍然保持着旺盛的创作精力，他以平均每两年一部作品的频率先后发表了七部小说。[①]这些作品渐渐淡化了对宏大历史政治的关注，并呈现出与前两个时期不同的特征，因而被视为罗斯的晚期创作。罗斯晚期创作风格的重要特点表现在他对记忆再现内容和方式的转变上。他的晚期创作回归对人本体存在的再现呈现出去情境化、去时间化、超历史和日常生活化的特征。在罗斯的前两个创作阶段，他对记忆的再现往往与政治、历史记忆相结合。个体被置于宏大的历史之中，并受到历史的操控和影响，同时个体用记忆反抗着体制化的宏大叙事。群体的文化记忆也在不停地影响和形塑着个体身份，个体在反抗记忆权力的同时也有意无意地参与在文化记忆的建构之中。在罗斯以前的创作中，记忆的再现以一种修辞性的话语形式出现，作者通过不断变形的社会情境来讨论个人与社会的关系、身份、伦理等问题。记忆的再现中，历史时间的标识作用十分明显，作者通过对与自己生活有一段距离的再现造成反讽的效果。而罗斯晚期创作的历史和政治因素被淡化，历史背景只偶尔被提到或作为模糊背景出现，这些背景甚至显示的只是一个超历史的极端状态。罗斯表现的主题是个体的生死爱欲等超越时代、种族、民族的普遍人性，他所描写的瘟疫也不会随着历史的变革而停止发生。罗斯晚期小说中所设定的场景也更加的日常化、细微化，与个体生活的联系更加紧密。

罗斯晚期创作的特点最集中地体现在他和小说人物对记忆的再现内容和方式的转变上，具体说来他开始关注私人记忆，以及试图通过个体对内心的自省和忏悔来反思个体的存在，也就是本书所说的“忏悔记忆”（confessional memory）。随着 20 世纪中叶后现代主义和消费社会的到来，启蒙主义倡导的那个先在、统一、

① 七部小说分别为《垂死的肉身》、《反美阴谋》、《凡人》、《鬼退场》、《愤怒》、《卑微》（*The Humbling*）、《罪有应得》。这些小说除了《反美阴谋》之外，都极少关注宏大的历史事件，这与“美国三部曲”有着很大的不同。

连续的自我已经消失不见，现代性带来的个人的疏离和焦虑使原先的稳固自我变得分裂、流动、消解和支离破碎。身处新世纪的罗斯试图用忏悔记忆来把握这种自我的变化，因为“有意义的生活都是有着自我反思的记忆的生活，而非只有盲目生活经历的生活”（Margalit 134）。本章以《垂死的肉身》《凡人》《罪有应得》三部作品为例，探讨罗斯如何通过忏悔记忆来再现个人身份的欲望、死亡和疾病等超越族裔、民族的普适伦理话题，并转向对个体自身生命的关怀。

第一节　作为记忆的忏悔

彼得·布鲁克斯（Peter Brooks）的《烦扰的忏悔：法律与文学中罪的言说》（*Troubling Confessions: Speaking Guilt in Law and Literature*, 2000）一书以忏悔为研究对象，内容包括法律、宗教、精神分析和文学等形式的忏悔。在宗教上，忏悔的功能是基督徒陈述自己犯下有悖于所信仰的宗教的罪孽，祈求得到上帝的宽恕和灵魂的救赎。在司法审讯或法庭上，罪犯通过忏悔供述自己触犯法律而犯下的罪行。心理分析过程中的忏悔则是心理治疗师通过引导患者说出自己隐秘的过去，以缓解患者的精神焦虑症、安抚患者的情绪。从罗马时代至今，忏悔成为西方文学自我表达的主要模式，承担着见证个人真相的责任（Brooks, *Troubling Confessions* 9）。毫不夸张地说，任何忏悔都离不开对过去事物的记忆，甚至可以说忏悔本身就是记住过去的方式，通过反思过去来达到观照现在的目的。

忏悔这一记忆的言说形式由来已久，就其定义而言，忏悔是个人或群体呈现自己私密过去的话语行为。早在原始的巫术和宗教中，忏悔的行为和话语便已经存在。在文学叙事中，忏悔从最初“以英雄叙事或‘考验’勇敢和健康的奇迹为中心的叙述和倾听的快感，转向了一种以自我的表白出发无止境地揭示坦白无法达到的真相为任务的文学”（Foucault 59）。福柯甚至断言“西方人已变成一种[忏悔]的动物”（59）。他看到忏悔行为中蕴含的权力关系运作：

> 忏悔是一种话语的仪式。在这其中，言说主体也是叙述内容的主体。它也是一种在权力关系中展现自身的仪式，因为当没有对象在场（或者虚拟在场）的时候，我们是不会忏悔的。这个对象不仅是对话者还是一个

权威。他督促、命令、肯定和介入忏悔以便评价、惩训、原谅、安慰和调和忏悔者。（Foucault, *The History of Sexuality* 61-2）

忏悔被福柯视为受到权力操控的“话语仪式”，通过倾听和对话的方式来实现权力的运作。忏悔不仅是表达内心自我的手段，而且能成为制造真理的工具。纵观西方几百年的忏悔文学叙事传统，大致可以总结出忏悔记忆的如下三个特征。

首先，忏悔记忆蕴含着现在与过去在时间上的距离。忏悔录的写作者站在当下回望过去发生的种种事件。过去与现在之间的时间距离让忏悔者得以重塑往事，因为“记忆只有在时间中才能重新建构，时间将我们所知道的和我们暂时不知道的黏合在一起”（King 2）。过去与现在的时间差也让忏悔者有机会能对自己以前所行之事进行再认识，时间赋予个人丰富的阅历和道德的成长，让忏悔者能够对过去有更加客观、全面和准确的认知。尼古拉·金认为自传叙述重构了“当时并不知道”的生命中的各个事件，回过头来仔细想一想，这些事件变得非常重要（22）。毋庸置疑，记忆是回溯过去不可或缺的手段，因为忏悔总是从现在来回望过去，对真实自我的重新审视，其本质在于“揭示真相，进入更深层次的不确定性”（Gill 1）。如何回忆过去和以何种心境来回忆过去是区分记忆的重要标尺。不借助记忆的忏悔几乎是不存在的，忏悔记忆只存在程度上的区别。[①]作为众多类型记忆里的一种，忏悔以其浓重的伦理反思色彩区别于其他形式的记忆，如第一人称回顾性叙事记忆。叙事学家弗朗兹·卡尔·斯丹泽尔（Franz Karl Stanzel）看到了 18—19 世纪第一人称叙述的小说中，叙事自我（narrating self）不断地与经验自我（experiencing self）[②]的视域重合（72）。经验自我对已经发生的事情进行评述，这些事情可以由叙述者自己展开，也可以作为见证者旁观事情的发生，他们都一定程度上进行了内省。随着年龄和阅历的增长，当时对事件不甚了了的叙述者有了不同的或更加深刻的看法。忏悔往往更着重于对个人自身经历的呈现，尤其是对自身逾越社会规范或律法界限的行为的反思。忏悔对小说人物的构建、

① 世界上著名的三大忏悔录包括奥古斯丁的《忏悔录》、卢梭的《忏悔录》以及托尔斯泰的《忏悔录》，这三部忏悔录对过去事件的记忆和态度各不相同。

② 叙事自我（narrating self）和经验自我（experiencing self）在后来的叙事理论中被称为叙述自我（narrating I）和经验自我（experiencing I）。

重新构建主体的身份，并进行自身的伦理反思有着举足轻重的作用。

其次，忏悔记忆带着浓重的道德批判和反思的色彩。南非作家 J. M. 库切在《回到原点：散文和访谈集》（*Doubling the Point: Essays and Interviews*）中专门对自传和忏悔进行了论述。在他看来，“忏悔是越界、告白、悔恨和赦免一系列行为中的一环”（251）。不管是宗教的还是世俗的忏悔总是以赦免为终极目标，而得到赦免必须对自己以往所犯的罪有清醒的伦理认知。整个对过去记忆的过程便是自我不断厘清伦理界限，分清好与坏、善与恶、罪与非罪的行为。忏悔往往建立在一种诚实的意愿（bona fide）之上，即忏悔者需要完全地、毫无保留地坦白自己内心中的罪恶，呈现一个真实的、完整的自我。可在具体的实践中，忏悔者受到各种条件的限制，而有意无意地违反了诚实的意愿。后现代主义和后现代主义理论的兴起，极大地冲击和挑战了理性自足自我（autonomous ego）、语言的可靠性、真理的本真性等概念。于是，现代忏悔写作开始抛却传统“可信的、权威的和本真的概念”，采用一种更为灵活的现代表达形式（Gill 1）。忏悔的核心是对“本真和自我认同的权威自我的省略、分裂、散布”（7），忏悔文本的自我因为具有解构性而变得“更复杂、不确定和流动”（7）。忏悔的解构性在当代作家库切的作品中得到充分的体现。库切认为忏悔小说成为“讲述真相、自我认识、欺骗与自我欺骗”的文学样式（Coetzee, *Doubling the Point* 252）。有关过去的另一个文体是回忆录（memoir），回忆录也是对个人生活和思想经历的记述，记忆在其中占有举足轻重的地位。回忆录和忏悔录都属于自传，第一人称叙事作者对已经过去的一生或者其中重大的事件进行反思，强调区分和整合自我在不同时间段上出现的差异。然而，回忆录与忏悔录最大的区别在于，忏悔叙事具有更加浓重的自我伦理反思和评判的色彩。

最后，忏悔记忆的私密性决定了它对个人日常生活和自我身份的关注，以及对自我的真实呈现。忏悔最初是一种宗教仪式，宗教的忏悔仪式往往发生在私密的告解室里，个人与神父进行一对一的问答。个人出于对神的虔诚而向神父忏悔业已犯下的罪孽，并吐露悔改之心，以获得神的宽恕。忏悔记忆的话语产生与个人主义的兴起和对个体身份的关注密不可分。忏悔记忆以个体记忆为起点，回忆自己过去的越轨行为。忏悔记忆体现了罗斯对福柯所提出的“自我的技术”（technologies of self）所包含的自我关怀的思想，这与罗斯在写作前期关注历史、政治等宏大主题不同。作为福柯晚期学术生涯的核心思想，“自我的技术”指“通过自己的手段或在他人的帮助下，影响个人的身体、灵魂、思想、行为和存在方式的特定行为，以此自己达到一定的人生状态——快乐、纯粹、智慧、完美或不朽”（Martin et al. 18）。福柯在谈及《性经验史》的写作时也曾表示，他“不想写出一部欲望、色欲或里[力]比多前后相继的概念史，而是分析个体们如何被引导去关注自身、解释自身、认识自身和承认自身是有欲望的主体的实践”（福柯 109）。相比自传，忏悔对旁人或社会背景记述的比重要小一些，而侧重在展示个人的内心活动和心路历程。

西方最早的忏悔文本可以追溯到古罗马时期奥古斯丁的《忏悔录》，通过他对早年生活的回忆来赞美上帝的伟大。在《忏悔录》中，奥古斯丁回顾了他年轻时候犯下的种种罪行，以祈求上帝的宽恕和原谅。它开启了对个人内心灵魂自省的先河，在整个忏悔话语研究中占有显著的地位。但奥古斯丁强调人与神之间的关系，他所理解的记忆其实是个人对上帝的记忆。奥古斯丁认为，人的悲惨命运来源于自我的罪行，因此要重获上帝的荣耀就要通过回忆来反省过去的污秽和灵魂纵情肉欲（25）。文学批评家伊恩·瓦特（Ian Watt）在考察小说的兴起时认为，新教“自我审视”的传统在奥古斯丁的《忏悔录》中找到了最重要的表现形式（75）。奥古斯丁的《忏悔录》曾被视为“精神自传”（spiritual autobiography），但哈克·古特曼（Huck Gutman）驳斥了这种叫法，理由是《忏悔录》不是主要关于奥古斯丁的精神内省，且奥古斯丁对生活的记叙并非出于讲故事的目的，而是为了“用自己的经验作为荣耀上帝和上帝精神活动的示例”（102-03），向世人昭示上帝有着能将罪人从罪恶的生活中拯救出来的力量，具有十分浓重的宗教意味。

奥古斯丁之后的忏悔逐渐走出宗教的局限，成为“对自我、信仰、上帝的不懈追求”，并“在与他者对话的过程中展示了一个独特、完整自我发展和再现”的模式（Gill 4-5）。这种忏悔的世俗化源于加尔文所倡导的“良心内化”（internalization of conscience）。让-雅克·卢梭（Jean-Jacques Rousseau）的《忏悔录》（*The Confessions*, 1764）无疑是世俗的，它的目的在于将自己从羞耻感中解脱出来和揭露自身的缺点，并创造一个能在恶劣的社会秩序中定义自身和他人的“自我”（Gutman 103）。卢梭在《忏悔录》的开篇便宣称：“我现在要做一项既无先例、将来也不会有人仿效的艰巨工作。我要把一个人的真实面目赤裸裸地揭露在世人面前。这个人就是我。”（1）卢梭的忏悔录开始显露出“价值感和自我及其故事的独特性”，同时也提供了忏悔叙事中“逃避、否认和自我意识修饰的技巧”的示例（Gill 5）。卢梭在自我忏悔的同时也试图将他人纳入忏悔的言说中进行比较：

> 万能的上帝啊！我的内心完全暴露出来了，和你亲自看到的完全一样，请你把那无数的众生叫到我跟前来！让他们听听我的忏悔，让他们为我的种种堕落而叹息，让他们为我的种种恶行而惭愧。然后，让他们每一个人在您的宝座前面，同样真诚地披露自己的心灵，看看有谁敢于对您说：“我比这个人好！”（卢梭 2）

卢梭以极其诚实和坦率的态度将自我赤裸裸地呈现在读者面前，他对生活中最下流无耻的兴趣毫不避讳，对所见到的伪善奸诈、道德沦丧的上层社会人们的批判也丝毫不含糊。相比之下，卢梭反倒成了勇于揭露自我的正直、高尚的人。

自浪漫主义时期以来，忏悔成为西方主要的自省模式，时至今日更是成为主导的自我表达方式，这很大程度上与现代主义以来的小说对人内心探索的“向内转”倾向有关。现代主义以来，对宏大历史的呈现不再是作家关心的主体，他们转向对非英雄的小人物命运的关注，小人物的自我剖析的话语逐渐成为文学呈现的内容。忏悔记忆对重塑人的个体身份意义重大，个人的忏悔记忆成为探索自我存在的意义和伦理价值的重要手段之一。20世纪见证了忏悔书写的重新兴起，这也与现代社会中人们所面临的道德困境有关。后工业时代的人们感到意义的丧失，生活变得失去意义、缺乏方向感、没有确定性，希望以忏悔的方式来思考个人存在等严肃问题。

罗斯晚期小说中的个体在遭遇欲望、疾病和濒死体验后，开始对自己的过往经历进行回忆和忏悔。这其中有步入老年的欲望教授凯普什对自己旺盛情欲的忏悔，也有还魂的“他”回顾自己的一生并见证别人的死亡，还有罹患小儿麻痹症的康特（Cantor）对疾病、受难和命运等问题的诘问。当然，忏悔记忆并不只是在罗斯晚期写作中才出现，在《波特诺伊的怨诉》中，罗斯便让波特诺伊面对心理医生回顾自己的性经验史。小说《夏洛克行动》的副标题便是“一个忏悔”，只不过在小说中主人公罗斯以一种游戏方式进行忏悔，他甚至为自己虚构出了另一个传播“流散主义”（diasporism）的罗斯，带有后现代主义的游戏性、不确定性，而罗斯晚期写作中的忏悔关注个体的欲望、衰老、死亡和疾病，在题材上更具普适性，在基调上也一反以往的讽刺和戏仿，变得更加庄重和肃穆。

第二节 忏悔记忆与欲望：《垂死的肉身》

在罗斯新千年出版的第一部小说《垂死的肉身》中，与读者阔别多年的欲望教授凯普什又重新回到了他们的视野。凯普什在“欲望三部曲”的前两部——《乳房》和《欲望教授》中以一种回忆的方式讲述了他自己的人生，特别侧重讲述自己在情欲方面的经历。凯普什在《乳房》中变形为一个 6 英寸大、155 磅重①的巨大女性乳房，这让读者不禁想到罗斯推崇备至的作家卡夫卡的《变形记》（*The Metamorphosis*, 1912）②。《欲望教授》则是《乳房》的前传，讲述了年轻时候的凯普什游走于理性与情欲之间的故事。“欲望”是罗斯众多小说的突出特点，而记忆成为欲望的显著驱力。他的“欲望三部曲”就是关于欲望和欲望所指涉的身体言说，记忆成为抵达过去的必经之路。

罗斯早在《波特诺伊的怨诉》中便让波特诺伊对着心理医生就自己在性问题上的越界行为进行忏悔。小说讲述了波特诺伊本人在成长过程中通过手淫和与非犹太女子的混乱关系等性欲放纵的行为，对性的坦白和言说成为挑战中产阶级犹太家庭伦理和社会规范逾越的主要工具。忏悔通常以对话的形式，在忏悔者（confessant）和倾听者（confessor）的问答下完成。《纽约时报》首席评论家角谷美智子（Michiko Kakutani）曾撰写评论文章，批评《垂死的肉身》是一部“微不足道的和令人失望的”小说，罗斯也被她刻画成一个浅薄的、执着于性的自恋者。相比“欲望三部曲”的前两部，《垂死的肉身》的叙事手法尤为特别。叙述者始终面对一个对象讲述故事，回忆自己生命中的一段感情，尽管这个对象不曾真正

① 1 英寸≈2.54 厘米；1 磅≈0.45 千克。

② 《变形记》的主人公旅行推销员萨姆沙（Samsa）从睡梦中醒来便发现自己变成了巨大的甲虫。小人物萨姆沙原本是一个被贫病侵扰的家庭的顶梁柱，他为了还清父亲的负债拼命干活，供妹妹上音乐学院，可他变成甲虫的遭遇使整个家庭发生了巨大的变化，也改变了亲人对他的态度，父亲的愤怒、母亲的羸弱和妹妹的背叛最终导致了萨姆沙的死亡。人的冷漠与甲虫的善良形成了强烈的对比，现代性带来的人的异化跃然纸上。

显现过，读者只能在小说文本的只言片语中窥见一丝其存在的痕迹。这种叙事手法类似于诗歌中的“戏剧独白”（dramatic monologue），英国诗人罗伯特·布朗宁（Robert Browning）的《我已故的公爵夫人》（“My Last Duchess,” 1842）就是采用这种手法让那个貌似彬彬有礼却心狠手辣的公爵对着伯爵派遣来的提亲使者，隐晦地说出了自己杀妻的秘密。这位使者的身份并没有被正面提及，而是读者依靠公爵的自言自语推测出来的。同样，小说中的陌生人坐在凯普什曾经经常与康秀拉听音乐和看书的沙发的角落，听凯普什讲述自 1992 年他第一次遇见康秀拉以来的故事。凯普什面对的是一个面目不清、性别不明的倾听者。这个听众在小说中唯一的职责便是倾听凯普什的絮絮叨叨，听他回顾自己的欲望历史。在这个匿名的倾听者的面前，凯普什像是在面对一个牧师忏悔自己以往所犯下的欲望之罪，特别是对女学生康秀拉不可遏制的欲望。凯普什这种以自省的形式对性与欲望的坦白是他在《垂死的肉身》中忏悔的主要内容。福柯在《性经验史》的第一部分“认知的意志”中讨论忏悔如何成为性的言说，描绘出性与权力相联结的系谱。

在考察了疯癫和知识的历史之后，福柯采取他惯用的考古学的方法，并将目光转移到对有关性的话语历史的考据之上。据福柯考证，17 世纪初的人们对性还存有几分坦诚的态度，人们对粗鄙的话语和言行没有太多的禁忌。可随着维多利亚时代的禁欲大幕降下，性被贴上封条打入冷宫，人们开始对性经验保持缄默。如同乔纳森·斯威夫特（Jonathan Swift）在《格列佛游记》（*Gulliver's Travels*, 1726）中描写的慧骃国的境况一样，性仅仅被视为婚姻中生育和繁衍的工具。性活动的参与者——娼妓、嫖客、拉皮条的人、精神病医师和他歇斯底里的患者等——被边缘化为“另一类维多利亚时代的人”（Foucault, *The History of Sexuality* 4）。可矛盾的是，性话语在被压抑的同时又在权力运作的范围内受到鼓励，被纳入忏悔话语的程序之中。福柯并不是要完全否定以弗洛伊德和拉康为代表的精神分析学者所主张的性压抑说，他要表达的是不管是禁止性的和限制性的言说，还是鼓励言性，都会不可避免地落入权力对人们规训的陷阱之中。人们在被鼓励大胆言性的过程中，获得了自由和解放的假象，实际上却被权力更深、更牢固地控制起来，受到更深层次的压抑（李银河 319）。福柯还发现，在过去的三个世纪中，最受到鼓励的性话语莫过于个人在基督教堂里的忏悔。通过这种正大光明的方式言说在社会其他方面受到压制的性话语，忏悔成为产生性话语的主要机制，性也成为忏悔的主要内容。因此，“忏悔术本身就是权力施展作用的一种方式。权力在社会的各个角落和一切层面上操作性。它询问、监视、注视、侦探、探寻、触摸和发现性及其快乐”（尚志英 19）。忏悔在探索真相的同时，已不知不觉地沦为权力的帮凶，将主体进一步整合进入权力控制的网络之中。忏悔成为“几个世纪以来发展起来的性真相的言说的程序，它引发了一整套完全不同于传授和能掌控人的秘密艺术的知识—权力方式”（Foucault, *The History of Sexuality* 58）。

主人公凯普什的忏悔话语中充满了对性和欲望的言说，这也意味着他在挑战社会规范和藐视既定的道德伦理和价值观念。凯普什曾把唯一的朋友乔治·奥西恩（George O'Hearn）视为自己“世俗的忏悔牧师”（*DA* 97），将自己置于忏悔者的地位，诉说自己所有违反社会性道德的行为。忏悔者在重述过去的同时，也在重塑自己的主体性。凯普什的忏悔记忆中虽然穿插着他与其他女人的关系，但是对康秀拉的欲望始终占据着凯普什的内心。在结识康秀拉之前，凯普什在研讨班上讲授“实用批评”（Practical Criticism）[①]的课程，他不仅在广播节目中进行图书评论，还在电视台里做文化节目，是当地颇有名气的文化人。女学生们都被他的声名和光环所吸引，不惜主动投怀送抱。在凯普什的欲望世界里，他经常扮演着掌控并抛弃女方的角色。在 20 世纪 60 年代社会变革和性解放的浪潮的影响下，他为了追求自由，做一个性王国的“自由民”（*DA* 66），不惜抛妻弃子冲出婚姻的围城。之后，奉行享乐主义的凯普什便一直流连于美色之中，性感、老练、体贴的卡洛琳·里昂斯（Carolyn Lyons）[②]便是他众多女人中的一个。凯普什在其忏悔回忆中，不断提到那些与他发生关系的女人，并极力为自己的享乐主义辩护，这表明他是一个极其自恋的人。弗洛伊德在分析自恋的发生原理时注意到：自恋是力比多向自身的投注。自恋者将原本应该投注在客体身上的力比多投注在自己的身上，因而不能与他人建立起亲密的关系，从而与周围的世界脱节，自我的身体

① 凯普什教授的课程名为“实用批评”，这是由理查兹和利维斯创立，并于 20 世纪 30 年代兴起的新批评方法。在他们看来，文本细读成为一种道德行为，批评家将关注放在文本之上考察其道德意识，与之前传统的历史政治批评的关注点大为不同。

② 卡洛琳·里昂斯在 20 世纪 60 年代曾经也是凯普什的学生，24 年后他们在街头相遇，随后里昂斯做了凯普什的情人。在凯普什的描述中，后来的里昂斯虽然漂亮，却难掩失意的憔悴。里昂斯就是属于凯普什所认为的臣服于他的女人。

成为其唯一的爱慕对象。遇见康秀拉之前，凯普什总能游刃有余地处理与不同女性的关系，他完全沉浸在自己的世界之中，这与美国文化历史学家克里斯托弗·拉希（Christopher Lasch）[①]在其名作《自恋主义文化：心理危机时代的美国生活》（*The Culture of Narcissism: American Life in an Age of Diminishing Expectations*, 1979）中所描绘的自恋者[②]形象不谋而合。拉希认为自恋者"以追求性快乐为目的的性放纵态度，大大削弱了曾经把性与爱情、婚姻与生儿育女联系在一起的纽带"（拉斯奇 6）。

凯普什的忏悔是他自己对康秀拉这样一个异质性他者的欲望言说。在早期的宗教忏悔中，女性基督徒的身体成为魔鬼和忏悔者争夺的战场（Taylor 3）。康秀拉这样一个年轻貌美女子的出现，打破了凯普什这个自恋者自足世界的平静。她让凯普什第一次如此深刻地认识到一个异质性他者的存在，并被她深深地吸引。凯普什不仅注意到康秀拉作为女人的吸引力，他还看到了康秀拉身上独有的古巴贵族风范。康秀拉对于凯普什而言"特别而神秘"（*DA* 26），这让他充满了"嫉妒、不确定。即便趴在她身上那一刻，失去她的恐惧依然袭来。在[他]众多的经验里，[他]从未如此迷恋过一个人。与康秀拉在一起的感觉和与别人在一起不同，[他的]自信几乎在瞬间被抽走"（27）。在凯普什与康秀拉的短暂交往过后，他最终得到了康秀拉的身体。按道理来说，凯普什应该因其肉体的欲望得到满足而获得内心的满足，可实际情形并非如此，当凯普什占有了康秀拉，并被明确地告知"我不可能真正属于你"（26）之后，他开始因不停地担心失去她而变得焦躁不安，对她的欲望变得愈发强烈。小说中有两段二人在床上的细节描写，凯普什

---

① 又译克里斯多夫·拉斯奇，不同译者的译名有别，本书在引用他人研究时，以原名为准。

② 自恋的概念最早取自奥维德的《变形记》中那喀索斯（Narcissus)与厄科（Echo）仙子的神话故事。那喀索斯拒绝了他人之爱，而爱上了自己水中的镜像。"他爱上了这个无体的空形，把一个影子当作了实体"（奥维德 41）。DSM-IV 手册将"自恋型人格障碍"定义为"夸大（幻想或行为）、需要他人赞扬并缺乏共情，它形成于早期成年阶段，在不同的语境中有不同的表现"（658），具体表现如下：夸大（幻想或行为）、需要他人赞扬并缺乏同感；起自早期成年时，前后过程多种多样，具体表现为下列 5 项以上：①具有自我重要的夸大感（例如过分夸大成就和才能，在没有相应的成就时却盼望被认为是上乘）；②沉湎于无限成功、权力、光辉、美丽或理想爱情的幻想；③认为自己是"特殊"的和独一无二的，只能被其他特殊的或高地位的人们（或单位）所了解或共事；④要求过分的赞扬；⑤有一种荣誉感，即不合理地期望特殊的优厚待遇或自动顺从自己的期望；⑥在人际关系上是剥削（占便宜），即为了达到自己的目的而占有他人的利益；⑦缺乏同感，不愿设身处地地认识或认同他人的感情和需求；⑧往往妒忌他人，或认为他人都在妒忌自己；⑨显示骄傲、傲慢的行为或态度（714-7）。

从主导者沦为被动服从者，康秀拉通过撕咬来反抗凯普什的粗暴举动。按照乔治·巴塔耶（Georges Bataille）在《色情史：死亡与纵欲》（*Eroticism: Death and Sensuality*, 1957）中的说法，性欲试图突破另一个人为自己的身体所设置的孤独的禁闭，从而对之有所了解，它表明的是一种努力，与他人一起感受连续性，色情的决定时刻就是裸露的动作，因为“正是在裸裎相对之中，两个人断然放弃了他们的封闭、不连续的状态，暂时投身于异质性”（转引自彼得·布鲁克斯，《身体活》10-11）。但是对于凯普什而言，情欲的满足并没有让他获得安全感，也没有让他能敞开心扉接纳他者，反而激发了他内心的“焦躁不安”（*DA* 38）。凯普什一反以往摆脱女人们的纠缠的常态，竭力讨好康秀拉。引发他焦虑的原因在于：

> 我不能说出我究竟干了什么让康秀拉对我产生了性兴奋。这也是为什么自 8 年前我们第一次上床以来，我片刻不得安宁的主要原因；也是为什么不管她有没有意识到，我从那时就变得脆弱和担心的主要原因；也是为什么我从来没有搞清楚我要放弃她是应该多见她、少见她还是不见她的主要原因。在 62 岁时自动放弃这个 24 岁芳龄、对我说了几百遍“我崇拜你”的美丽女孩简直是不可思议的事，但她从来没有，即便是违心地在我耳边低语“我想要你，我要你这样……”。（*DA* 22-3）

显然，在这段关系中，凯普什希望得到康秀拉对他的绝对臣服。可康秀拉并没有随着他们关系的推进而对他俯首称臣，相反，凯普什感到康秀拉成为自己的主宰，一个“受我的主宰启发的主宰，而我是她那控制术的传授者”（*DA* 32）。引起凯普什焦虑的原因是他没有能够得到康秀拉作为爱人的认可，康秀拉也没有将他置于平等的地位。他不满自己被控制的现状，希望树立男性的权威。凯普什是个矛盾的个体，他集自信与自卑于一身。在凯普什看来，康秀拉之所以跟他在一起是为了得到在年轻人身上无法得到的愉悦，可他又始终有种不确定的感觉，唯恐一个年轻男人的出现取代自己。在凯普什自恋的男性世界里，康秀拉所扮演的角色也是矛盾的。她一方面是维持和彰显凯普什男性活力（virility）的工具，另一方面她的闯入又让凯普什原本自恋的男性自我变得焦躁不安。凯普什对康秀拉的不确定来源于她的青春和美貌，以及她那离死亡很遥远的生命的活力。凯普什并没能因为与康秀拉在一起而感到年轻，他感觉到的是“她无限的将来与你有限的将来对比之下的辛酸，你甚至前所未有地感觉到最后一点体面都已消失殆尽的感伤”（*DA* 34）。

凯普什对一个自己臆想出来的潜在竞争者的担心，说明他对康秀拉的欲望建立在害怕缺失的基础之上。拉康区分了需求（need）与欲望的关系，在精神分析学家看来，欲望通常与失去和缺失密不可分。“欲望”一词来自拉丁语 desiderare，本身的词根有“需求、希冀找寻缺乏和失去”之意，甚至可以说，欲望建立在缺失之上。“对象小 a”（object a）是“永远失落的对象、不可能的对象，是被剥夺了的菲勒斯”（吴琼 19），因而它成为欲望的成因。所谓缺失，就是本身不具有但是他者具有的东西，这样缺失也意味着差异。在凯普什与康秀拉的关系伊始，凯普什就注意到两人年龄之间的差距。康秀拉对凯普什的吸引来自一种“野性的冲动”（*DA* 16），也就是两性之间的性吸引力。

拉康在其镜像理论中强调，“人要成为自己，就要以自己对外部他人的认同为前提”（福原泰平 122）。当凯普什不能从康秀拉身上找到他所期冀的认同感时，他决定将其驱逐出自己的领地。在凯普什的回忆中，他认为与康秀拉的关系是一场旷日持久的战争。他问自己：

> 满足和占有的感觉在哪里？如果你要拥有她，你为什么不能拥有她？即便在你得到你想要的东西的时候，其实你也并没有得到你想要的东西。这里没有也不可能再有平静，这是因为我们的年龄差异和不可避免的伤心。因为我们的年龄差异，我尝到了快感，但我从未丧失渴望。难道这一切以前从未发生过？是的。我以前从未是 62 岁。我不再处于那个我自认为可以做一切事情的人生阶段了。（*DA* 39）

与康秀拉的关系让他第一次如此深刻地认识到自己盛年不再。凯普什看到了“想要拥有”和“真正得到”之间的不同，同时也看到了欲望的无法企及性，他希望通过与欲望的客体保持距离来维持对欲望的追逐。对于拉康而言，欲望与实在的性经验没有太多的关系，相反它受到社会结构和意识形态的规约。无意识的欲望通过语言系统，也就是拉康说的“象征界”或“大他者”来呈现。在这个意义上，我们的欲望都不是我们自己的，而是通过我们文化的意识形态而不是实质的性经验来实现的。正是作为欲望核心的丧失（loss）保证了我们能继续怀有欲望。

如果离欲望客体太近的话，揭露丧失的过程就会受到威胁。因此，要想维持欲望，就必须与它保持一定的距离，才能保持人们对欲望不断的追逐。欲望总是通过幻想言说出来，它被推向它自己的不可能性（impossibility）。凯普什的忏悔言说里呈现的欲望是复杂的，既包括他对肉体和女色的欲望，也包含着他对生命的渴望。

精神分析师在对治疗者进行心理咨询时，常试图通过接受治疗者的言说找出隐藏在他们身上的欲望。可在拉康看来，欲望虽然可以在言语中显现，但是言语却不能将欲望完整地表达出来，总是会有一些"提醒、剩余、遗漏和残留"（转引自 Fink 170）。那么，残留在凯普什的忏悔之外的欲望到底为何物？根据拉康的意指理论，康秀拉是一个欲望的能指，在所指的链条里不停地滑动。凯普什对康秀拉的欲望并不仅仅是对她肉体占有的欲望，更是对自己逝去年华的缅怀。对于凯普什而言，康秀拉代表的是一种无法企及的欲望指称，即他自身曾经拥有但不再拥有的过去。罗斯对忏悔记忆的言说挑战的是一个封闭、自足的主体，正如拉康试图瓦解传统的启蒙自足自我的一样。

凯普什在与康秀拉交往一年多后，仍无法接受康秀拉在他之前曾与 5 个年轻的情人们交往的事实，也无法忍受"[康秀拉]对[他]缺乏欲望，从未有过欲望"（*DA* 94）的事实，凯普什男性的主体性受到极大的挑战。在康秀拉邀请他参加自己的毕业晚会的那天，凯普什的临阵退缩导致了他们的关系走向终结。小说中，凯普什为数不同的好友奥西恩对他们这一段关系有着非常有洞察力的分析：

> 她[康秀拉]已将你刺穿。……人们认为是爱情让他们成为一个整体？柏拉图式的灵魂统一？我不这样认为。爱情开始之前你是完整的，爱情将你撕裂开。她是闯入作为整体的你的陌生物体。在这一年半中，你努力要吸纳它[爱情]。但是除非你将它驱逐出去，否则你将永远不能保持整体。你要么摆脱它，要么通过自我变形将它吸纳。这正是你做的，将你逼得发疯的原因所在。（*DA* 99-100）

在奥西恩看来，凯普什与康秀拉二人之间的爱情是一种相互吞噬的关系。凯普什作为男性的沙文主义思想让他努力将康秀拉纳入自己的体系，他在追求差异的欲望的同时并没有学会包容和接纳自己与他人的差异。凯普什的症候正契合拉希对社会中自恋者的描述，自恋者感到自己正日益被欲望所吞没，“他那强烈的饥渴使他对朋友与性伙伴都提出了非分要求；但同时他自己却又谴责这些要求，并希望只与他人保持泛泛之交，其中任何一方都不必作出感情持久的承诺。他渴望自己的饥渴和愤怒，达到一种超越感情的平静和超脱，并能不再依赖他人”（拉斯奇 217-8）。

8 年后，当康秀拉再次与凯普什联系的时候，她已罹患乳腺癌，一对漂亮的乳房面临着遭到切除的危险。凯普什想“她将在我眼前慢慢死去，甚至现在就在慢慢死去”（*DA* 138）。最终在凯普什接到已做完乳房切除手术的康秀拉打来的电话，并决定去医院陪她的时候，小说戛然而止。乳房是女性最重要的性征之一，因而对乳房的切割按照弗洛伊德将女性视为被阉割的人的逻辑，是对已经被阉割的女性的再一次阉割。

玛丽莲·雅罗姆（Marilyn Yalom）在《乳房的历史》（*The History of the Breast*, 1997）里谈道：“对于女人而言，乳房显然象征了爱神艾洛斯（Eros）与死神塔纳托斯（Thanatos）的紧张关系，是生与死的殊死战场。”（13）康秀拉代表女性身份的乳房被切割，使凯普什原本完美的性欲对象变得不再完美，这与凯普什的衰老的身体形成了平行类比的关系。据此，年老的凯普什得以找到平衡，同时他的欲望对象也已消失不见。康秀拉的疾病让她感到死亡猝不及防的降临，她感到离死亡的距离顿时拉近，甚至比垂垂老矣的凯普什距离死亡更近。

> 这只有康秀拉知道，因为她现在了解了年龄的伤痕。变老对于除了正在变老的人之外的其他任何人而言都是难以想象的，但对于康秀拉而言则不再如此。她不能再像年轻人一样细想时间的问题，从最初的地方回数。时间对于年轻人来说总是由过去构成，但是对于康秀拉来说，时间就是她还剩下多少时日，她觉得时日不多了。现在，她以接近死亡的距离来向前计算时间。……她的时间感和我一样，甚至比我的更快、更绝望。事实上，她已经超过我了……（*DA* 148）

如果说将人生视为一段终点既定的路程，一般说来，老年人关心的是离死亡终点的距离，而年轻人则把目光投向出生以来的那段过去。康秀拉的疾病缩短了她正常的人生旅程，让她剩下来的时日比老年凯普什的甚至还要短。

当个体步入老年后，身体的功能不可避免地衰退，这便是通常所说的衰老（aging）。身体器官的退化、性欲减退、皱纹横生都是变老过程中最显著的表现。当凯普什感觉到死亡步步逼近、去日无多时，性成为他对抗死亡的方式之一。早在弗洛伊德的精神分析时代，他就指出性本能与死亡本能是个体两个最基本的本能。性本能致力于“使生命获得更新”，而死亡本能“引导生命体走向死亡”（弗洛伊德，《超越唯乐原则》 49），虽然《垂死的肉身》中都是关于欲望、衰老和死亡的言说，但是欲望和死亡的直观并置发生在凯普什唯一的朋友——诗人奥西恩临死之际的那一幕。一贯风流成性的奥西恩在临死之际，试图抚摸已多年未曾抚摸过的妻子。亚瑟·叔本华（Arthur Schopenhauer）把性与死亡联系在一起，认为性欲是“生命意志最坚决的表现，性欲的满足等于延长个人有限的生存时间，等于把生命肯定到死亡之后，到无限期”（任立 11）。

小说的题目取自英国当代诗人威廉·巴特勒·叶芝（William Butler Yeats）的名篇《驶向拜占庭》（“Sailing to Byzantium,” 1928）。与小说一样，《驶向拜占庭》的叙事者是一个即将超脱尘世的老者。作为象征主义的名篇，这首诗传达了理性与肉欲、老年与青年、有限和永恒等具有存在论意义的问题。《垂死的肉身》这部小说的题目来自这首诗的第三个诗节：

> 哦，智者们！立于上帝的神火中，
> 好像是壁画上嵌金的雕饰，
> 从神火中走出来吧，旋转当空，
> 请为我的灵魂作歌唱的教师。
> 把我的心烧尽，它被绑在一个
> 垂死的肉身上，为欲望所腐蚀，
> 已不知他原来是什么了；请尽快
> 把我采集进永恒的艺术安排。
> （叶芝，《驶向拜占庭》第 3 节第 1—8 行，查良铮译）

诗中的叙述者“我”是个老年人，要逃离这个“老无所依”的年轻人的世界，因为在这里老年人是“没用的东西”（第 2 节第 1 行）。那个象征着精神与物质、个人与社会的和谐统一，以及曾经是欧洲文明中心的拜占庭才是他的理想去处。

处于现代社会的叶芝通过这首诗表达了他对现代物质文明的厌恶和对古代文明的向往。诗中的老者“我”追求“精神的净化”（Holdeman 83）的同时，更希望能通过进入艺术的殿堂以获得永恒的救赎。在《垂死的肉身》中，那个被欲望侵蚀的垂死的肉身当然是凯普什自己。叶芝诗中的老者恳求沐浴于上帝之火的圣徒们能成为他的“灵魂歌唱者”，而在罗斯的小说中，凯普什通过忏悔成为自己的灵魂审视者。

库切在陀思妥耶夫斯基的《地下笔记》（*Notes from the Underground*, 1864）中看到了两种忏悔：一种是解释自身的个性，另一种则为对忏悔者不耻过去的揭示（Coetzee, *Doubling the Point* 275）。凯普什的忏悔记忆之中包含着大量的自我辩解甚至自我夸耀的成分。凯普什曾经通过描写美国 20 世纪 60 年代那场宣言性解放的亚文化运动，为当年抛妻弃子的行为进行辩护。小说中，凯普什用了不小的一段篇幅来回忆发生在 20 世纪 60 年代的那场性解放和亚文化运动。他甚至将由自己的出轨行为导致的婚姻破裂描述为“她发现了我和‘流浪女孩’在一起后就把我给赶出去了”（*DA* 62），仿佛自己才是整个事件的受害者。忏悔的“绝对真理只存在于他[忏悔者]自身”（de Man 279），德曼在对卢梭的《忏悔录》中有关偷窃粉红丝带行为的忏悔进行仔细考察后指出，《忏悔录》并不是真正意义上的忏悔文本，原因在于忏悔文本应以讲述和反省过往发生的事情为前提，就如奥古斯丁在其《忏悔录》中所展示的那样，而卢梭则试图将注重真实的忏悔行为变成了为自己开脱的借口，他在忏悔反省事实的同时，也在为自己的行为寻找恰当的解释。按照卢梭自己的说法，“如果仅仅说出事情表面的‘真相’，而没有说出事情‘本质上的真相’，其实仍然是在撒谎”（转引自昂智慧 32）。

凯普什的记忆中不仅仅包括自我辩解，也不单单是对不耻过去的揭示，还包含着对传统的挑战和反抗。在凯普什的言说中，他对儿子肯尼（Kenny）恪守道德规范的举动略带嘲讽。儿子肯尼与凯普什是两个对位式的人物，凯普什与儿子的关系如同一面镜子。肯尼自幼由母亲抚养，父亲始终是缺席的。父亲对于他来说是个可怕的力量，一个“堕落的纵欲者、孤独的老色鬼”（*DA* 79）。终于有一天这个道德高尚者也厌倦了原来的婚姻，他与自己的女下属有了婚外情。纠结在责任和欲望之间的肯尼面对的是一个十分尴尬的境地：如果服从欲望，他会成为他一直以来避免成为和痛恨的父亲凯普什一样的男人；如果忠于责任，他将在婚姻的牢笼中压抑自我、终其一生。他既害怕成为他所不齿的父亲那样的人，又似乎希望像父亲一样获得情欲的自由。当肯尼告诉凯普什自己新女友的情况后，凯普什不无讽刺地说：“即使是通奸，你也比我强。他[肯尼]甚至不称其为通奸。他的通奸和其他的人不一样。这是一个有承诺的约定，不能称为通奸。我所缺少的就是做承诺。我的通奸行为不够严肃，不能将他的[通奸]与我的相提并论。”（*DA* 86-7）

库切认为忏悔的最终动机不是寻求真相，而是“揭露自身”（Coetzee, *Doubling the Point* 280），让忏悔者获得罪的赦免，从记忆的重负中解放出来（252）。凯普什勇于用对自己不光彩过去的回忆和讲述来对抗社会既定的伦理规范，以及对老年的成规看法。一提起老年人，大多数人头脑里会浮出年老色衰、记忆减退、疾病缠身的固有形象。年老给人带来的不仅是生理上的变化，更主要是心理上的难以承受和应对。对衰老的恐惧并非起源于“对青春的崇拜”，而是起源于对自我的崇拜（拉斯奇 235）。正如斯芬克斯谜语所传达的真理，年老是生命所必经的阶段，否定年老便是否定生命本身。

罗斯曾与捷克作家昆德拉探讨其作品中的性主题。昆德拉认为“表现身体之爱的场景能产生出异常强大的光芒，并突然揭示出人物的本质，概括出他们生活的境况”（*ST* 99）。小说的结尾，同样也是整个“欲望三部曲”的结尾，“让读者看到了可能的改变”，这被凯文·R. 韦斯特（Kevin R. West）称作“启示”，欲望的真相得以揭示：

> 性不仅仅是肉体的摩擦和浅薄的欢愉。性是对死亡的报复。别忘记死亡，千万别忘了死亡。是的，性也受制于死亡的力量。我很清楚地了解制约的力量何等强大。不过告诉我，哪种力量更强大呢？（*DA* 69）

此时，作为老年男性的罗斯和凯普什都看到了欲望和死亡的巨大力量。欲望成为用来对抗死亡的力量，而死亡也可以将欲望完全抹除。人们应该正确地认识欲望与死亡，看到两者之间既相互融合又相互冲突、此消彼长的互动关系，由此产生的张力便构成了整个生命的过程。

罗斯一直以勇于挑战社会主流价值观的作家形象出现，对抗西方自柏拉图以来重灵魂轻身体的理性主义传统。在柏拉图看来，灵魂独立于肉体之外，且比肉体的等级更高。肉体必须以精神的官能为中介才能感知自身、记忆和欲望（韩桂玲 3）。柏拉图在《斐多篇》提出了灵魂的不朽和永生，确立了灵魂与肉体的分离，自此身体被打入哲学的冷宫。中世纪的教会将上帝尊为代表真理的神明，个人的感官和身体的诉求被视为淫邪而被贴上封条，为家庭夫妇所垄断。文艺复兴时期，当神开始让位于世俗人的时候，理性便迅速地占领了神的位置，身体被看作物质化的。近代哲学的创始人勒内·笛卡儿（Rene Decartes）提出了著名的身心二元论（或实体二元论）。实体被分为物质实体和心灵实体，并用二分法的逻辑，将心灵实体置于物质实体之上，而肉体被不幸划归为物质实体。可作者罗斯在写作中却一直肯定欲望和身体的重要性，并极力在小说中表现肉欲的狂欢。或许在罗斯看来，肉欲连接是生命的原始状态。

罗斯通过忏悔记忆来探索和展现现代社会人与人相处的矛盾、焦虑与冲突。小说中，罗斯交替使用过去时态与现在时态，这打破了线性的时间叙事。在凯普什的讲述过程中，一直处于读者视线之外的倾听者只是提出了几个问题，彰显他/她的在场，让凯普什能够继续忏悔，以推动故事情节的发展，并且倾听者的话语始终是通过间接引语的形式为读者所闻知的。直到小说的结尾处，倾听者的声音才出现在引号之内，真正发出自己的声音。他/她试图制止凯普什去陪康秀拉，还警告他："一旦你去了，你就完蛋了。"（*DA* 156）在小说的结尾，当凯普什接到康秀拉的电话时，他突然变成了一个有责任感的男人，决定去医院陪伴康秀拉，与她一起共同面对死亡。即使面对不知名的倾听者的阻止和劝诫，他也表现出义无反顾。小说到此戛然而止，将有关凯普什命运的悬念留给读者。

罗斯用这种叙事方式来强调读者与主人公之间不稳定的关系，他有时让读者与情节分离，有时又把读者带进情节之中。和作者罗斯一样，凯普什始终是一个有偏见的忏悔者，一个太过于沉浸在自己世界的自恋者。凯普什通过忏悔自己晚年的欲望，反思自己对家庭、对情人的伦理责任。罗斯通过对凯普什忏悔记忆的呈现也表现出作家对欲望作为生命力的肯定和对老龄问题的关注。

第三节 忏悔记忆与衰老、死亡：《凡人》

在《垂死的肉身》中，罗斯已经开始展现出爱欲与死亡的对立和融合，只不过欲望（包括对女色的欲望、对生命的欲望）占据着小说的主要内容。而在 4 年后出版的《凡人》里，罗斯转而将大量的笔墨用在对衰老、濒临死亡（dying）和死亡的描写和思考上。尽管罗斯这部小说的篇幅不到 200 页，与他之前诸多洋洋洒洒几百页的作品差距甚大，但它直视社会的禁忌话题——死亡。评论家对此小说的反应不一，有评论家批评该小说过于平淡无奇，如角谷美智子认为小说缺乏原创性和能量，而同样有不少评论家为这种极简的风格所感动和折服。虽然《凡人》的篇幅不大，但其中蕴含和指涉的潜文本却很丰富。它直接沿用了中世纪道德剧《凡人》(*Everyman*)的标题。小说中充斥的死亡和疾病的叙事直接与列夫·托尔斯泰（Leo Tolstoy）的《伊凡·伊里奇之死》（*The Death of Ivan Ilyich*, 1886）、托马斯·曼（Thomas Mann）的《魔山》（*Magic Mountain*, 1924）以及亚历山大·索尔仁尼琴（Aleksandr Solzhenitsyn）的《癌症楼》（*Cancer Ward*, 1967）等同主题的巨著相联系，而其独特的回忆性、忏悔式的叙述方式又让读者不禁联想到卢梭的《忏悔录》和普鲁斯特的《追忆逝水年华》。小说被置于一个全知的叙述者对不知名的主人公“他”的回忆的框架结构中，不同人物再次对他进行回忆，间或还夹杂着自我的记忆和评论。《凡人》中匿名主人公经历了死亡的洗礼之后，被罗斯用艺术的力量复活，试图以一种超脱的眼光来回顾他的前世。他如同一个鬼魅般的存在，思索并回想自己前世的作为，并以读者为忏悔对象反思自己所犯下的种种“罪孽”。叙述者的回忆由他一生中三次失败的婚姻和多次与死亡邂逅的患病经历组成，这种记忆行为都是基于浓厚的关系（thick relation）①，并伴随着人物自身的伦理反思。每一次疾病的侵袭都让他意识到自己正在变老，也感受到死亡的临近，同时他也在不断目睹自己身边人遭遇生病和死亡的侵袭。他试图通过忏悔的记忆来审视与自己相关的变老、死亡，以及与亲近的人（父母、兄弟、妻子、情人、儿子等）之间的伦理关系。

《凡人》延续了《垂死的肉身》对老年问题的讨论，并将之深化。变老对于每个人来说都是一件残酷的事情，许多老年人在走过了人生的辉煌时期之后，剩下的唯有对过去的追忆。老龄学家开始注意到老年人回忆往事的行为，实际上“现

---

① 玛格利特区分了“浓厚关系”（thick relation）与“平淡关系”（thin relation），并以此对应伦理与道德的概念。浓厚关系基于与自己亲密的人（如父母、朋友、爱人）之间的共同记忆和过去形成，而平淡关系依赖于作为人的一些共同点，如同为女人或同为患者，一般为陌生人或者关系较为疏远的人。参见 Margalit, p.7.

代的研究者也不再贬低老年人对往事的沉湎，而将它看做是对人生的回顾——这是一个与人生达成某种协议的、以回忆为基础的过程，它能帮助老年人理解并整合他的自我，甚至能为死亡做好心理准备”（夏克特 324）。老年人的回忆并不局限于对过去无限美化的怀旧，更有对行将就木的一生中所犯罪恶的反省。

创作《凡人》的时候罗斯已经是年过七旬的老人，也跟小说中的主人公一样经历了许多病痛的折磨，频频与死亡擦肩而过，因而他对自身正在经历的衰老有着十分深刻的理解，并将之投射到小说的创作之中。罗斯在小说的卷首引用英国诗人约翰·济慈（John Keats）的《夜莺颂》（“Ode to a Nightingale,” 1819）表达了隐藏在“他”背后的作者对现世的种种不满：

> 在这里，人们坐着倾听相互的抱怨，
> 在这里，瘫痪的老人摇摆着稀疏的白发，
> 在这里，青春正在苍白、消瘦，乃至死亡，
> 在这里，稍一思索就充满了忧伤
> 和目光呆滞的绝望。
>
> （济慈，《夜莺颂》第 3 节，第 4—8 行）

这首诗是济慈 1819 年在一个黄昏听到花园的树上夜莺啼叫时心有所感写下的。夜莺快乐的吟唱唤起了生活在悲苦尘世的诗人的向往，引得诗人急欲脱离现实世界，通过诗歌甚至死亡进入夜莺的美好欢乐的世界。然而，在短暂的迷狂之后，诗人最后还是不得不选择留在现世。上述引文中的几行诗便是诗人急于摆脱现实社会生活的写照，这里没有生气，充满了忧伤。而在《凡人》中，这个如幽灵般存在的叙述者回忆的也是一个充满着喧哗与骚动的世界。

著名的文学批评家弗兰克·克默德（Frank Kermode）以时钟的嘀嗒之声为例说道：“我们赋予这两个声音以虚构性的区别，其中‘滴’表示物质的开端，‘嗒’则代表结束。我们说两种声音是不同的，而一个特殊的中间使它们得以区分。我们只有在它们井然有序地运作时才能感知这一过程。”（44-5）作家的任务便是填充嘀嗒之间的空白，让开头和结尾产生意义。填充在小说的开头和结尾之间的是“他”的九次疾病和三次婚外情。这是一部关于回忆的书，一个鬼魅般的存在通过忏悔的记忆检视“他”经历的一生，尤其是疾病。这些对过去记忆的再现

以疾病、欲望和死亡为核心。小说的叙事围绕着这些主体进行着一系列的换喻（metonymy）。不知名的“他”通过一段段破碎的情景记忆（episodic memory）[①]串联起整个小说。彼得·布鲁克斯在《阅读情节：叙事中的设计和意图》（*Reading for the Plot: Design and Intention in Narrative*, 1984）中将情节定义为“在封闭和可辨认的总体之中的行为结构，因而需要运用隐喻作为已经达到的相互关系的比喻，它正在成为总体，它必须是隐喻性的”，然而叙事需要借助换喻完成，换喻作为“邻近和组合、义群的关系”（91）。隐喻在叙事的喻指链中扮演着连接的角色，它既是前提又是结果，“从一个细节到另一个细节，在欲望的指令下向整体运动”（Brooks, *Reading for the Plot* 91）。《凡人》由一个个记忆的片段构成，打破了从过去、现在到未来而无限绵延的结构的线性时间观。这种碎片化的记忆体现了罗斯对波德莱尔般瞬间的执着。传统的基督教强调的“某种建立在‘过去’基础上的‘永恒’”，这种永恒认为时间和历史应从原始点出发，经由简单到复杂、低级到高级的渐变过程达到永恒（高宣扬 267）。波德莱尔反对传统的线性时间观，他把当下的瞬间看作人生的精华所在，永恒存在于瞬间之中。

在一次接受《卫报》（*The Guardian*）的访谈时，罗斯坦言了自己对死亡的惧怕（Roth and Krasnik）。在死亡到来之前，疾病与衰老也是盘踞在罗斯作品中的主题。年老被叙述者描述为“一场战斗，不是跟这毛病斗，就是跟那种毛病斗。这是一场不屈不挠的战斗，而且恰恰在你最脆弱的时候、最无力像过去一样应对的时候到来”（*Everyman* 143-4）。最后，“他”在经历了身边朋友的变故之后，甚至说“老年不是一场战役，而是一场屠杀”（156）。“他”从一个受到疾病侵扰的女学生米莉森特·克莱默（Millicent Kramer）的痛苦，想到人类在面对老去的自己时身体产生的变化，他想：

> 她对自己的变化感到屈辱，这种烦恼、屈辱、卑微几乎超出她自己的预料。可谁又不是这样呢？他们都对自己已经变成的样子感到屈辱。他不

---

① 1972 年，著名的加拿大认知心理学家恩德尔·图尔文（Endel Tulving）最早明确在已有的语义记忆（semantic memory）的基础上提出了与之对应的情景记忆，并提出了记忆的多重结构。根据图尔文的多重记忆系统理论，长期记忆分为内隐记忆和外显记忆。外显记忆又可以分为程序性记忆和陈述性记忆。陈述性记忆包括语义记忆和情景记忆，详见 Tulving, Endel. “Episodic and Semantic Memory,” pp. 381-402.

> 是吗？那些身体的变化、性能力的衰退、那些把他折磨得不成人样的医疗过失，那些令他身体愈发不正常的突然打击都让他变得扭曲，这既有他咎由自取的，也有外部原因造成的。毫无疑问，只有那种无法摆脱的疼痛才能令一个高贵的人衰变到米莉森特·克莱默这样的地步，令他这样的凄凉都相形见绌。（*Everyman* 91-2）

克莱默最终没能在这场与衰老和疾病的战役中胜利，她选择用自杀结束生命。“他”在临近花甲之年看到克莱默因疾病带来的充满了痛苦的衰老以及变老所带来的屈辱感，这让他不得不又一次直面变老和死亡，并开始关怀自我。斯多葛派学者吕齐乌斯·安涅·塞涅卡（Lucius Annaeus Seneca）强调老年在人生历程中的极端重要性。老年才是关怀自身的“黄金时代”，是人的生命最高点，人到了老年才能自由地控制身体的欲望，自由地掌握自身快乐，才会感到人生的幸福。

随着阅读的深入，读者会渐渐意识到处于后现代主义时代的罗斯正在重新拾回意识流的手法，用幽灵显现的方法来再现过去。德里达在《多义的记忆》中就曾借用波德莱尔有关幽灵的故事。查尔斯·波德莱尔（Charles Baudelaire）在《现代生活画家》（“The Painter of Modern Life”, 1863）一文中写道：“幽灵初次出现，而这正是对过去的挑衅：‘过去，一直保持了幽灵特有的妙趣，一面将重获光明和重新开始生命的运动，并将变成现在。”（转引自德里达，《多义的记忆》74）“他”的幽灵的折返是对自己前世过去的挑衅和反思。克默德在《终结的意义：小说理论研究》（*The Sense of an Ending: Studies in the Theory of Fiction with a New Epilogue*, 1967）中提出了即刻记忆、延迟记忆和超前记忆三种记忆模式，它们分别指的是对事物当时的记忆、“对不能理解但通过内省可以使其复现的印象的记忆”和“用突变来否定期待的记忆”（Kermode 53）。其中，延迟记忆是小说家经常采用的小说叙事工具，它给读者在最后时刻带来“恍然大悟”（double take）之感。通过对“他”生病的片段的回顾过程，新的自我意识（autonoetic consciousness）逐渐形成。自我意识是指在个体记忆的参与下，自我在不断的自省过程中有不同的认识。当历经世事的叙述者回首过去时，与过去情境相关的情绪被重新体验，这唤起对生命的重新审视和反思。各种疾病和死亡的生命片段堆积连接起来，体现了一种生命的绵延和起伏。罗斯早已公开表示自己不信教的立场，所以在小说中没有像中世纪道德剧那样展示一种宗教的救赎观念，相反他展示的是一个世俗的宗教——伦理，善恶便是其教义。叙述者和读者扮演了上帝的角色，通过对“他”一生的忏悔来评判他的功与过。

对婚姻两性关系的反思是“他”忏悔记忆的重点之一。“他”经历了三次婚姻，并和罗斯小说中的许多男性人物一样与多名女性有染。与凯普什教授维护自己离婚以追求自由行为的正当性不同，“他”对出轨导致的离婚行为给孩子们带来后果的态度更为复杂。一方面他背负着对第一任妻子所生的两个儿子兰迪（Randy）和隆尼（Lonny）的负罪感，可同时他又在为自己当时抛妻弃子的行为辩护。“他”认为自己尽到了应尽的义务，因而对孩子们强加于他的婚姻道德标准颇为不满，面对儿子们的指责，“他”在心里为自己辩护道：

> 像他这样把家庭毁了的离婚当事人，只是千百万美国男人中的一个。可难道他打过他们的母亲吗？打过他们吗？难道他没有扶养他们的母亲？没有抚育过他们？他们中难道有谁需要向他讨钱吗？他吝啬过吗？……除了那些办不到的事情，也就是不和他们的母亲离婚继续生活下去，他还要怎么做才能被他们接受？（*Everyman* 94）

另一方面，在经历了整个人生之后，“他”觉得自己对第二任妻子菲比（Phoebe）有所亏欠，并对此充满了悔恨和自责，他反复想“要是他当时没有伤害菲比就好了，要是他没有做对不住她的事就好了，要是他没有撒谎就好了”（108）。然而事实上，在“他”年届五旬的时候，与20岁出头的漂亮模特梅瑞特（Merete）一拍即合，并瞒着菲比同游巴黎。二人的谎言和婚外情最终被菲比识破，这是导致他第二段婚姻破裂的直接原因。

因为哥哥豪伊（Howie）拥有“健硕强壮的身体”（99），所以“他”对豪伊的态度从崇拜转变成怨恨和嫉妒。他们虽为同一父母所生，但豪伊遗传到了健康的体魄，始终不曾住过院，而“他”却饱受病痛的折磨。与此同时，“他”也清楚地知道自己对哥哥健康的嫉妒十分荒谬，哥哥身体的健康与自己的羸弱没有必然的联系。正是因为常年的疾病困扰让他变得暴躁，因此“他”迁怒于一直崇拜的哥哥，甚至终止了与哥哥的一切往来。“他”在生命接近尽头的时候，开始对自己因为嫉妒而中断与哥哥联系的行为进行忏悔。他自省道：

自从他们父母去世多年，过去遭到禁止或者根本不存在的种种冲动都在他的内心涌动，他以一个病人的狂怒——一个无法逃出纠缠已久的疾病的致命陷阱、性格扭曲，并失去了生活乐趣的病人的愤怒和绝望——将其释放，这使得他与最亲近的人之间的最后纽带被切断。（157）

“他”这些有关疾病的记忆中也包含着他对死亡的理解逐渐加深的过程，死亡更促成了忏悔记忆的发生。宗教意义上的忏悔，或发生在神父的告解室里，或发生在信徒与上帝直接沟通的心里，忏悔者对日常生活所犯的罪进行供述，并期盼得到上帝的谅解，以此寻求内心的平静与安宁。可当个人濒临死亡或遭遇死亡的时候，这种倾诉和反思的需求变得尤其强烈。死亡意味着个体生命的终结，以及与爱人和亲人的天人永隔，所以对于大多数人来说，死亡是十分可怖的事情。正因为如此，人在遭遇死亡之时的忏悔才有别于一般场合的忏悔，它包含了个体更加深刻的人生体悟、伦理反思和生命智慧。面对死亡，真假、善恶、敌友、亲疏在顷刻间一目了然。事实上，“他”几次濒临死亡和目睹亲人朋友死亡的体验，让他以忏悔的态度来回顾自己过往的行为以及与死亡的种种邂逅。在宗教观念里，死亡是上帝对人类最严厉的惩罚。耶和华听闻所多玛和蛾摩拉罪恶遍地，决定用硫黄与火从天上降临，毁灭了两座城池。当耶和华“见人在地上罪恶很大、终日所思想的尽都是恶”（创世纪 6:5）时，决定用大洪水将除了诺亚及其方舟上的生命之外的生命全部灭绝。死亡一度成为“检验人们敬畏上帝的最高尺度”（段德智 110），上帝甚至命令亚伯拉罕燔祭独子来检验他的忠心。同时，死亡也是人类追求分辨善恶知识的自由付出的代价，亚当和夏娃就因为偷吃了智慧树上苹果而被赶出伊甸园，成为受到死神控制的肉身。

英国作家朱利安·巴恩斯（Julian Barnes）的作品《终结的感觉》（*The Sense of an Ending*, 2011）也是一部有关记忆和时间的小说。[①]而相比《终结的感觉》，

---

① 在小说中译本的前言里，陆建德从诗人谢默斯·悉尼（Seamus Heaney）的诗中读出了记忆的两个目的：“一种是自恋式的，另一种是为了发掘”（2）。巴恩斯的作品显然属于发掘式记忆，对记忆的真实性、选择性皆提出了不小的挑战。《终结的意义》以叙述者托尼的记忆为核心，类似于推理小说，特别围绕着主人公儿时同学的自杀展开，小说在最后揭晓答案，同时要求读者回过头去重新阅读小说，以发现作者在写作过程中埋下的种种伏笔。结果，托尼那封刻薄的回信与阿德里恩的自杀有一定的联系，他对前女友的负面评价将阿德里恩推向了一直试图破坏女儿与男友关系的母亲莎拉，并导致莎拉怀孕并生下了一个弱智的儿子。

《凡人》除了偶尔打破线性的时间顺序，没有过多地运用后现代技巧，也没有结尾时情节的突然揭露，相反主人公“他”常常陷入一种自恋式的记忆中不能自拔。被罗斯用文字的力量复活过来的“他”叙述了自己整个人生经历。纵观整个小说，罗斯把大多数的笔墨都用在了主人公 50 岁之后的岁月，而对中间 20 年没有病痛的岁月，他只用寥寥数语带过。因为 50 岁之后的“他”面临着疾病更加频繁地到来，家庭矛盾更加激发，以及同龄人的死亡也陆续到来的境况，这似乎有悖于杜威·德拉埃斯马（Douwe Draaisma）提到老年人的怀旧性记忆回归效应。德拉埃斯马在考察了君特·威廉·格拉斯（Günter Wilhelm Grass）的自传性小说《剥洋葱》（*Peeling the Onion*, 2007）之后发现，有关格拉斯 30 年的叙述中，作者在分配叙事篇幅的时候表现出明显的选择性。格拉斯把一大半的笔墨集中在自己 17—20 岁这个人生发展的关键期，而随着年龄的增长，叙述的篇幅也越来越少，直至以“没有兴趣再叙述接下去发生的事情”为理由匆匆收尾。德拉埃斯马将这种叙事结构称为老年作者喜欢使用的“怀旧型回归叙事结构”（54）。可同样身处老年的罗斯并没有遵循这种惯常使用的叙事结构，他选择呈现人生这段并不美好的过去，通过忏悔的方式直视衰老和死亡带来的对生命和人性的反思。

小说以“他”的墓园葬礼作为场景开头，又以墓园葬礼为结束，形成一个循环的结构。在小说临近结尾的时候，“他”再次驱车来到埋葬父母的破败的犹太人的墓园。回去的路上，他碰到了一个 50 多岁的黑人拿着铁锹挖掘墓坑。“他”一直以为挖墓坑之事由机器完成，于是停下来与掘墓人聊了起来。在机器大生产的时代，掘墓人的手工劳作体现了对生命的敬畏和尊重。尽管掘墓人告诉他“（对挖墓的过程）大多数人都无所谓。对于他们来说，知道的越少越好”（*Everyman* 141），但在“他”的坚持下，掘墓人还是向他详细介绍了挖墓的全过程。原来，掘墓人的儿子也继承了父业，继续守候这个特殊的地方。掘墓人细致的态度体现出对生命的乐观和尊重。“他”也就是在这一刻体会到生命的活力与死亡的庄严。在回忆这一幕的时候，叙述者的语气一扫以往愤懑焦躁的口吻，而变得安静、平和起来。在得知“他”父母的墓地是掘墓人的劳作时，“他”对掘墓人说：

> 那好，我要感谢你。感谢你告诉我的每一件事，感谢你把一切安排得这么干净。没人能像你这样把事情做得这么细致了。真是给一个年纪大的

人上了很好的一课。我要感谢你的细致，感谢你那么认真周到地挖我父母的坟墓。（116）

“他”在墓园中流连忘返多时，久久不愿离去。他看着掘墓人细心料理着墓地这一每个人的必然归宿，这表明他对死亡从抗拒到接受的态度的变化，这一点在道德剧《凡人》中也有体现。在象征死亡的墓地边，掘墓人父子进行的谈话表明日常生活正在进行，原本应该死气沉沉的墓地竟有了生命的活力。在这个观看的过程中，他获得了对死亡的重新理解，也同时获得了内心的平静。

同样有关掘墓人的场景在《哈姆雷特》中也曾出现过。在第五幕第一场的开头，两个掘墓人讨论着奥菲莉娅的死是否为自杀，是否能按照基督教的仪式来埋葬她，从中揭示出上层阶级与下层阶级的不平等。两个人相互打趣、说笑、猜谜，甚至唱歌，气氛颇为轻松。这让在一边观看的哈姆雷特忍不住对同伴霍瑞肖说：“这家伙一点也感觉不到自己在干什么事儿，一边掘坟一边还唱歌哪？”（第五幕第一场 第 54 行）对于生性严肃的哈姆雷特王子来说，死亡是一件十分严肃的事情，关于这一点，读者早已从他那段耳熟能详的独白中感受到。在《哈姆雷特》中，掘墓人的身份类似于小丑的身份，哈姆雷特与他们之间戏谑的对话传递出他对死亡的思考。哈姆雷特拿着从土里挖出来的骷髅，感叹所有的人——不论是王侯贵胄还是凡夫俗子——最后皆归为尘土这一无法更改的必然结局。

“他”在最后一次躺在手术台上之后就再也没有醒过来，从“他”临死的思想活动中体现出斯多葛派向死而生的思想。在塞涅卡看来，人们由于过度沉溺于过去，对自己的生命限度太执着，因而“对于不幸的有死者——沉迷于各种杂务中的人类，最美好的日子永远是那最先飞逝的日子”（塞涅卡 13）。由于对死亡的恐惧，人们往往生活在焦躁和不安之中，而不能平静地面对。宁静在斯多葛学派的哲学中只是一种平和的生活或“灵魂的完美状态”（ευθυμία），使心灵能够对自己满意，愉悦地看待它的境况（35-36）。当个人面对死亡获得宁静时，他/她对死亡就没有了畏怯和恐惧，因而已经向死而生了。“他”经过墓地的观看和谈话获得了心灵上的宁静，于是平和地接受了最后一次手术，也就是日趋临近的死亡。

罗斯试图通过记忆，尤其是对濒临死亡的记忆，来重塑现代人的道德。在一次访谈中，罗斯谈到自己小说与中世纪道德剧《凡人》的关系，他承认自己在几十年前就已读过此剧本，不过在创作即将完成之时才想到这部作品并将之命名为《凡人》（Roth, “Spiegel Interview with Philip Roth”）。因此，不管作为作家的罗斯是否承认，小说《凡人》不管从题目上还是内容上，都直接指涉了中世纪道德剧《凡人》。这部写作于15—16世纪中欧的道德剧以寓言的形式创作，它将品德直接拟人化为人物名，为传播基督教教义而存在。道德剧描写了“凡人”因对上帝缺乏敬畏和感激，忘记了耶稣为救赎世人而赴死的仁慈而触怒了上帝，他只醉心于功利和财富，这引起了上帝的不满。上帝决定派死神为信使，召唤那些“没有惧怕的世间生物”到他面前陈述自己在尘世间的生活和所作所为，而这一切皆早已记载在上帝的“功德簿”之中。“凡人”面对死神的突然来临不知所措，他不停地央求死神给自己时间去寻求同伴。凡人先后询问了“友人”“亲戚”“兄弟”“财富”“德行”等人能否成为自己死亡路上的同行者。结果，他遭到除“德行”之外所有人的弃绝，这些“凡人”昔日的密友在得知死神降临时或如瘟疫般避之不及，或在最后关头将其抛弃。

道德剧《凡人》呈现的是世人面对死神来临时从惊恐万状到欣然接受的转变过程。死亡成为检验世俗关系的试金石，事实证明只有善行才能够跟随凡人来到上帝跟前接受审判，这也恰恰契合了基督教的救赎观。中世纪道德剧以在善行的陪伴下，“凡人”终于鼓起了勇气欣然面对死亡的降临结尾。与道德剧《凡人》相似的是，小说中临近死亡的“他”虽然充满了恐惧和对尘世的不舍，可在与掘墓人的对话后，“他”的内心趋于平静，恐惧渐渐消失。之后他接受了右颈动脉的手术，在最后一次致命的手术之前的那个晚上，他回忆起9岁时因患疝气住进了医院的经历。这次经历是一次创伤与甜蜜共存的记忆，“他”既在母亲的怀里找到了慰藉以对抗恐惧和死亡，同时又目睹了临床小男孩的死亡，这是继他看见海岸警卫队发现海滩溺水者的尸体之后，又一次如此深切地见证死亡。而这段经历不仅在他生命的最后阶段浮现出来，甚至在“他”“过了一辈子后”（*Everyman* 16）仍被反复记起。

小说中的“他”除了自己经历了一次死亡之外，也一直在见证别人的死亡，他对死亡的恐惧因为见证了别人的死亡而变得更加强烈。奥古斯丁在他年轻的时候就从他的一位挚友的寒热发作后突然离去中感受到死亡的恐怖，他的心被痛苦所笼罩，变成一片黑暗，与朋友所共有的过去成为“一种可怕的痛苦”（奥古斯丁 56）。见证死亡让奥古斯丁既极度厌倦生活，也更加惧怕死亡。小说让“他”见证别人的死亡并进行道德思考，这把“他”置于道德见证者（moral witness）的位置。玛格利特在《记忆的伦理》中提出了道德见证者的概念。他认为要成为道德见证者意味着“不仅要目睹邪恶，同时还要感受邪恶带来的苦楚，只见证邪恶或痛苦都是不够的”（Margalit 148）。虽然玛格利特提出的道德见证者的概念是基于大屠杀等集体记忆提出来的，但是在《凡人》中，见证自我的邪恶和自我受难让叙述者同样充当了道德见证者的角色，毕竟“道德的目的”是构成道德见证者的核心要素（151）。

> 根据基督教的教义，个体在死后必须根据生前的德行受到审判，由上帝来决定是升入天堂永世不朽还是打入地狱。《圣经·启示录》就记录了关于最后审判的情景：我又看见死了的人，无论大小，都站在宝座前。案卷展开了，并且另有一卷展开，就是生命册。死了的人都凭着这些案卷所记载的，照他们所行的受审判。（《启示录》20:12）

在小说中，主人公“他”回顾了自己的和他人的一生，并进行了道德审判。《凡人》的小说主题有关死亡和濒临死亡，同时也有关救赎。基督教的教义强调救赎观念，死亡便是一种终极救赎。[①]死亡在基督教的观念中只是肉体的消亡，那些诚心侍奉上帝、用善行荣耀主的人会升入天堂，因而灵魂是不朽的。然而，罗斯并不信奉包括基督教在内的任何宗教，但是《凡人》中透露出来的死亡观却体现了一种世俗的宗教观，忏悔的记忆成为自我救赎的手段。让-保罗·萨特（Jean-Paul Sartre）在具有自传色彩的《文字生涯》（*Les Mots*, 1963）中谈到自己的信仰从天主教转到文学，并认为找到了上帝的替身——“文人”。在萨特看来，“文人的惟一使命是救世，他活在世上的惟一目的是吃得苦中苦，使后人对他顶礼膜拜。死亡只是一种过渡仪式，万古流芳成了宗教永生的代用品”（562）。从某种程度

① 基督教的救赎观念与它的原罪观密不可分。基督教文化是一种罪恶的文化，相信人生在世是为了赎罪。据《圣经》记载，亚当和夏娃原本在伊甸园中过着无忧无虑、长生不老的生活。后来，他们在撒旦化身的蛇的挑唆下，禁不住诱惑，偷尝了能分辨善恶的知识树上的禁果而犯下了原罪（original sin）。上帝将亚当和夏娃逐出伊甸园，死亡的到来是因为人类违背了上帝的旨意。《罗马书》说：“死又是从罪来的；于是死就临到众人，因为众人都犯了罪。”（5:12）接着又说：“罪的工价乃是死。”（6:23）上帝之子耶稣用十字架上受难的方式为人类涤清罪恶，达到与上帝的和解。人类也必须用善行和努力的工作来为自己赎罪，以便死后能升入天堂得以永生。

上说，罗斯也是一个笃信文学救赎的文人。他试图通过文学忏悔描摹现代社会个人的异化和焦虑的生存状态，重新审视个人对变老、死亡等个人存在的问题。

第四节 忏悔记忆、疾病与受难：《罪有应得》

罗斯在《垂死的肉身》《凡人》等后期作品中将关注转向忏悔记忆对欲望和死亡的再现和伦理反思。尽管读者在小说结尾时仍然看到了一丝与他者融合的光辉，但小说人物以自我为中心的自恋意识仍然占据着十分显著的位置。不久，罗斯又写作了《愤怒》、《卑微》（*The Humbling*）等篇幅不长的小说，而他的最后一部小说《罪有应得》①依然以作者熟悉的新泽西州纽瓦克威奎依克犹太社区为背景，故事退回到1944年的夏天，讲述了一场大规模爆发的脊髓灰质炎（俗称小儿麻痹症）。《罪有应得》基于主人公康特的学生——阿诺德·门斯尼可夫（Arnold Mesnikoff）对他的忏悔回忆而写就。现有的研究大多集中在对康特这个人物的讨论上，金娜·尼奥亚诺布洛（Zina Giannopoulou）认为中年康特内疚和自我厌恶的行为与索福克勒斯笔下的俄狄浦斯有着诸多相似之处（17）。尼古拉斯·斯坦格林（Nicholas Stangherlin）则将康特看作现代的约伯和俄狄浦斯，而叙述者门斯尼可夫通过叙事瓦解和抗拒他悲剧形象的建构（85）。本节将康特与门斯尼可夫之间的对话视为互动的忏悔/见证行为，一方面考察康特通过忏悔进行的自我解构和剖析，体现了个体面对疾病、死亡等极端情境时的选择和责任等个体伦理。另一方面，门斯尼可夫作为康特命运的见证者参与了其忏悔行为，进而对其进行道德评判。同时，读者通过阅读担任起小说中所描述事件的旁观者和见证者角色，承担起见证的责任。罗斯通过小说探讨人们面对致命的疾病带来的未知和死亡时，在责任和个人生存之间做出的抉择。这部罗斯在年届八旬时写作的晚期小说在风格和人物刻画上较之他以前的小说进一步彰显了作者在人生的暮年对生命和责任的思考，可同时也能看到犹太记忆碎片的复现。

---

① 罗斯2012年接受法国一家杂志（*Les inRocks*）的采访时宣布他将不再继续小说写作。他告诉采访者，自己不能再写出超越之前的作品，如果他继续创作，下一部作品很有可能会是一部失败的作品，参见 Ben Quinn, “Philip Roth: ‘To Tell You the Truth, I’m Done’”.

同时，罗斯试图通过对这场虚构瘟疫的描写来讨论人类生存的又一重要状态——疾病及其带来的责任与罪恶。在 2008 年的一次访谈中，他提到自己正在重读阿尔贝·加缪（Albert Camus）的《鼠疫》（*The Plague*, 1947）。两年之后，这部有关纽瓦克 1944 年小儿麻痹症这场瘟疫的小说《罪有应得》便与读者见面。罗斯将小说置于一系列瘟疫话语的叙事传统[①]之中来探索人类的决心，以及他们遭受一个看不见的、不可预知的致命打击之后凸显出来的人类组织结构的牢固性。在此意义上说，瘟疫的状况只不过是将终将一死的人类境遇推向极致（Coetzee, "On the Moral Brink"）。文学的真正任务不仅是对瘟疫场面的呈现，更是挖掘隐藏在瘟疫言说背后的隐喻性意义。

苏珊·桑塔格（Susan Sontag）曾在其代表作《疾病的隐喻》（*Illness as Metaphor*, 1978）中探究疾病被社会语境和文学逐渐隐喻化的过程，隐喻在她看来是通过权力话语赋予疾病原本没有的文化内涵。通过隐喻性的思维，结核病成为贵族专属的灵魂疾病，被赋予了许多浪漫的色彩；而癌症被想象成"贫困的、匮乏的病"（桑塔格 15），并被打上资产阶级疾病的烙印。桑塔格以结核病和癌症为例，探讨疾病是如何从单纯的身体抱恙转变为一种道德批判，甚至上升为政治批判。疾病本身在被赋予文化意蕴后，又通过隐喻的手法进入言语修辞之中。在《罪有应得》中，康特试图赋予自己在偶发状况下患上的小儿麻痹症以意义，将疾病看作上天对他的惩罚。

《罪有应得》由三个部分组成，前两部分"酷热的纽瓦克"和"印第安纳山"是叙述者门斯尼可夫以倒叙的方式呈现康特对自己过去在面对那场始料未及的瘟疫时犯下的罪的忏悔。第三部分的时间置于瘟疫过后的 30 年后，门斯尼可夫与康特在街头偶遇，之后通过每周一次的会面细细聆听康特讲述多年前的那段过往。门斯尼可夫在再现康特的记忆之后，作为一个道德的见证者来审视康特为了避免将自己携带小儿麻痹症病毒传染给他人的自我隔离行为。小说的故事发生在 1944

① 西方文学中的灾难叙事传统由来已久，希腊最伟大的历史学家修昔底德（Thucydides）在他的经典著作《伯罗奔尼撒战争史》（*History of the Peloponnesian War*）中记载了公元前 430 年发生于雅典并持续十年之久的一场瘟疫，开启了人类有关瘟疫的编年史。笛福的《瘟疫年纪事》（*A Journal of the Plague Year*, 1722）描写了伦敦 1665 年那场夺取了 10 万人生命的可怕瘟疫。笛福以现实主义惯有的纪实手法，极其精确地记录了伦敦街头瘟疫发生的景象。笛福和在《鲁滨孙漂流记》中对鲁滨孙荒岛生活的事无巨细的详细记载一样，提供了伤亡数字表，并对经历瘟疫的各类人物的反应和场景进行了真实的再现。

年小儿麻痹症在威奎依克社区爆发之际，主人公康特在社区的一个犹太学校担任体育老师，他的职责是带领学生在操场上进行体育锻炼以保持身体健康。在康特所带领的孩子看来，他是一个非常有责任感、值得信赖的老师，一个备受崇拜的英雄式的人物。突如其来的小儿麻痹症将恐惧带到了这个伊甸园般的社区，运动场上的男孩子们因相继感染病毒而病倒。病毒使他们的腿脚瘫痪，他们甚至失去了生命。一时间，整个社区被疾病带来的巨大恐惧所笼罩。在疾病蔓延初期，康特担当了运动场上孩子们的保护神。他积极承担着作为老师的责任，组织学生开展运动，探望染病的学生，参加死去学生的葬礼并安抚他们的家人。但当瘟疫愈演愈烈时，他内心对疾病的恐惧渐渐占据上风，并在女朋友玛莎·斯坦伯格（Marcia Steinberg）的反复劝说下，经过激烈的心理斗争之后，他最终放弃了自己作为老师的责任而选择到安全的印第安纳山避难。来到幽静山上的康特一度以为自己再次置身于无忧无虑的伊甸园中，远离了威奎依克犹太社区那个随时随地都可能发生危险的地方。他觉得“终于摆脱了旁观的恐惧和死亡无力感，又重新回到无忧无虑、充满健康活力的孩子们的中间”（*Nemesis* 150）。

康特这一放弃责任、临阵脱逃的行为成为他日后反复忏悔的原罪，一个他永久背负的污名。在康特享受了短暂的快乐生活之后，他重新想起了祖父从小教给他的责任感。康特自幼丧母，父亲因为偷盗银铛入狱，他被信奉犹太教的外祖父母抚养成人。与温柔贤惠的外祖母不同，外祖父从小就希望把他培养成为一个身体强健、性格坚韧的人。外祖父代表的是犹太传统价值观念，因此康特与外祖父之间的关系象征着犹太传统的传承和延续。当康特因为一时的软弱放弃了作为教师的责任逃离纽瓦克之后，他所受到的犹太道德教育立即让他陷入深深的自责之中，他认为自己：

> 曾经被置于一场战争之中，这是场发生在运动场上的战争，可是他贪图玛莎和印第安纳山的安全而遗弃了他的军队。即使他不能赴欧洲或太平洋作战，至少可以留在纽瓦克，与他那些处于危险之中的孩子们并肩作战，共同战胜小儿麻痹症带来的恐惧。然而，他却蜗居在这个远离了危险的天堂；他却选择离开纽瓦克来到与世隔绝的山林里的夏令营中来……但在这里做什么呢？与孩子们嬉戏，对此他感到快乐！可他越感到开心，羞辱感就越强烈。（*Nemesis* 173）

康特对自己因贪图安全的生活而放弃运动场上的责任的懦弱行为感到懊恼和悔恨，甚至羞耻。由于视力的原因，康特不能与好友共赴欧洲战场参加反法西斯战争，实现自己的英雄主义梦想，这也成为他心中的遗憾。因此，他将这场瘟疫视为一场战争，原以为可以在运动场上有所作为，可不曾料到自己在关键时刻临阵脱逃当了逃兵。于是，当印第安纳山的学生相继染上小儿麻痹症，他认定自己是“印第安纳山的病毒携带者”（248），将自己从纽瓦克带来的病毒传染给原本远离疾病侵扰的学生们。正是这种罪恶感长时间啮噬着他的内心，使他背负了沉重的心理包袱，从而陷入深深的自责之中。

康特对过去的回忆以康特手把手教跳水的学生染上了小儿麻痹症结束，随后康特也被锁定为疑似病毒携带者。小说前两部分对康特记忆的再现，既是康特对自我的再认识和重新审视，也是一种自我重新呵护的努力。康特本以为自己是学生的庇护者，不料最后却成为病毒传播者，这让他陷入深深的自责之中。作为病毒携带者，康特背负了沉重的心理包袱，在此后的30年里他一直过着苦行僧般的日子，任由羞耻和懊悔啮噬他的内心。他将疾病的降临视为上天对其逃离行为的惩罚，这也呼应了小说的题目——《罪有应得》。这种将疾病视为惩罚的观点，美国评论家桑塔格也曾有过论述：

> 在《伊利亚特》和《奥德赛》中，疾病是以上天的惩罚、魔鬼附体以及天灾的面目出现的。对古希腊人来说，疾病要么是无缘无故的，要么就是受了报应（或因个人的某个过失，或因群体的某桩罪过，或因祖先的某起犯罪）。随着赋予疾病（正如赋予其他任何事情）更多道德含义的基督教时代的来临，在疾病与“受难”之间渐渐形成了一种更紧密的关联。把疾病视为惩罚的观点衍生出疾病是一种特别适当而又公正的惩罚的观点。（40）

桑塔格发现，对于古希腊人来说，个人的某些过失、群体的某桩罪过或祖先的某起犯罪会招致天谴报应，疾病便是报应的形式之一。当康特将自己染病看作上天对他的惩罚时，这一偶然事件就随之被赋予了道德的含义。在康特对门斯尼可夫的忏悔中，他努力将自己塑造成一个伦理的主体，并用长时间自我折磨的受难方式进行道德反思，以洗刷自己的罪行。

康特对过去的忏悔体现了个体对过去自我的认知和关怀，也就是福柯所说的“关怀自身”（take care of yourself）。福柯在梳理西方自我认知发展的两个语境后，揭示出“关怀自身”与德尔斐神谕“认识自身”（know yourself）[①]这两种主体实践之间的复杂关系。“自我关怀”并不单单指对身体的呵护，而更多的是对灵魂的自我观照和慰藉。忏悔记忆便是拷问自我灵魂、追求真相的最好手段。灵魂必须通过一个类似的元素或镜像来观看自己，否则它不可能认识自身（Foucault, “Technologies of the Self” 25）。于是，罗斯让康特的学生来担当叙事者和见证者。同为小儿麻痹症的受害者，叙述者门斯尼可夫的生活轨迹却完全不同。他与另一名疾病患者工程师承接安装建筑物安装轮椅坡道的工作，依靠自己的勤奋和努力获得了事业和家庭上的成功，疾病并没有成为他们自我实现道路上的绊脚石。在这里，叙述者接受现实并努力改变命运的态度与康特的自怨自艾形成了强烈的对比。

福柯通过阅读柏拉图的《阿尔西比亚德前篇》（*Alchbiades I*）发现，记忆和对话是发现灵魂真相的手段（Foucault, “Technologies of the Self” 31）。整部小说基于门斯尼可夫与康特的谈话，也使得康特的忏悔得以进行并呈现。忏悔的对话形式使得康特的自我在他自己和门斯尼可夫面前展露无遗。门斯尼可夫一定程度上冲淡了天主教神父的功能，他在聆听了康特的告解之后，试图去除康特将自己视为病毒传播者的念头，将他从忏悔的泥沼中拉出。可康特终因太过沉湎于自己的想法和责任的观念，而无法改变自己的命运。

在《罪有应得》中，康特的身体本身也承担着记忆的责任。对于柏格森而言，身体是知觉和记忆的终结，调和共时与历时的矛盾。疾病在康特的肉体上留下了致命的印记，记忆被如此真切地物质化成为可以看得见的伤残。柏格森在《材料与记忆》中也提到：

> 身体保留了能够再次表演过去的运动习惯；它能恢复过去能进入的态度；或通过某种大脑现象的重复延长了先前的知觉，使身体能够记住它与实

---

① 福柯在名为《自我的技术》（“Technologies of the Self”）的文章中，试图厘清“关怀自身”与“认识自身”两个概念。福柯认为，关怀自身包含认识自我，认识自我成为关怀自身追求的目标。在古希腊-罗马文化中，认识自我是关怀自身的结果；而在现代社会，认识自我构成了基本的原则。参见 Michael Foucault, “Technologies of the Self,” pp. 21-25.

> 际相连的那个点，记住能够恢复对当前现实的影响的一种手段，但头脑绝不能储存回忆或者形象。（Bergson 225）

尽管柏格森认为头脑具有储存功能，但他并不否认身体的记忆功能。柏格森将记忆视为心灵和物质的结合，试图弥合记忆的物质性和精神性之间的二元对立。爱德华·凯西（Edward Casey）也将身体视为"记忆的容器"（memorial container），小儿麻痹症在康特身体上留下的印记成为他洗不清的道德印记和惩罚的记忆。然而，主人公因过度忏悔而变成一个可悲的人物，可他的问题不在于身体的残疾，而在于"思想的残疾"（*Nemesis* 260）。

康特试图从偶发事件中找到与自我的联系，并将一场"悲剧转化为愧疚"（265）。康特极力想把自己塑造成一个英雄，却成为传播病毒的罪人，这让康特成为一个俄狄浦斯式的、受到命运诅咒的悲剧人物。俄狄浦斯寓言的核心在于"报应作为希腊悲剧的恐怖力量主导着人们之间的关系，这种力量将运气往中间重新分配"（Coetzee, "On the Moral Brink"）。在成年的门斯尼可夫眼中，老师康特既不聪明也缺乏幽默感，他被"日益加重的责任感所困扰，可又不太聪明，因此他为强加在自己故事上最严肃的意义付出了沉重的代价。随着时间的流逝，这些意义将他的不幸毁灭性地放大"（*Nemesis* 273）。与俄狄浦斯一样，康特也是从一出生便受到命运之神的诅咒的悲剧人物，从小命运便比一般孩子坎坷。

福柯认为自我揭示的忏悔和清除罪孽之间有三种模式：第一种模式是人们为了治愈的目的展示伤口；第二种模式指审判的裁定，人们通过坦白缺点来减少惩罚；第三种模式便是"死亡、受难或殉道模式"（Foucault, "Technologies of the Self" 43）。显然，康特在不同时间遵循了不同的模式。在康特染病后的 27 年间，他选择用受难的方式来惩罚自己。他患上小儿麻痹症变得残疾后，成为失去欲望的"受约束的身体"（disciplined body），将想要和他结婚的未婚妻玛西亚（Marcia）拒之门外，选择一个人过着与世隔绝的寡居生活。禁欲使康特高贵的自我与残疾的身体分离，受难成为他的道德选择。康特的受难也使他变成亚里士多德式的悲剧英雄，一个生性高贵善良、有责任感，但因为一时软弱而命运发生"突转"（reversal），从顺境滑向逆境的人物。27 年后，康特反复向门斯尼可夫表达自己作为病毒传播者的自责，这种自我伤口的展示就成为他疗愈疾病创伤、重建道德自我的重要方式。

正如加拿大社会学家亚瑟·W. 弗兰克（Arthur W. Frank）所言，“病患叙述故事本身就是一个道德行为”（43），忏悔的叙述更成为道德个体自我弃绝之后重塑道德自我的重要手段。小说中康特向门斯尼可夫回忆自己患病前后的经过，也就是通过自我呈现和反思的忏悔行为来完成自我的剖析和解构，通过讲述自己的故事来找寻自我、重建主体性，毕竟“讲述关于自我的真相是主体性构成的重要形式”（Taylor 9）。在叙述中，康特将自己置于加害者的地位，把疾病看作对背弃责任的审判和惩罚。因而，他通过几十年恪守苦行僧式禁欲主义的道德来接受命运的惩罚，希望通过自我隔离和自我摈弃涤清他的罪孽。康特对过去的忏悔不仅展示了个体自我的道德认知，还体现了个体对自我的关怀，也就是福柯所说的“关怀自身”。根据福柯对柏拉图《阿尔西比亚德前篇》的考察，“关怀自身”并不单单指对身体的呵护，而更多的是指灵魂的自我观照和慰藉，因为灵魂要认识自身就必须通过一个类似的元素或镜像来观看自己。且在福柯看来，“每个人的任何一个道德行为都要求把人自身构建为伦理主体，而伦理主体之构建又取决于人如何关怀自身，如何实施苦行，如何进行自身的实践”（莫伟民 243）。康特正是通过近 30 年的苦行和忏悔来拷问自我灵魂、认识自我、追求真相并寻求自我救赎的，但这种救赎非宗教意义上的，而是伦理层面的。在康特的忏悔记忆中，他努力把自己塑造成一个道德实践的主体，在随后的几十年内进行以自我修行为导向的道德反思。

康特最后自我涤罪的方式是用禁欲来惩罚自己。叙述者笔下的康特具有英雄主义的特质，但是在这场与命运的斗争中，他被彻底摧毁。他将他深爱的女友拒之门外，选择一个人过着与世隔绝的寡居生活。康特的自我献祭和苦行与古罗马时期的斯多葛主义[①]教义颇为契合。斯多葛哲学家反对肉体的欢愉，以求达到更崇高的精神理想。在希腊悲剧中，“命运”是个关键词，即使奥林匹亚山的神祇也难以逃脱。在康特质问上帝，努力摆脱上帝的影响时，他其实也受到犹太教条“牧

① 斯多葛主义认为，人生的目的在于追求美德。人生的理想方式是“按照自然而生活”，即按照本性而生活，亦即按照理性而生活、按照道德而生活。人的完善就在于使自己的理性发展、道德完善。斯多葛哲学“关注的是个人爱好的问题，或审美的问题”。它的目的是用一种独特的记忆术来塑造人们的自我，让人们在每天睡觉前回忆并重新评估自己当天的所作所为，以便拟出还有待于克服的“依附状态的账单”。参见詹姆斯·米勒，第 448 页。

师式权力”的控制。同样，康特的自我受难的意识也与犹太人几千年中形成的受难意识关系紧密。

前面已经提到，忏悔是一个讲述过去和聆听过去的双向活动，因而聆听是忏悔不可或缺的一环，“如果没有一个说话对象在场（或者虚拟在场），就不能称之为忏悔”（Foucault, “Technologies of the Self” 61）。正因为此，忏悔者和聆听者之间的互动对忏悔意义的产生至关重要（Brooks, *Troubling Confessions* 35）。在康特的忏悔活动中，门斯尼可夫扮演了聆听者的角色，见证了忏悔者康特的身体和思想的前后变化。当门斯尼可夫 27 年之后在街头偶遇老师时，已年届 50 的康特“左手臂已经萎缩，左手也不起作用了，左半身萎缩的肌肉使他步履蹒跚。近些年，大腿和小腿变得越来越没劲，并开始剧烈疼痛，……这是小儿麻痹症的后遗症，可能离坐轮椅的日子不远了”（*Nemesis* 243）。在门斯尼可夫的眼里，康特留着“防御性”的花白胡子，头发跟草一般杂乱，身体发福变得臃肿不堪，已经丝毫看不出当年运动场上的英武（244）。多年后康特外表的巨大变化、“近乎自我毁灭的坦率直言”（245）和自我贬抑的态度都让门斯尼可夫这个听众感到十分惊讶。

忏悔中聆听的责任之一在于通过倾听和询问来判定和审视忏悔者讲述的诚（sincerity）和真（authenticity）。就《罪有应得》而言，叙事视角从某种程度上可以折射出见证者门斯尼可夫对康特忏悔的诚与真的判断。在评论家莱昂内尔·特里林（Lionel Trilling）看来，衡量真诚的标准在于个人“公开表示的感情和实际感情的一致性”（4）。由于小说中个人的内心情感我们无从得知，所以个人表达的情感与旁观者感受到的情感是否吻合，成为判断忏悔者真诚与否的标准。虽然小说前两个部分叙述的是 1944 年瘟疫爆发时发生在康特身上的故事，但是这段叙述实际上是根据 27 年后康特和学生门斯尼可夫长达几个月的谈话内容来回忆和讲述的。因此，尽管门斯尼可夫“尽全力倾听和理解他（康特）所说的一切”（*Nemesis* 245），但小说中所呈现的康特在很大程度上是经过门斯尼可夫审视和过滤之后按照自己的理解重塑的康特。于是，小说中叙事的统一和分裂体现出了康特和门斯尼可夫就过去认识达成的共识和形成的分野。小说的前两部分的叙事视角从开头幼年的“我们”逐渐转换成第三人称有限视角，讲述了康特感染小儿麻痹症的全过程。“我们”是指当年在运动场上十几岁的男孩子们，门斯尼可夫也是其中之一。无论是“我们”还是“他”，叙述者眼里的康特老师始终是一位受到孩子们崇敬的英雄，他保护孩子们免受外界和疾病的伤害。即使后来他一度屈从于个人的恐惧和欲望出逃，他仍然不失为一个值得崇敬的好老师。此时，康特与门斯尼可夫在 27 年后对这段过往的记忆糅合和博弈，并最终通过议和（negotiation）来达成共识。以门斯尼可夫为代表的社会对康特的认知与他的自我认知基本吻合，因而康特的忏悔是相对真诚的。

在小说的第三部分，康特和门斯尼可夫之间出现了认识的分野。成年的门斯尼可夫眼中的康特既不聪明又缺乏幽默感，他被“日益加重的责任感所困扰，可又不太聪明，因此他为强加在自己故事上最严肃的意义付出了沉重的代价。随着时间的流逝，这些意义将他的不幸毁灭性地放大”（*Nemesis* 273）。实际上，门斯尼可夫在聆听忏悔的过程中，也跟随康特找寻多年前传播那场骇人瘟疫的元凶。到底是侵入犹太社区的意大利人，是肮脏的流浪汉贺拉斯，还是带领学生进行体育运动的康特，直至小说结尾也没有定论。但是康特却固执地将责任归结于自己头上，并试图为疾病的无端降临找一个合理的解释，这也是他被门斯尼可夫称作“执着于追究原因的疯子”的原因。也就是说在门斯尼可夫看来，康特对社会规范的纯粹的服从使他背上了道德的枷锁，成为“自我的加害者”。且他将康特的自怨自艾视为一种道德上的固执，而这自欺的真诚是最终导致他堕落的原因。显然康特本人并不能意识到这一点，他还沉浸在自以为高尚的赎罪行为之中。这样一来，他所宣称的自我与他真实的自我产生了裂痕，他成为一个非真实的个体，其忏悔的真实性也随之大打折扣。

忏悔聆听者的责任还在于他必须“督促、强制、鉴别和介入忏悔，以便达到判定、惩罚、原谅、安慰的目的”（Foucault, *History of Sexuality* 61-2）。在宗教忏悔中，通常是上帝或者上帝的化身——牧师或神父扮演倾听者的角色。这些代表上帝的牧师，在聆听了忏悔者的私密记忆后，以上帝的名义赦免忏悔者的罪，让忏悔者能获得灵魂上的涤罪感，达到“净化良心”的目的（Foucault, “Technologies of the Self” 33）。而法庭上的忏悔是法官或者陪审团担任审判角色，判断能否全部或者部分免除忏悔者的罪责的依据。在世俗忏悔中，聆听者更多扮演着道德审判者的角色，以减轻忏悔者道德上的罪孽。在小说第三部分门斯尼可夫与康特之间的对话中，门斯尼可夫在再现康特的忏悔的同时也作为道德见证者审视康特自我弃绝、自我隔离的苦行。通过两人的对话可以得知，导致康特前后巨大反差的原因正是他沉湎于自己想法和责任观念。“被摧毁的好男孩”康特因太执着于自己是病毒传播者的想法，而深陷过去的囹圄。面对康特无休止的自我责罚，作为聆听者的门斯尼可夫试图通过倾听和对话的行为来“消除他（康特）内心的羞耻感”（*Nemesis* 272），把他从忏悔的泥沼中拉出来。这些微小的举动或者错误也就是库切所说的“道德的边缘”（moral brink），可没有任何努力能够将他从堕落中拯救出来。

在小说临近结尾处有很长一段门斯尼可夫的独白，剖析了康特自我堕落的心理过程。在门斯尼可夫看来，尽管小儿麻痹症在康特身上留下的残疾成为他洗不清的道德印记和惩罚，可他的问题不是在于身体的残疾，而是在于“思想的残疾”（*Nemesis* 260）。康特把疾病发生的偶然（contingency）视为必然，并将一场“悲剧转化为愧疚”（265）。康特因过度忏悔已经变成一个悲剧人物，原本积极阳光的个性、运动员般的品质已经消失殆尽。他孤独地寡居多年，仅靠回忆患病之前的快乐时光凄凉度日。在康特瘫痪后，他毅然拒绝玛西亚与之结婚的请求，理由是不想毁了她应该拥有的正常生活。但是门斯尼可夫并不认可康特的这种自我贬低、自我毁灭的选择和态度。在谈话中，门斯尼可夫试图说服康特他不是一个“加害者”，而是受害者，告诉他小儿麻痹症的流行不是他的错，它“漫无目的、偶然、荒谬地”传播，而并非康特所认为具有“深层次原因”（265）。其实，门斯尼可夫也是当年小儿麻痹症的受害者之一。但是不同于康特消极的生活态度，疾病并没有成为门斯尼可夫生活的绊脚石。他选择积极面对疾病致残的事实，与另一名疾病患者承接建筑物轮椅坡道的安装工作，依靠自己的努力获得了事业的成功和家庭的幸福。门斯尼可夫面对现实并努力改变命运的实用主义态度与康特自虐式的英雄主义形成强烈的对比。显然，门斯尼可夫对康特的批评和指责说明他认为自己积极接受和面对疾病的态度才是更可取的态度，而不应一味沉湎于忏悔。门斯尼可夫通过康特忏悔的聆听和指摘实现了从被动旁观者到积极见证者的转变。

不论是从宗教上还是从法律意义上说，忏悔最终都指向脱罪和救赎，这一目的的达成与聆听者密不可分。那么，康特最后是否能通过忏悔来涤清他自己所犯之“罪”呢？小说依然没有给我们一个明确的答案，只用一系列的“可能”来将真相模糊处理。康特讲述完故事便销声匿迹了，读者无从知晓他忏悔之后的结果，但是小说结尾处重新塑造出康特高大伟岸的形象，这使他被救赎，得以重生。小说以 1944 年操场上正值盛年的康特优雅的掷标枪一幕结束，康特最后被重新想象成一个大于生活的（larger-than-life）神勇的英雄式人物。这是一个去时间化和去历史化的美好的乌托邦时刻，康特被塑造成罗马神话中的神勇无比的大力士赫拉克勒斯（Hercules）的形象：

> 那天下午，他反复投掷标枪，每一次投掷都非常流畅有力，每一次投掷都伴随着声音洪亮的呼喊。让我们高兴的是，他每一次都比上一次投得远几码。他高举着标枪奔跑着，手臂紧握标枪置于身后，将标枪抬举到肩膀之上投掷出去——然后标枪如同爆炸一般飞了出去——在我们眼里，他看起来是那么的不可征服。（*Nemesis* 280）

小说结尾再次以孩童的视角来呈现老师康特，使得他自怜和可悲的形象得以转变。康特再次能够掌控自己的身体和命运，成为多年前纽瓦克操场上的孩子们眼里的那个孔武有力、“不可征服”的偶像。其实这一幕的真实性已经不可考，极有可能是聆听忏悔的一方的重新想象和再造，但也一定程度上让康特的苦难通过忏悔和见证实现了文学的救赎。于是，在罗斯的最后一部小说中，朝向过去的记忆与朝向未来的想象最终融为一体。

文学忏悔不同于其他形式的忏悔，读者是其意义生产的重要环节。文学忏悔不仅表现为文本中忏悔者和聆听者之间的互动行为，读者也可以通过阅读参与其中，充当道德的评判者，从而实现文学的道德教化功能。在玛莎·C. 努斯鲍姆（Martha C. Nussbaum）看来，小说之所以能教化读者，原因在于它能和读者之间建立一种复杂的联系：

> 在这种联系中，一方面读者被鼓励去关注环境和历史的特点，将这些特点看做是和社会选择相关的；但另一方面，小说又经常提醒读者，要认识到不同环境中的人们确实有共同的激情、希望和恐惧——面对死亡的需求、学习的渴望、家庭的血脉相连。（72）

小说读者不仅从小说中看到了事件发生的宏观社会历史背景，同时也应该体验到普适的微观个体情感。此时，读者的阅读行为不仅让他成为事件明智的旁观者和见证者，也能运用自己的情感经验参与意义的生产。“明智的旁观者”是努斯鲍姆在《诗性正义：文学想象与公共生活》（*Poetic Justice: The Literary Imagination and Public Life*, 1995）一书里提出了读者作为旁观者的说法。她发展了大卫·休谟和亚当·斯密（Adam Smith）有关旁观者的概念，认为文学读者应怀有理性旁观者的情感来阅读。这个明智的旁观者并不直接参与事件，他可以以理性超然的态度来审视他在阅读中所读到的情境，同时他也应该有同情他人的细腻感受力。在阅读过程中，受到道德指引的读者应该用移情的方法来理解和感受人物在极端情境下做出的行为，并对其进行道德评判。

虽然《罪有应得》描述的小儿麻痹瘟疫在当时并非真实发生，但是罗斯借助这样一种疾病叙事再现了个体遭受疾病等重大变故时无助的情境，这是每个人都可能会碰到的情形。这不禁让读者联想起法国存在主义大师阿尔贝·加缪的小说《鼠疫》（1947）。事实上，罗斯在 2008 年的一次访谈中，就提到他正在重读《鼠疫》，两年之后这部以瘟疫为主题的小说《罪有应得》便与读者见面。在评论家库切看来，罗斯将小说置于以笛福、加缪为代表的西方文学瘟疫话语的叙事传统之中描写瘟疫，是为了讨论在遭受看不见、无法预测而致命的力量打击时，人类的决心和社会组织的持续性（Coetzee, “On the Moral Brink”）。罗斯试图通过摹写一场虚构的瘟疫来讨论人类面对疾病这一生存的重要状态时应该持有的态度和承担的责任。而读者则通过阅读小说来“见证个体受难的变化。在这个见证中，读者不仅确证了这种变化——这是他众多道德责任中的一种——同时也为自身变化提供了示范，这是另一种道德责任”（Frank, *The Wounded Storyteller* 128）。当读者目睹康特染病的过程和前后变化后，他们试图理解他当时的处境，判断其抉择的合理性。特别是对那些自身患有疾病或者有类似遭遇的读者，他们更能从康特的遭遇中找到自己的故事，理解康特的愤怒、自卑等情绪，并理性判断其行为是否合乎道德，最后决定应该报以何种态度。对于大多数读者而言，目睹了康特这样一个因为无法掌控的命运而落难的英雄，他们都会报以同情和感到痛惜。正是在移情阅读中，他们的同情和恐惧被唤起，自身通过阅读得到净化（亚里士多德，《诗学》63）。

当然，《罪有应得》不仅仅让读者理性见证了个体面对未知疾病的恐惧、存在的荒诞和无力感，试图理解主人公的生存境遇，它还有着更深层次的文化隐喻。

小说中，小儿麻痹症这一疾病与鼠疫、霍乱等疾病一样极具传染性，能引发大规模的瘟疫。而且以往的叙述都倾向于将脏乱、不干净的底层社会环境描写成传播这些疾病的温床，因而生活在这种环境中的边缘人群常被视为疾病的携带者，需要遭到排斥甚至清洗。二战期间，纳粹有关犹太人的修辞里就充斥着疾病、传染病、瘟疫等比喻，他们被视为传播疾病的劣等人，因而需要清洗乃至灭绝。看到这一点，《鼠疫》这个法国非犹太作家的创作与大屠杀的关系变得微妙起来。修夏娜·费尔曼（Shoshana Felman）和多里·劳伯（Dori Laub）也在其颇有影响力的《见证：文学、精神分析和历史中的见证危机》（*Testimony: Crises of Witnessing in Literature, Psychoanalysis and History*）一书中也提到加缪的《鼠疫》与大屠杀联系。它成书的年代（1942—1947）正是德国法西斯在欧洲大陆肆虐的时候。费尔曼和劳伯认为虽然小说并没有直接描写大屠杀，但"隔离营"和"焚烧"等字眼在《鼠疫》里不止一次地出现，被困奥兰城中的人们的焦虑、恐惧、无助和痛苦像极了处于纳粹大屠杀笼罩下的犹太人。加缪的叙述不仅充当了二战和大屠杀事件的历史旁观者，它更试图参与其中。[①]罗斯笔下这个发生在纽瓦克的威奎依克社区的瘟疫与发生在欧洲的犹太人大屠杀联系在一起的写作隐喻，让读者不禁想到加缪的《鼠疫》。加缪的《鼠疫》以笛福的有关虚构和真实的话语为开头[②]，而《鲁滨孙漂流记》是写实主义文学的高峰，因而加缪是在提醒读者故事的真实存在。《鼠疫》是存在主义大师加缪探讨人面对灾难时生存的意义的作品。《罪有应得》与《鼠疫》有着相似的叙事技巧，在《鼠疫》中里厄医生（Doctor Rieux）作为道德的见证者，试图以证词的形式来叙述故事。同样，虽然《罪有应得》中从未出现过"大屠杀"一词，但作者呈现的这一极端情境、他的犹太作家身份，还有出现在小说中极有可能是集中营幸存者的流浪汉贺拉斯，都将这场小儿麻痹症爆发的战场与二战战场和纳粹大屠杀有意无意地并置在一起。

于是，读者有理由相信罗斯笔下的小儿麻痹症瘟疫是一个有关纳粹大屠杀的文化隐喻。小说中的小儿麻痹症的爆发既是真实可能发生的事情，因为瘟疫的发

---

① 更多有关加缪及其小说《鼠疫》与纳粹大屠杀之间的关联参见 Shoshana Felman and Dori Laub, *Testimony: Crises of Witnessing in Literature, Psychoanalysis and History*, pp. 97-9.

② 加缪在书的扉页上引用了丹尼尔·笛福的一句话："用另一种囚禁生活来描绘某一种囚禁生活，用虚构的故事来陈述真事，两者都可取。"他用以点明《鼠疫》一书中背后隐含的深意。

生无处不在，但它又是虚构的，因为 1944 年纽瓦克并没有发生这场瘟疫。那么，这个有关瘟疫的故事的隐喻到底是什么？20 世纪以来，随着现代性的深入，信仰的空虚和人性的沦丧随之而来，其中最振聋发聩的莫过于尼采对“上帝之死”的断言。从此，现代的信徒游走于信与不信的边缘。他们希望看到如《圣经》所述一个个的奇迹，让上帝的神恩显现，现实却每每让他们失望。康特对上帝的态度也体现了这样一种复杂的心境，他不断地抱怨自己曾经笃信的本该公义的上帝为何让瘟疫降临在无辜的孩子身上，对上帝的质问体现出作为犹太信徒对上帝的怀疑和不满。几乎在同时，正在经历大屠杀的欧洲犹太人对上帝也有着同样的怀疑和不满，著名的犹太神学家理查德·鲁宾斯坦（Richard Rubenstein）便是其中之一。在这个意义上说，《罪有应得》不再是一部仅仅“关于恐惧的小说——对他人的恐惧、对自己的恐惧，康特自己深知的‘无法预见的恐惧’”（Aarons 54）。与此同时，罗斯将人们对法西斯主义在美国蔓延并本土化的恐惧通过瘟疫的方式呈现出来（55）。

此时，小说读者见证的便是纳粹大屠杀的文学再现，即使这种再现的方式比较迂回。读者从康特身上能够看到罗斯所推崇的莱维、维瑟尔等大屠杀幸存者的影子。当他们身处被纳粹屠杀或被疾病缠身的过程中时，便“无止境地与那个他们既相信却又总是不理解的上帝争吵”（Levi 28）。这类犹太人对上帝将灾难降临在他们身上深感困惑不解，他们质问、咒骂上帝的渎神行为曾出现在不少大屠杀的见证文学里。实际上，他们和康特一样在逃离了被纳粹屠杀或被疾病缠身的命运之后，却陷入了一场与自己内心的斗争中，背负着不能与自我和解的过去痛苦地生活。莱维和维瑟尔不约而同地选择用文学写作见证当年集中营的生活，而康特则在多年后终于能够忏悔，因为他“感到剧烈难耐的痛苦/撕裂着[他]的整个身心，/它迫使[他]讲述[他]的故事，/讲完后才能自由轻松”（Coleridge 66）。

《罪有应得》让读者通过带着理智和批判性的情感和态度旁观他人之痛，体会面对死亡时的恐惧，也提醒着 21 世纪读者承担起为大屠杀以及类似的事件作见证的道德责任，毕竟“为苦难作见证是向所有的世人叙述苦难的经历、痛苦和创伤，以防止苦难的再度发生”（徐贲 223）。此时，读者不仅仅旁观小说中纳粹大屠杀的文学再现，还需要成为见证者，积极参与到文本中大屠杀文化意义的生成过程中去，从而赋予阅读以伦理意义。

同时，作者罗斯对这场虚构瘟疫的描写体现了残留在罗斯心里的大屠杀的记忆碎片在时隔多年后的再次显现和回归，也说明作者始终没能摆脱他极力想摆脱的犹太记忆困扰。罗斯本人的无神论立场早已为世人所知，所以上帝十分罕见地在他最后一部小说中显现，这正体现了他晚期风格的一种转变。当作家选择某一题材进行创作的时候，实际上也是一种记忆的选择，他利用对事物现有的认知进行回忆和文学想象。同时，作家对某一题材的选择也意味着对其他题材的回避和遗忘。罗斯虚构了一场 1944 年发生在纽瓦克的瘟疫，同时将其置于二战的背景下。罗斯的这种遗忘体现了他对“犹太作家”这个标签的刻意回避，同时也可以将之视为一种迂回的写作策略。

罗斯一直以来的创作，尤其是他的早期创作，一直游戏于真实与虚构之间。《事实：一个小说家的自传》是罗斯的自传性作品，讲述了他早期的生活和感情经历。然而，罗斯却在开头和结尾加入了与他的小说虚拟人物祖克曼的通信。从祖克曼与罗斯的对话中，读者看到了真实与虚构之间的相互消解。罗斯是个叛逆者，纵观罗斯整个创作过程，他都处在“创造和叛逆的双重游戏”（高宣扬 13）中。关怀自我的表现就是记录自我的行为，以供反复阅读；写文章和信件给朋友帮助他们；记笔记以寻求自我真正的需求（Foucault, “Technologies of the Self” 27）。于是，叙述和写作也是关怀自我的一个重要的手段，自我成为被书写、被记录的写作行为的主体或客体。罗斯对门斯尼可夫叙述再现的写作，也体现了他作为作家对个体自我关怀的责任。

罗斯的晚期风格体现为进入千禧年后他惯有的讽刺和戏仿等那些辛辣的元素已经渐渐减弱，以至于在他的封笔之作《罪有应得》中这些元素已经消失不见。虽然没有直接的证据表明罗斯受到福柯晚期思想的影响，但是作者在晚期作品中所表现出来的对自我和伦理的关注也成为罗斯晚期风格的一个重要的组成部分。重新发现关注自身及自我修养（cultivation of the self）的原则正是福柯晚期所提倡的一种行为规律，更重要的是一种自我实践、一种生活方式或生存美学（aesthetics of existence）（Foucault, “Technologies of the Self” xxvi）。福柯坦言自己“可能曾太多地关注控制和权力的技术。现在个人技术中对自我与他者之间的互动、个人支配的技术、个人如何影响自身的历史越来越感兴趣”（19）。艾米·泼左斯基（Aimee Pozorski）注意到罗斯后期的四部小说（《凡人》《愤怒》《卑微》《罪有应得》）都是以死亡或濒临死亡作为人物的结束，并被总体上冠以“罪有应得”之名（147）。

在罗斯的创作晚期，他的作品所关注的主题从美国的宏大历史转向个人的私密历史，从政治转向对自我的关怀，他笔下的人物也从讽刺和逾越社会规范转向悲观接受命运。在《罪有应得》中，大屠杀的记忆碎片再次显现，这是罗斯作为犹太人犹太特性的创伤回归。罗斯长达半个多世纪的文学创作历程历经了几个时期的转变，这种转变无疑受到罗斯的年龄、身体状况等因素的影响。处于生命晚期的罗斯自身饱受疾病的困扰，运用个人的记忆手段试图探索人性中欲望、死亡、疾病等普适的话题，并转向对个体的人文伦理关怀。当然，罗斯小说中对性、伦理、道德、责任等更为个体化问题的关注，以及对文学审美、小说技巧的关注，是他一直以来不变的追求。

结　　论

这是记忆的用途：
为了解脱——并非爱得不够，而是让爱
超越欲望，于是不仅从将来
也从过去中解脱。

——T. S. 艾略特《四个四重奏》

美国学者安德烈亚斯·海森（Andreas Huyssen）声称，自 20 世纪后半叶以来，当代西方文化正在为记忆问题所困扰，记忆研究伴随着以大屠杀为代表的灾难事件研究的兴起而成为学界研究的热门话题。记忆研究一直存在着身心二分的研究方向，并沿着两条线索发展：一条将记忆视为一个生理现象，研究如何提高记忆力以及对付大脑失忆症；另一条则从心理层面研究记忆在身份建构中所起的作用。本书重点从记忆的文化和心理建构层面来讨论罗斯小说中所体现的记忆伦理、政治和再现等问题，考察记忆的复杂性和多面性。虽然记忆研究沿着从个人记忆到集体记忆、文化记忆的轨迹发展，但罗斯小说中的记忆呈现着相反的趋势，这与他的创作时期所处的社会历史环境以及他本人经历有很大的关系。因此，研究罗斯作品中的记忆有助于帮助读者把握罗斯不同创作时期的主题和风格的转变，以期对罗斯作品及其创作思想有更加深入和全面的认知。本书按照罗斯创作的时间序列，以及他在不同阶段显现出的不同的记忆范式及意义来组织和展开，“以便跟随时间更好地观看、体验、把握和创造风景”（Said xi）。

1959—1989 年的 30 年是罗斯以犹太主题为主的创作时期。在此期间，罗斯使用他最为熟悉的犹太题材来审视美国犹太人对待大屠杀创伤记忆的态度，并讨论犹太人该不该记住大屠杀，以及如何记住大屠杀的记忆伦理问题。二战结束后不久，当那些逃脱大屠杀厄运的犹太人来到美国后，未曾经历过大屠杀、已经被归化的美国犹太人对他们表现出的是抗拒的态度，因为这些大屠杀幸存者的在场，让那些为融入美国生活而压抑自己犹太身份的美国犹太人面临着犹太记忆显露的尴尬境地。他们使美国犹太人不能不正视自己在大屠杀发生期间对欧洲受难同胞之遭遇的有意或无意的漠视，《狂热者艾利》便是对这种沉默的呈现和回应。代表着现代理性的主人公艾利试图说服新来的犹太幸存者收敛他们过于凸显的犹太记忆，可在他奔走于大屠杀幸存者和被同化的犹太中产阶级之际，却被犹太传统深深吸引。摇摆于大屠杀记忆的在场与离场之间的艾利，最终选择穿上犹太的传统服饰，用疯癫来对抗犹太社区的沉默。显然，罗斯主张记住大屠杀那个犹太历史上最惨痛的历史，忘记大屠杀等于忘记自己的犹太身份，也会让大屠杀的悲剧重演成为可能。20年后的美国人对待大屠杀的态度走向另一个极端，这也在罗斯的作品中得到反映。罗斯敏锐地捕捉到美国犹太社区对大屠杀记忆态度的转变，他批判了战后不久犹太社区的集体失语与沉默，也对美国犹太人对大屠杀记忆的滥用颇为不满。《安妮日记》在出版后通过大众传媒的流通，逐渐将安妮打造成一个“犹太圣女”。罗斯通过在《鬼作家》中虚构了一个女子艾米，将被犹太社区视为圣女的安妮推下神坛，同时也通过这种游戏的方式说明见证的不可靠性。《鬼作家》对《安妮日记》想象性的移置也讽刺了犹太社区对大屠杀记忆日益固着的现象。

罗斯在经历了相当漫长的用犹太主题创作的时期之后，开始将目光转向美国题材，这与他个人旅居异乡的经历不无关联。对于很多美国人和渴望成为美国公民的外国人来说，“美国梦”是一个美好的理念。它通过几百年的体制化、经典化的过程逐渐进入构建美国文化和民族身份的文化记忆。然而，“美国梦”这个奉行自由、平等的文化记忆却在现实生活中遭到背离而成为被高度性别化、种族化的神话。当小说的主人公在现实中对“美国梦”的追寻受挫时，他们纷纷将目光投向虚幻的过去，试图通过美化过去来对抗肮脏的现实。怀旧的记忆不仅使他们能够忘记现在的苦难，甚至还有可能变成反抗强大政治权力的有力工具。《美国牧歌》中描写的20世纪60年代那场反越南战争的学生运动，让以莱沃夫所代表的美国人的“美国梦”一度走向终结。莱沃夫面对失去女儿梅丽的痛苦，不得不转向20世纪50年代那个田园时期寻求慰藉，同时反思60年代那场暴力运动。在《人性的污秽》中，科尔曼的“美国梦”因为涉嫌辱骂黑人的一个词语而破灭，而具有讽刺意义的是他自己就是一个冒充犹太人的黑人。科尔曼通过重复和表演那个理想化的“美国梦”来反叛和颠覆种族化的“美国梦”。虽然科尔曼最终并未以这种方式撼动那股强大的“政治正确”的力量，但他的死亡却被罗斯赋予了希腊英雄式的悲怆色彩。

罗斯游走和挣扎于犹太身份与美国身份之间，并试图超越两种身份的束缚。在他看来，超越两种身份的最终出路是找寻最为普遍的人性和普适的价值。进入21世纪后，罗斯写作的风格发生了转变，呈现出阿多诺和萨义德所说的“晚期风格”的特征，即艺术家在人生晚期对生命有一种感悟，折射出他们不同寻常的创作回光。罗斯在前两个阶段所表现出来的讽刺和戏仿等辛辣元素渐渐减弱，对宏大历史过去的关注也大大淡化，转向对个体内心的探索，并关注自我的伦理。罗斯晚期风格的重要特点表现在他对个体的关注以及对记忆再现的变化上。在罗斯前两个创作时期中，他对记忆的再现往往与政治、历史记忆相结合，用一种转义式的话语来讨论身份、历史等问题。个人被置于历史之中，受到历史的操控和影响，同时也在用记忆反抗着体制化的宏大叙事。罗斯的晚期创作回归人的本体存在，呈现出去情境化、去时间化、日常生活化和超历史的特征。忏悔记忆的再现方式是罗斯晚期创作最重要的表现形式，他采用忏悔内省的方式呈现个人的内心，讨论欲望、死亡和疾病等具有普适价值的主题，并彰显了作家罗斯的伦理取向。《垂死的肉身》是欲望教授凯普什对自己与一个年轻女学生之间的情欲的忏悔。凯普什对欲望的露骨言说继承的是忏悔叙述的坦诚，同时他也在为自己过去的行为辩护，挑战美国社会既有的伦理道德规范。衰老是罗斯作为个人正在面对的问题，也是《凡人》中不知名的主人公“他”甚至是每个人都会面临的境况。那个被罗斯用艺术力量复活的幽灵，一边忏悔自己前世面对死亡逼近所犯下的道德罪孽，一边扮演道德见证者的角色进行旁观和评判。对过去的忏悔和呈现是为了涤清“他”身上的罪，以此寻得心灵上的慰藉。“他”回顾和审视自己一次次与死亡搏斗的情景，认识到自己人性的丑陋面，最终他通过与掘墓人的对话获得了内心的安宁，平静地接受死亡。罗斯的后期创作凸显了他对个人的关怀，这与福柯晚期“关怀自我”的思想不谋而合，他写作中对希腊文明的指涉也扩展了罗斯的写作传统的源泉。

通过对罗斯不同创作时期和各个时期所表现出的不同记忆的考察，读者发现罗斯创作之“变”是对外部的政治和历史因素，以及作者自身经历的反映。从这些变化中，读者始终可以读到罗斯笔下人物身份的可塑性和流动性，以及作者对伦理道德的关注、对欲望的描写。这反映了罗斯写作的一贯性，说明他在这半个多世纪里对文学的美学和伦理追求始终未曾改变。在 1984 年接受《巴黎评论》（*Paris Review*）采访时，他讲述了自己与小说之间的关系：

> 其实，你写的就是一本书。某天晚上，你做了六个梦。但是它们真的是六个梦吗？一个梦预示或者预期了另一个梦，还是总结了还没有被完全梦到的。于是，下一个梦来临了，修正上一个梦——另一个梦，作为注释的梦——扩充、嘲笑、颠覆或者试图修正它。（Roth, “Art of Fiction” 236-7）

罗斯通过梦的譬喻来说明他与小说之间的关联性，也说明他在漫长的文学创作中一直所追求的普遍性和特殊性的统一、变与不变的统一。

记忆是文学创作的核心内容，任何作家的创作都要依赖于对过去的记忆和想象，小说甚至可以称为一门“过去的艺术”。那么，罗斯的记忆如何将他与其他犹太作家、同辈美国作家，以及和他一样具有过去意识作家的有关记忆文学的叙事区分开来呢？换句话说，罗斯的记忆书写具有哪些独特性呢？

首先，罗斯的作品对犹太记忆超脱的态度不同于其他美国犹太作家。包括辛格、马拉默德、贝娄在内的美国犹太作家虽然看待过去的方式各不相同，但他们都在有意识地审视犹太生活、思考犹太过去。辛格作为一个正统的犹太作家一直坚持用意第绪语写作，并严格恪守犹太信条和哈西德传统，其作品中展现的也多为对已经逝去的前大屠杀时期波兰的记忆。马拉默德虽然反对犹太作家的称号，但对于马拉默德笔下的人物来说，受难性是他笔下犹太人的主要特征。贝娄注重探索“个人的自我表达和社会责任之间的张力”（Elliot 597），但他在普遍人性与种族主题之间平衡的问题上表现乏力。他曾经也拒斥犹太作家的称号，坚称自己是芝加哥人。然而，在贝娄的最后一部小说《拉维尔斯坦》（*Ravelstein*, 2000）中，作为贝娄代言人的奇科宣称“作为犹太人，你也是美国人，然而你又不是”（Bellow 23）这种犹太身份与美国身份中摇摆、反复、含混的态度在罗斯的写作中体现得尤为显著。

其次，如果说作为第二代犹太作家的罗斯时常关注犹太人生存的边缘状态，那么他之后的第三代犹太作家成长于美国犹太人已基本完成“美国化”并得以融入其中的主流白人社会，因此犹太人的边缘化生存境况不再是他们关注的焦点，同时犹太性更多与大屠杀这一创伤事件联系在一起。但由于他们大多出生在20世纪70年代，他们有关大屠杀的相关知识更多是从媒体或其他途径感知的，而不是从亲身经历或者父辈那里获得的。因而，塞恩·罗森鲍姆（Thane Rosenbaum）认为第三代犹太作家只能试图“大概拼凑一个不准确的地图，一个残缺的叙事”，且他们的故事是对过去的“重新创造”，是一种空隙填充和记忆碎片的黏合（转引自 Aarons and Berger 4）。他们在书写和拼凑这些记忆时往往采用诙谐、幽默和游戏的手法，这种写作手法一定程度上承袭自他们的前辈作家罗斯，而他们的写作与美国流行文化结合得更为紧密。

相比品钦、德里罗和麦卡锡这些与罗斯同时期的后现代美国作家，罗斯大部分的创作都能看到各种幽默戏谑的手法的娴熟运用。罗斯对过去带有调侃式的呈现、游走于现实与虚构之间的游戏，以及自传色彩浓重的写作，都彰显了他不同于其他美国作家的独特性。罗斯对集体和文化记忆的关注也让他区别于以往描写记忆的作家，如普鲁斯特、卢梭、华兹华斯，他们大多沉湎于自我的个人记忆和自省之中。且在罗斯半个多世纪的写作生涯中，他通过记忆观照族裔、文化、历史、政治和伦理问题，并将它们联系编织在一起，这在其他作家的作品中并不多见。这些都造就了罗斯在美国文坛乃至世界文坛的独特地位，也赋予了他作品更加永恒的价值。

近年来，国内外关于记忆的研究著作不断涌现，为记忆研究注入新的血液。德国学者阿斯曼夫妇就不断有关于“文化记忆”的新的成果问世。耶鲁大学文化社会学者罗恩·艾尔曼（Ron Eyerman）、杰弗里·亚历山大等一直致力于文化创伤研究框架的搭建和边界的拓展，专著《记忆、创伤和身份》（*Memory, Trauma, and Identity*, 2019）便是艾尔曼的最新研究成果。记忆研究在国内历史和文学研究领域也日渐繁荣，2011年《文化研究》第11辑以“文化记忆”为专题，收集和翻译了国内外文化记忆的研究成果，其中包括理论和文本解读。北京大学出版社2012年推出的《文化记忆理论读本》翻译了一批有关文化记忆理论的文章，“历史的观念译丛”近年来又相继出版了记忆研究的几本重要译著：扬·阿斯曼的《文化记忆：早期高级文化中的文字、回忆和政治身份》（2015）、阿莱达·阿斯曼的《回忆空间：文化记忆的形式和变迁》（2016）和阿兰·梅吉尔（Allan Megill）的《历史知识与历史谬误：实践史学引论》（2019）。南京大学出版社的“学衡历史与记忆译丛”翻译了皮埃尔·诺拉（Pierre Nora）主编的《记忆之场：法国国民意识的文化社会史》（2017）和《记忆中的历史：从个人经历到公共演示》（2017）。这对中国学者记忆研究的发展无疑有很大的推动作用。近年来越来越多的中国学者（如赵静蓉等）关注记忆研究，出版了多部研究专著。2010 年来的国家社会科学立项中有 20 余项研究与记忆有关，足见我国学界对记忆问题的重视以及在当下中国的重要性。对记忆的研究，特别是对文化记忆的研究，对我们反思诸多中国历史上的暴力事件如南京大屠杀等有着重要意义。记忆者需要承担伦理责任，经历创伤的集体对作恶者的宽容乃至选择性遗忘，并不能成为个体参与作恶者开脱的理由和借口。个人和集体的自省和对记忆的关注也有利于人们提升自身的道德水准，增加整个社会的认同感。

2018 年 5 月 22 日，罗斯因心脏病发驾鹤仙去，美国一代文坛巨擘虽已倒下，但他的文学遗产仍在影响美国乃至世界文坛。本书通过对罗斯漫长的文学生涯中三个各具特点的创作时期记忆问题的讨论，呈现出他从犹太作家、美国作家到步入老龄作家的转变。这种转变无疑受到作者的年龄、身体状况、所处的社会历史环境等各种因素的综合影响，但是也体现了罗斯自始至终不变的文学和美学追求。罗斯笔下各种复杂的记忆形态凝结着他对犹太身份、美国身份和个人存在的严肃思考，彰显了作者对记忆问题深层次的探索。对罗斯各个阶段小说的记忆研究不仅能够帮助读者从整体上把握作者创作的流变，也能让评论者对罗斯的作品有一个更为客观、公正的评价。罗斯小说中所揭示出来的伦理、政治和再现的问题也为今后的罗斯研究、犹太文学乃至大屠杀文学研究提供了更多阐释的空间和可能性。

引用文献

阿莱达·阿斯曼：《什么是文化文本？》//阿斯特莉特·埃尔、冯亚琳主编，《文化记忆理论读本》，余传玲等译，北京：北京大学出版社，2012 年，第 131-141 页。

扬·阿斯曼：《文化记忆》//阿斯特莉特·埃尔、冯亚琳主编，《文化记忆理论读本》，余传玲等译，北京：北京大学出版社，2012 年，第 3-19 页。

埃默里·埃利奥特编：《哥伦比亚美国文学史》，朱通伯、李毅、肖安溥等译，成都：四川辞书出版社，1994 年。

爱默生：《爱默生随笔全集》，蒲隆译，北京：国际文化出版公司，2006 年。

本尼迪克特·安德森：《想象的共同体：民族主义的起源与散布》，吴叡人译，上海：上海人民出版社，2011 年。

昂智慧：《〈忏悔录〉的真实性与语言的物质性——论保尔·德曼对卢梭的修辞阅读》，《外国文学评论》2004 年第 3 期，第 31-39 页。

奥古斯丁：《忏悔录》，周士良译，北京：商务印书馆，2014 年。

奥维德：《变形记》，杨周翰译，北京：人民文学出版社，1984 年。

朱利安·巴恩斯：《终结的感觉》，郭国良译，南京：译林出版社，2012 年。

罗兰·巴特：《神话修辞术：批评与真实》，屠友祥、温晋仪译，上海：上海人民出版社，2009 年。

朱迪斯·巴特勒：《性别麻烦：女性主义与身份颠覆》，宋素凤译，上海：上海三联书店，2009 年。

白修德：《美国的观念》//戴安娜·拉维奇主编，《美国读本：感动过一个国家的文字》，林本椿、陈凯、林铮等译，北京：生活·读书·新知三联书店，第 866-868 页。

理查德·G. 鲍尔斯：《体育与美国文化》//卢瑟·S. 路德克主编，《构建美国：美国的社会与文化》，洪卓群译，南京：江苏人民出版社，第 242-258 页。

柏拉图：《美诺篇》//柏拉图，《柏拉图全集》（第一卷），王晓朝译，北京：人民出版社，2002 年，第 490-536 页。

柏拉图：《泰阿泰德篇》//柏拉图，《柏拉图全集》（第二卷），王晓朝译，北京：人民出版社，2003 年，第 649-753 页。

彼得·布鲁克斯：《身体活：现代叙述中的欲望对象》，朱生坚译，北京：新星出版社，2005 年。

陈华：《美国文学中的混血人形象评述》，《外国文学研究》2000 年第 4 期，第 128-133 页。

杜威·德拉埃斯马：《怀旧制造厂：记忆、时间、变老》，李炼译，广州：花城出版社，2011 年。

雅克·德里达：《多义的记忆——为保罗·德曼而作》，蒋梓骅译，北京：中央编译出版社，1999 年。

段德智：《西方死亡哲学》，北京：北京大学出版社，2006 年。

克劳斯·费舍尔：《德国反犹史》，钱坤译，南京：江苏人民出版社，2007 年。

贝蒂·弗里丹：《女性的奥秘》，程锡麟、朱徽、王晓路译，成都：四川人民出版社，1988 年。

西格蒙德·弗洛伊德：《摩西与一神教》，李展开译，北京：生活·读书·新知三联书店，1989 年。
西格蒙德·弗洛伊德：《癔症研究》//车文博主编，《弗洛伊德文集》（第一卷），赵国复译，长春：长春出版社，2004 年。
西格蒙德·弗洛伊德：《超越唯乐原则》//弗洛伊德，《弗洛伊德后期著作选》，林尘、张唤成、陈伟成译，上海：上海译文出版社，2005 年，第 1-70 页。
福原泰平：《拉康：镜像阶段》，王小峰、李濯凡译，石家庄：河北教育出版社，2002 年。
小亨利·路易斯·盖茨：《意指的猴子：一个非裔美国文学批评理论》，王元陆译，北京：北京大学出版社，2011 年。
高宣扬：《福柯的生存美学》，北京：中国人民大学出版社，2005 年。
管建明：《对立生活版本的并置与犹太文化身份的探寻——评菲利普·罗思的小说〈反生活〉》，《国外文学》，2009 年第 4 期，第 69-78 页。
韩桂玲：《吉尔·德勒兹身体创造学研究》，南京：南京师范大学出版社，2011 年。
黑格尔：《精神哲学——哲学全书·第三部分》，杨祖陶译，北京：人民出版社，2006 年。
罗德·霍顿、赫伯特·爱德华兹：《美国文学思想背景》，房炜、孟昭庆译，北京：人民文学出版社，1991 年。
加耳布雷思：《丰裕社会》，徐世平译，上海：上海人民出版社，1965 年。
弗雷德里克·杰姆逊：《后现代主义与文化理论——弗·杰姆逊教授讲演录》，唐小兵译，西安：陕西师范大学出版社，1986 年。
霍华德·津恩：《美国人民的历史》，许先春、蒲国良、张爱平译，上海：上海人民出版社，2000 年。
保罗·康纳顿：《社会如何记忆》，纳日碧力戈译，上海：上海人民出版社，2000 年。
R. W. 康奈尔：《男性气质》，柳莉、张美川、俞东等译，北京：社会科学文献出版社，2003 年。
盖尔·柯林斯：《美国女人：玩偶·苦力·内助·英雄》，暴永宁、何开松、刘智宏译，北京：东方出版社，2006 年。
克里斯多夫·拉斯奇：《自恋主义文化》，陈红雯、吕明译，上海：上海文化出版社，1988 年。
戴安娜·拉维奇：《美国读本：感动过一个国家的文字》，林本椿、陈凯、林铮等译，北京：生活·读书·新知三联书店，1995 年。
雅克·勒高夫：《历史与记忆》，方仁杰、倪复生译，北京：中国人民大学出版社，2010 年。
李爱慧：《文化的移植与适应：东欧犹太移民的"美国化"之路》，北京：光明日报出版社，2010 年。
李银河：《福柯与性——解读福柯〈性史〉》，呼和浩特：内蒙古大学出版社，2009 年。
林莉：《论菲利普·罗斯小说〈鬼退场〉的叙事策略》，《当代外国文学》，2009 年第 4 期，第 87-95 页。
刘文松：《〈鬼作家〉对〈安妮日记〉的后现代改写与困惑》，《当代外国文学》，2005 年第 4 期，第 56-60 页。
卢梭：《忏悔录》，黎星译，北京：人民文学出版社，1980 年。
鲁迅：《鲁迅全集》（第一卷），北京：人民文学出版社，1981 年。
卢瑟·S. 路德克：《导言：探寻美国特性》//卢瑟·S. 路德克主编，《构建美国：美国的社会与文化》，王波等译，南京：江苏人民出版社，2006 年，第 1-36 页。
陆凡：《菲利普·罗斯新著〈鬼作家〉评介》，《文史哲》，1980 年第 1 期，第 32-36 页。
詹姆士·O. 罗伯逊：《美国神话美国现实》，贾秀东等译，北京：中国社会科学出版社，1990 年。
菲利普·罗斯：《遗产：一个真实的故事》，彭伦译，上海：上海译文出版社，2011 年。
马克思：《资本论：政治经济学批判》（第一卷），中共中央马克思恩格斯列宁斯大林著作编译局译，北京：人民出版社，2018 年。
雅各·瑞德·马库斯：《美国犹太人，1585—1990 年：一部历史》，杨波等译，上海：上海人民出版社，2004 年。
詹姆斯·米勒：《福柯的生死爱欲》，高毅译，上海：上海人民出版社，2005 年。
菲尔·莫伦：《弗洛伊德与虚假记忆综合症》，申雷海译，北京：北京大学出版社，2005 年。
莫伟民：《莫伟民讲福柯》，北京：北京大学出版社，2005 年。
尼采：《不合时宜的沉思》，李秋零译，上海：华东师范大学出版社，2007 年。
尼采：《悲剧的诞生》，孙周兴等译，上海：上海人民出版社，2016 年。
倪湛舸：《语言·主体·性别——初探巴特勒的知识迷宫》//朱迪斯·巴特勒著，《性别麻烦：女权主义与身份的颠覆》，宋素凤译，上海：上海三联书店，第 1-6 页。
玛莎·努斯鲍姆：《诗性正义：文学想象与公共生活》，丁晓东译，北京：北京大学出版社，2010 年。
皮埃尔·诺拉：《历史与记忆之间：记忆场》//阿斯特莉特·埃尔、冯亚琳主编，《文化记忆理论读本》，余传玲等译，北京：北京大学出版社，2012 年，第 94-113 页。
乔国强：《美国犹太文学》，北京：商务印书馆，2008 年。
任立：《中译本导言：叔本华哲学思想述评》//叔本华，《作为意志和表象的世界》，石冲白译，北京：商务出版社，1982 年，第 1-20 页。
萨特：《文字生涯》，沈志明译，北京：人民文学出版社，2000 年。
塞涅卡：《哲学的治疗：塞涅卡伦理文选之二》，吴欲波译，北京：中国社会科学出版社，2007 年。
苏珊·桑塔格：《疾病的隐喻》，程巍译，上海：上海译文出版社，2003 年。
尚志英：《导言》//阿兰·谢里登，《求真意志——密歇尔·福柯的心路历程》，尚志英、许林译，上海：上海人民出版社，1997，第 1-21 页。
陶家俊：《创伤》，《外国文学》，2011 年第 4 期，第 117-125+159-160 页。
童明：《暗恐/非家幻觉》，《外国文学》，2011 年第 4 期，第 106-116+159 页。
伊恩·瓦特：《小说的兴起——笛福、理查逊、菲尔丁研究》，高原、董红钧译，北京：生活·读书·新知三联书店，1992 年。
王家斌、王鹤：《世界雕塑名作 100 讲》，天津：百花文艺出版社，2007 年。
王里平：《差异与绵延：柏格森哲学及其当代命运》，北京：人民出版社，2007 年。
哈拉尔德·韦尔策编：《社会记忆：历史、回忆、传承》，季斌、王立君、白锡堃译，北京：北京大学出版社，2007 年。
吴琼：《对象 a：拉康的欲望诗学》，《哲学动态》，2011 年第 1 期，第 18-23 页。
吴晓东：《从卡夫卡到昆德拉：20 世纪的小说和小说家》，北京：生活·读书·新知三联书店，2003 年。
丹尼尔·夏克特：《找寻逝去的自我——大脑、心灵和往事的记忆》，高申春译，长春：吉林人民出版社，2010 年。
徐贲：《人以什么理由来记忆》，长春：吉林出版集团有限责任公司，2008 年。
薛春霞：《论菲利普·罗斯作品中美国化的犹太性》，上海外国语大学博士学位论文，2010 年。
亚里士多德：《论记忆》//苗力田主编，《亚里士多德全集》（第三卷），秦典华译，北京：中国人民大学出版社，1992 年，第 131-144 页。
亚里士多德：《诗学》，陈中梅译注，北京：商务印书局，1996 年。
W. B. 叶芝：《驶向拜占庭》//王家新编选，《朝圣者的灵魂 抒情诗·诗剧》，北京：东方出版社，1996 年，第 166-167 页。
詹明信：《晚期资本主义的文化逻辑: 詹明信批评理论文选》，陈清侨等译，张旭东编，北京：生活·读书·新知三联书店，1997 年。
张福运：《美洲黑奴》，福州：福建人民出版社，2000 年。
张立新：《文化的扭曲：美国文学与文化中黑人形象研究，1877—1914》，北京：中国社会科学出版社，2007 年。
张生庭：《冲突的自我与身份的建构：〈被缚的朱克曼三部曲〉研究》，上海外国语大学博士学位论文，2004 年。
张生庭、张真：《〈朱克曼〉三部曲的叙述学阐释》，《西北师大学报（社会科学版）》，2005 年第 4 期，第 63-65 页。
Aarons, Victoria. "Expelled Once Again: The Failure of the Fantasized Self in Philip Roth's *Nemesis*." *Philip Roth Studies* 9.1 (2013): 51-63.
Aarons, Victoria, and Alan L. Berger. *Third-Generation Holocaust Representation: Trauma, History, and Memory.* Evanston: Northwestern University Press, 2017.
Adams, James Truslow. *The Epic of America*. London: George Routledge and Sons, 1938.
Adorno, Theodor W. *Can One Live after Auschwitz?: A Philosophical Reader*. Ed. Rolf Tiedemann. Trans. Rodney Livingstone. Stanford: Stanford University Press, 2003.
Alexander, Jeffrey C., Ron Eyerman, Bernard Giesen, et al. *Cultural Trauma and Collective Identity*. Berkeley: University of California Press, 2004.
American Psychiatric Association. *Diagnostic and Statistical Manual of Mental Disorder.* 4th ed. Washington, DC: American Psychiatric Association, 1994.
Assmann, Jan. "Collective Memory and Cultural Identity." Trans. John Czaplicka. *New German Critique* 65 (1995): 125-133.
Bauman, Zygmunt. *Modernity and the Holocaust*. Cambridge: Polity, 1989.
Baumgarten, Murray, and Barbara Gottfried. *Understanding Philip Roth*. Columbia: University of South Carolina Press, 1990.
Bellow, Saul. *Ravelstein*. New York: Viking, 2000.
Berger, Alan L. *Crisis and Covenant: The Holocaust in American Jewish Fiction*. Albany: State University of New York Press, 1985.
Bergmann, Martin S. "Introduction." *Fiorini, Bokanowski and Lewkowicz* 1-15.
Bergson, Henri. *Matter and Memory.* Trans. Nancy Margaret Paul and W. Scott Palmer. New York: Zone Books, 1991.

Bigsby, Christopher. *Remembering and Imagining the Holocaust: The Chain of Memory*. New York: Cambridge University Press, 2006.

Blustein, Jeffrey. *The Moral Demands of Memory*. Cambridge: Cambridge University Press, 2008.

Boym, Svetlana. *The Future of Nostalgia*. New York: Basic, 2002.

Brauner, David. *Philip Roth*. Manchester: Manchester University Press, 2007.

Brennan, Timothy. "The National Longing for Form." *Nation and Narration*. Ed. Homi Bhabha. London: Routledge, 1990. 44-70.

Brooks, Peter. *Reading for the Plot: Design and Intention in Narrative*. New York: Vintage, 1985.

---. *Troubling Confessions: Speaking Guilt in Law and Literature*. Chicago: The University of Chicago Press, 2000.

Brown, Nikki L. M., and Barry M. Stentiford, eds. *The Jim Crow Encyclopedia*. 2 Vols. Westport: Greenwood, 2008.

Bruhwiler, Claudia Franziska. *Political Initiation in the Novels of Philip Roth*. New York: Bloomsbury Academic, 2013.

Butler, Judith. *Bodies That Matter: On the Discursive Limits of Sex*. New York: Routledge, 1993.

Caruth, Cathy. *Trauma: Explorations in Memory*. Baltimore: The Johns Hopkins University Press, 1995.

Coetzee, J. M. *Doubling the Point: Essays and Interviews*. Ed. David Attwell. Cambridge: Harvard University Press, 1992.

---. "On the Moral Brink." *The New York Review of Books*. http://www.nybooks.com/articles/archives/2010/oct/28/moral-brink/. Accessed 6 May 2016.

Cole, Tim. *Selling the Holocaust: From Auschwitz to Schindler, How History Is Bought, Packaged, and Sold*. New York: Routledge, 1999.

Coleridge, Samuel Taylor. *The Rhyme of the Ancient Mariner*. New York: Dover, 1970.

Confino, Alon. "Collective Memory and Cultural History: Problems of Method." *The American Historical Review* 102.5 (1997): 1386-1403.

Cooper, Alan. *Philip Roth and the Jews*. Albany: State University of New York Press, 1996.

Cronin, Gloria L., and Alan L. Berger, eds. *Encyclopedia of Jewish-American Literature Encyclopedia of American Ethnic Literature*. New York: Facts on File, 2009.

Cullen, Jim. *The American Dream: A Short History of an Idea That Shaped a Nation*. Oxford: Oxford University Press, 2004.

Davis, Fred. *Yearning for Yesterday: A Sociology of Nostalgia*. New York: Free, 1979.

de Crèvecoeur, J. Hector St. John. "Letters from an American Farmer." *UVA Hypertexts*, 1904, http://xroads.virginia. edu/~hyper/CREV/letter03.html. Accessed Jan. 12 2013.

de Man, Paul. *Allegories of Reading: Figural Language in Rousseau, Nietzsche, Rilke, and Proust*. New Haven: Yale University Press, 1979.

de Tocqueville, Alexis. *Democracy in America*. Vol. 2. Ed. Francis Bowen. Trans. Henry Reeve. Cambridge: Sever and Francis, 1862.

Diner, Hasia R. *The Jews of the United States, 1654 to 2000*. Berkeley: University of California Press,

2004.
Doneson, Judith E. "The American History of Anne Frank's Diary." *Holocaust and Genocide Studies* 2.1 (1987): 149-160.
Edgar, Andrew, and Peter Sedgwick, eds. *Cultural Theory: The Key Concepts.* 2nd ed. New York: Routledge, 2008.
Elias, Robert. *Baseball and the American Dream: Race, Class, Gender, and the National Pastime.* New York: M. E. Sharpe, 2001.
Elliot, Emory, James W. Tuttleton, Martha Banta, et al. *Columbia Literary History of the United States.* New York: Columbia University Press, 1988.
Enzer, Hyman Aaron, and Sandra Solotaroff-Enzer. *Anne Frank: Reflections on Her Life and Legacy.* Urbana: University of Illinois Press, 2000.
Eril, Astrid, and Ansgar Nunning. *Cultural Memory Studies: An International and Interdisciplinary Handbook*. Berlin: Gruyter, 2008.
Erikson, Kai. *Everything in Its Path: Destruction of Community in the Buffalo Creek Flood.* New York: Simon & Schuster, 1976.
Eyerman, Ron. *Cultural Trauma: Slavery and the Formation of African American Identity.* Cambridge: Cambridge University Press, 2001.
Fanon, Frantz. *Black Skin, White Mask.* Trans. Charles Lam Markmann. London: Pluto Press, 1986.
Fara, Patricia, and Karalyn Patterson. *Memory.* Cambridge: Cambridge University Press, 1998.
Felman, Shoshana, and Dori Laub. *Testimony: Crisis of Witnessing in Literature, Psychoanaysis, and History*. New York: Routledge, 1992.
Ferrer, Richard. "David Mitchell Fails to Raise a Laugh from Jewish Community." Totallyjewish.com, July 20 2012. http://www.totallyjewish.com/news/national/c-12753/david-mitchell-fails-to-raise-a-laugh-from-jewish community. Accessed July 25 2012.
Fine, Robert, and Charles Turner. *Social Theory after the Holocaust.* Liverpool: Liverpool University Press, 2000.
Fink, Bruce. *The Lacanian Subject: Between Language and Jouissance.* New Jersey: Princeton University Press, 1995.
Fiorini, Leticia Glocer, Thierry Bokanowski, and Sergio Lewkowicz. *On Freud's Mourning and Melancholia.* London: Karnac, 2009.
Flood, Alison. "Philip Roth Wins Man Booker International Prize." *Guardian*, May 18 2011. http://www.theguardian.com/books/2011/may/18/philip-roth-wins-man-booker-international/print. Accessed April 22 2013.
Foucault, Michel. "Technologies of the Self." Martin, Gutman and Hutton 16-49.
---. *The History of Sexuality*. Trans. Robert Hurley. New York: Vintage Books, 1990.
Friedan, Betty. *The Feminine Mystique*. New York: A Dell Book, 1974.
Frank, Anne. *The Diary of Anne Frank.* Trans. Susan Massotty. Eds. Otto H. Frank and Mirjam Pressler. London: Penguin, 1997.
Frank, Arthur W. *The Wounded Storyteller: Body, Illness, and Ethics*. Chicago: The University of

Chicago Press, 1995.

Frankenberg, Ruth. *White Women, Race Matters: The Social Construction of Whiteness*. London: Routledge, 2005.

Fredrickson, George M. *Racism: A Short History*. Princeton: Princeton University Press, 2015.

Freud, Sigmund. *Beyond the Pleasure Principle*. Trans. and ed. James Strachey. New York: W. W. Norton, 1961.

Freud, Sigmund. "Mourning and Melancholia." *The Standard Edition of the Complete Psychological Works of Sigmund Freud*. Vol. 14. Trans. James Strachey. London: Hogarth, 1964. 239-258.

Freud, Sigmund. "Remembering, Repeating and Working-Through." 1914. *The Standard Edition of the Complete Psychological Works of Sigmund Freud*. Vol. 12. Trans. James Strachey. London: Hogart, 1964: 147-156.

Giannopoulou, Zina, "Oedipus Meets Bucky in Philip Roth's *Nemesis*." *Philip Roth Studies* 12.1 (2016): 15-31.

Gill, Jo. *Modern Confessional Writing: New Critical Essays*. London: Routledge, 2006.

Gooblar, David. *The Major Phases of Philip Roth*. New York: Continuum, 2011.

Goodrich, Peter. "Law and Modernity." *The Modern Law Review* 49.5 (1986): 545–559.

Gordon, Lewis R. "Race, Biraciality, and Mixed Race." *"Mixed Race" Studies: A Reader*. Ed. Jayne O. Ifekwunigwe. London: Routledge, 2004. 158-165.

Grant, Madison. *The Passing of the Great Race: Or the Racial Basis of European History*. 4th ed. New York: Charles Scribner's Son, 1936.

Graver, Lawrence. *An Obsession with Anne Frank: Meyer Levin and the Diary*. Berkeley: University of California Press, 1995.

Greenberg, Robert M. "Transgression in the Fiction of Philip Roth." *Twentieth Century Literature* 43.4 (1997): 487-506.

Gutman, Huck. "Rousseau's Confessions: A Technology of the Self." Martin, Gutman and Hutton 99-120.

Hackett, Albert, and Frances Hackett. "Diary of 'the Diary of Anne Frank." *The New York Times*, 30 Sept. 1956, http://www.nytimes.com/1956/09/30/archives/diary-of-the-diary-of-anne-frank-new-york-marthas-vineyard-new-york.html. Accessed 25 July 2019.

Halbwachs, Maurice. *On Collective Memory*. Ed. and trans. Lewis A. Cosser. Chicago: University of Chicago Press, 1992.

Halio, Jay L. *Philip Roth Revisited*. New York: Twayne, 1992.

---. *Philip Roth*. Spec. issue of *Shofar* 19.1 (2000): 1-216.

Halio, Jay L., and Ben Siegel. *Turning Up the Flame: Philip Roth's Later Novels*. Newark: University of Delaware Press, 2005.

Hayes, Patrick. *Philip Roth: Fiction and Power*. Oxford: Oxford University Press, 2014.

Holdeman, David. *The Cambridge Introduction to W. B. Yeats*. Cambridge: Cambridge University Press, 2006.

"Holocaust Encyclopedia." *United States Holocaust Memorial Museum*, 10 June 2013, http://www.ushmm.org/ wlc/en/article.php?ModuleId=10005462. Accessed 15 June 2013.

Hughes, Richard T. *Myths America Lives By.* Champagne: University of Illinois Press, 2004.

Hume, David. *A Treatise of Human Nature.* Ed. L. A. Selby. London: Oxford University Press, 1960.

Hume, Kathryn. *American Dream, American Nightmare: Fiction Since 1960.* Beijing: Foreign Language Teaching and Research Press, 2006.

Hutcheon, Linda. *Politics of Postmodernism.* London: Routledge, 1989.

Huyssen, Andrea. *Twilight Memories: Marking Time in a Culture of Amnesia.* New York: Routledge, 1995.

Hyman, Stanley Edgar. "A Novelist of Great Promise." *Philip Roth: Modern Critical Views.* Ed. Harold Bloom. Rev. ed. New York: Chelsea, 2003. 7-11.

Italie, Hillel. "Philip Roth, Fearless and Celebrated Author, Dies at 85," 23 May 2018, http://apnews.com/33a855d58b8f44a6ae9426ca045e61b6. Accessed 25 May 2018.

Ivanova, Velichka D. *Philip Roth and World Literature: Transatlantic Perspectives and Uneasy Passages.* Amherst: Cambria Press, 2014.

Jameson, Fredric. *Postmodernism or, the Cultural Logic of Late Capitalism.* Durham: Duke University Press, 1991.

Jones, Judith Paterson, and Guinevera A. Nance. *Philip Roth.* New York: Ungar, 1981.

Kakutani, Michiko. "A Man Adrift, Living on Sexual Memories." Review of *The Dying Animal. New York Times,* 8 May 2001, http://www.nytimes.com/2001/05/08/books/books-of-the-times-a-man-adrift-living-on-sexual-memories.html. Accessed 3 May 2012.

Keats, John. "Ode to a Nightingale." *The Poetical Works of John Keats.* Ed. William T. Arnolds. London: Kegan Paul, Trench & CO., 1884. 232-234.

Kelman, Herbert C. "Violence without Moral Restraint: Reflections on the Dehumanization of Victims and Victimizers." *Journal of Social Issues* 29.4 (1973): 25-61.

"Kennedy, Praising Anne Frank, Warns of New Nazi-Like Peril." *New York Times.* 20 September 1961, http://www.nytimes.com/1961/09/20/archives/kennedy-praising-anne-frank-warns-of-new-nazilike-peril.html. Accessed 3 June 2016.

Kermode, Frank. *The Sense of an Ending: Studies in the Theory of Fiction with a New Epilogue.* New York: Oxford University Press, 2000.

Kimmel, Michael S. *The History of Men: Essays on the History of American and British Masculinities.* Albany: State University of New York Press, 2005.

King, Nicola. *Memory, Narrative, Identity: Remembering the Self.* Edinburgh: Edinburgh University Press, 2000.

Langer, Lawrence. *Admitting the Holocaust: Collected Essays.* Oxford: Oxford University Press, 1995.

Lefevere, André. *Translation, Rewriting and the Manipulation of Literary Fame.* London: Routledge, 1992.

Levi, Primo. *Primo Levi: Interviews, 1961-1987.* Eds. Marco Belpoliti and Robert Gordon. New York: The New Press, 2001.

Levin, Meyer. "The Child behind the Secret Door; An Adolescent Girl's Own Story of How She Hid for

Two Years During the Nazi Terror." *The New York Times*, 15 June 1952, http://www.nytimes.com/1952/06/15/archives/the-child-behind-the-secret-door-an-adolescet-girls-own-story-of.html. Accessed 2 Feburary 2019.

Lewis, R. W. B. *The American Adam: Innocence, Tragedy, and Tradition in the Nineteenth Century*. Chicago: University of Chicago Press, 1955.

Locke, John. *An Essay Concerning Human Understanding*. Ed. Roger Woolhouse. New York: Penguin Books, 1997.

Malkin, Jeanette R. *Memory-Theater and Postmodern Drama*. Ann Arbor: University of Michigan Press, 1999.

Mansfield, Harvey C. *Manliness*. New Haven: Yale University Press, 2006.

Margalit, Avishai. *The Ethics of Memory*. Cambridge: Harvard University Press, 2004.

Martin, Luther H., Huck Gutman, and Parick H. Hutton, eds. *Technologies of the Self: A Seminar with Michel Foucault*. Amherst: The University of Massachusetts Press, 1988.

Meeter, Glenn. *Bernard Malamud and Philip Roth: A Critical Essay*. Grand Rapids: Eerdsmans, 1968.

Melnick, Ralph. *The Stolen Legacy of Anne Frank: Meyer Levin, Lillian Hellman, and the Staging of the Diary*. New Haven: Yale University Press, 1997.

Miller, J. H. *Fiction and Repetition: Seven English Novels*. Cambridge: Harvard University Press, 1982.

---. *The Comflagration of Community: Fiction Before and After Auschwitz*. Chicago: The University of Chicago Press, 2011.

Milowitz, Stephen. *Philip Roth Considered: The Concentrationary Universe of the American Writer*. New York: Garland, 2000.

Minkoff, Isaiah M. "Intergroup Relations." *The American Jewish Year Book* 50 (1948): 202-223.

Mitchell, Juliet. "Memory and Psychoanalysis." Fara and Patterson 95-112.

Nalbantian, Suzanne. *Memory in Literature: From Rousseau to Neroscience*. New York: Palgrave, 2003.

Netherlands State Institute for War Documentation. *The Diary of Anne Frank*. Critical ed. New York: Doubleday, 1989.

Novick, Peter. *The Holocaust in American Life*. New York: Houghton Mifflin, 1999.

Ozick, Cynthia. *Quarrel and Quandary*. New York: Knopf, 2000.

Page, William Tyler. *US History*, 4 July 1995, http://www.ushistory.org/documents/creed.htm. Accessed 18 Nov. 2012.

Parrish, Timothy, ed. *The Cambridge Companion to Philip Roth*. Cambridge: Cambridge University Press, 2007.

Petty, William Reese. "Writing Ghosts: Counterlives/Counter-Memories in Philip Roth's Later Work." Diss. University of Oregon, 1994.

Pinsker, Sanford. *The Comedy That "Hoits": An Essay on the Fiction of Philip Roth*. Columbia: University of Missouri Press, 1975.

Posnock, Ross. *Philip Roth's Rude Truth: The Art of Immaturity*. Princeton: Princeton University Press, 2006.

Pozorski, Aimee. *Roth and Trauma: The Problem of History in the Later Works (1995-2010)*. New York:

Continuum, 2011.

Quinn, Ben. “Philip Roth: ‘To Tell You the Truth, I'm Done.'” *Guardian,* 9 Nov. 2012, http://www.guardian. co.uk/books/2012/nov/09/philip-roth-retires. Accessed 2 June 2013.

Ravvin, Norman. “Countering the Concentration Camp World: Ethical Response to the Holocaust in Canadian and American Fiction.” Diss., University of Toronto, 1994.

---. *A House of Words: Jewish Writing, Identity, and Memory.* Montreal: McGill-Queens University Press, 1997.

Roosevelt, Eleanor. Preface. *The Diary of Anne Frank.* Ed. Anne Frank. London: Penguin, 1997. 1-12.

Rosenfeld, Alvin. “Popularization and Memory: The Case of Anne Frank.” *Lessons and Legacies: The Meaning of the Holocaust in a Changing World.* Ed. Peter Hayes. Evanston: Northwestern University Press, 1991. 243-78.

Rosenfeld, Alvin. “The Problematics of Holocaust Literature.” *Literature of the Holocaust.* Ed. Harold Bloom, Philadelphia: Chelsea, 2004. 21-47.

Roth, Philip. *American Pastoral.* Boston: Houghton Mifflin, 1997.

---. “Art of Fiction LXXXIV.” *Paris Review* 26.93 (1984): 214-47.

---.*The Breast.* New York: Holt, Rinehart and Winston, 1972.

---. *The Dying Animal.* Boston: Houghton Mifflin, 2001.

---. *Everyman.* Boston: Houghton Mifflin, 2006.

---. *Exit Ghost.* Boston: Houghton Mifflin, 2007.

---. *The Human Stain.* Boston: Houghton Mifflin, 2000.

---. *Nemesis.* Boston: Houghton Mifflin, 2010.

---. *Novels and Other Narratives in 1986-1991: The Counterlife, The Facts, Deception, Patrimony.* New York: Library of America, 2008.

---. *Novels and Short Stories 1959-1962: Goodbye, Columbus & Five Short Stories and Letting Go.* New York: Library of America, 2005.

---. *Reading Myself and Others.* New York: Farrar, Straus and Giroux, 1975.

---. *Shop Talk: A Writer and His Colleagues and Their Work.* Boston: Houghton Mifflin, 2001.

---. “Spiegel Interview with Philip Roth: ‘Old Age Is a Massacre.'” *Spiegel Online International,* 25 Aug. 2006, http://www.spiegel.de/international/spiegel-interview-with-philip-roth-old-age-is-a-massacre-a-433607.html. Accessed 6 March 2013.

---. *Zuckerman Bound: A Trilogy and an Epilogue 1979-1985: The Ghost Writer, Zuckerman Unbound, The Anatomy Lesson, and The Prague Orgy.* New York: Library of America, 2007.

Roth, Philip and Martin Krasnik. “It No Longer Feels a Great Injustice that I Have to Die.” *The Guardian,* 14 Dec. 2005, www.theguardian.com/books/2005/dec/14/fiction. philiproth. Accessed 9 August 2013.

Rothberg, Michael. “Roth and the Holocaust.” Timothy Parrish 52-67.

Royal, Derek Parker. “What to Make of Roth's *Indignation*; Or, Serious in the Fifties.” *Philip Roth Studies* 5.1 (2009): 129-37.

Safer, Elaine B. “Tragedy and Farce in Roth's *The Human Stain.*” *Critique* 43.3 (2002): 211-27.

---. *Mocking the Age: The Later Novels of Philip Roth*. Albany: State University of New York Press, 2006.

Said, Edward. *On Late Style: Music and Literature Against the Grain*. New York: Vintage, 2007.

Scheckner, Peter. "Roth's Falstaff: Transgressive Humor in *Sabbath's Theater*." *The Midwest Quarterly* 46.3 (2005): 220-235.

Schmidgall, Gary. *Intimate with Walt: Selections from Whitman's Conversations with Horace Traubel, 1882-1892*. Iowa City: University Of Iowa Press, 2001.

Searles, George J. *Conversations with Philip Roth*. Jackson: University Press of Mississippi, 1992.

Shakespeare, William. *Hamlet*. Ed. David Bevington. New York: Bantam Books, 1980.

Shatzky, Joel. "Creating an Aesthetic for Holocaust Literature." *Studies in American Jewish Literature* 10 (1991): 104-14.

Shechner, Mark. *Up Society's Ass, Copper: Rereading Philip Roth*. Madison: University of Wisconsin Press, 2003.

Shipe, Matthew. "*Exit Ghost* and the Politics of 'Late Style.'" *Philip Roth Studies* 5.2 (2009): 189-204.

Shostak, Debra. *Philip Roth-Countertexts, Counterlives*. Columbia, SC: University of South Carolina Press, 2004.

Siegel, Ben. "Reading Philip Roth: Facts and Fancy, Fiction and Autobiography." Halio and Siegel 17-30.

Smart, Barry. *The Sport Star: Modern Sport and the Cultural Economy of Sporting Celebrity*. London: Sage, 2005.

Smith, Margaret. "Autobiography: False Confession?" Halio and Siegel 99-114.

Spalding, A. G. *America's National Game*. New York: American Sports Publishing, 1911.

Stangherlin, Nicholas. "Nemesis and the Persistence of Tragic Framing: Bucky Cantor as Job, Hebrew Prometheus and Reverse Oedipus." *Philip Roth Studies* 12.1 (2016): 73-87.

Stanzel, Franz Karl. *A Theory of Narrative*. Cambridge: University of Cambridge Press, 1984.

Statlander, Jane. *Philip Roth's Postmodern American Romance: Critical Essays on Selected Works*. New York: Peter Lang, 2011.

Su, John J. *Ethics and Nostalgia in the Contemporary Novel*. Cambridge: Cambridge University Press, 2005.

Sztompka, Piotr. "The Trauma of Social Change: A Case of Postcommunist Societies." *Cultural Trauma and Collective Identity*. Eds. Jeffrey C. Alexander et al. Berkeley: University of California Press, 2004. 155-195.

Taylor, Chloë. *The Culture of Confession from Augustine to Foucault: A Genealogy of the "Confessing Animal."* New York: Routledge, 2009.

Terdiman, Richard. *Discourse/Counter-Discourse: The Theory and Practice of Symbolic Resistance in Nineteenth-Century France*. Ithaca: Cornell University Press, 1985.

---. *Present Past: Modernity and the Memory Crisis*. Ithaca: Cornell University Press, 1993.

Tönnies, Ferdinand. *Community and Civil Society*. Ed. Jose Harris. Trans. Jose Harris and Margaret Hollis. Cambridge: Cambridge University Press, 2001.

Tulving, Endel. "Episodic and Semantic Memory." *Organization of Memory*. Eds. Endel Tulving and W.

Donaldson. New York: Academic, 1972. 381-402.

Varon, Jeremy. *Bringing the War Home: The Weather Underground, the Red Army Faction, and Revolutionary Violence in the Sixties and Seventies*. Berkeley: University of California Press, 2004.

"World War 2 Casualties." *World War 2*, http://www.world-war-2.info/casualties/. Accessed 5 May 2012.

Warnock, Mary. *Memory.* London: Faber and Faber, 1987.

Weinbaum, Alys Eve. "Nation." *Keywords for American Cultural Studies*. Eds. Bruce Burgett and Glenn Hendler. New York: New York University, 2007. 164-170.

West, Kevin R. "Professing Desire." Royal, *Philip Roth: New Perspectives*. 225-239.

Wilson, Janelle L. *Nostalgia: Sanctuary of Meaning.* Cranbury: Bucknell University Press, 2005.

Wirth-Nesher, Hana. "Roth's Autobiographical Writings." *Cambridge Companions to Literature.* Timothy Parrish 158-172.

Wisse, Ruth R. *The Modern Jewish Canon: A Journey through Language and Culture.* New York: Free, 2000.

Yakim, Marilyn. *The History of the Breast*. New York: Ballantine, 1997.

参考文献

阿莱达·阿斯曼：《回忆空间：文化记忆的形式和变迁》，潘璐译，北京：北京大学出版社，2016年。

扬·阿斯曼：《文化记忆：早期高级文化中的文字、回忆和政治身份》，金寿福、黄晓晨译，北京：北京大学出版社，2015年。

阿巴·埃班：《犹太史》，阎瑞松译，北京：中国社会科学出版社，1986年。

瓦尔特·本雅明：《机械复制时代的艺术作品》，王才勇译，北京：中国城市出版社，2002年。

柏格森：《材料与记忆》，肖聿译，北京：华夏出版社，1999年。

以赛亚·伯林：《浪漫主义的根源》，吕梁等译，南京：译林出版社，2008年。

斯维特兰娜·博伊姆：《怀旧的未来》，杨德友译，南京：译林出版社，2010年。

诺尔曼·布朗：《生与死的对抗》，冯川、伍厚恺译，贵阳：贵州人民出版社，1994年。

艾伦·布鲁姆：《美国精神的封闭》，战旭英译，南京：译林出版社，2007年。

J. 丹纳赫，T. 斯奇拉托，J. 韦伯：《理解福柯》，刘瑾译，天津：百花文艺出版社，2002年。

米歇尔·福柯：《性经验史》，佘碧平译，上海：上海人民出版社，2005年。

高婷：《超越犹太性：新现实主义视域下的菲利普·罗斯近期小说研究》，北京：光明日报出版社，2011年。

莫里斯·哈布瓦赫：《论集体记忆》，毕然、郭金华译，上海：上海人民出版社，2002年。

汤姆·海登：《休伦港宣言》//戴安娜·拉维奇主编，《美国读本：感动过一个国家的文字》，林本椿、陈凯、林铮等译，北京：生活·读书·新知三联书店，第745-749页。

胡蕾：《公共领域视野里的社会批评——菲利普·罗斯小说研究》，北京：科学出版社，2015年。

金万锋：《菲利普·罗斯后期小说越界书写研究》，东北师范大学博士学位论文，2012年。

金万锋：《越界之旅——菲利普·罗斯后期小说研究》，北京：北京大学出版社，2015年。

敬南菲：《出路，还是幻象：从〈应许之地〉、〈店员〉、〈美国牧歌〉看犹太人的美国梦寻》，上海外国语大学博士学位论文，2010年。

米兰·昆德拉：《无知》，许钧译，上海：上海译文出版社，2004年。

米兰·昆德拉：《小说的艺术》，董强译，上海：上海译文出版社，2011年。

大卫·理斯曼等：《孤独的人群》，王崑、朱虹译，南京：南京大学出版社，2002年。

林莉：《论菲利普·罗思后期小说的历史解读与文学话语》，厦门大学博士学位论文，2008年。

罗小云：《〈夏洛克行动〉中内心探索的外化策略》，《当代外国文学》，2009年第3期，第96-102页。

罗小云：《超越后现代：美国新现实主义小说研究》，北京：北京大学出版社，2012年。

麦隆·马格尼特：《梦想与梦魇——六十年代给下层阶级留下的遗产》，北京：文津出版社，2004年。

利奥·马克斯：《花园里的机器：美国的技术与田园理想》，马海良、雷月梅译，北京：北京大学出版社，2011 年。

阿兰·梅吉尔：《历史知识与历史谬误：实践史学引论》，黄红霞、赵晗译，北京：北京大学出版社，2019 年。

孟宪华：《追寻、僭越与迷失：菲利普·罗斯后期小说中犹太人生存状态研究》，北京：人民出版社，2015 年。

苗媛、崔化：《菲利普·罗斯"美国三部曲"的新现实主义解读》，《长春师范学院学报（人文社会科学版）》，2010 年第 1 期，第 129-132 页。

朴玉：《于流散中书写身份认同——美国犹太作家艾·辛格、伯纳德·马拉默德、菲利普·罗斯小说创作研究》，吉林大学博士学位论文，2008 年。

马塞尔·普鲁斯特：《追忆似水年华（1）：在斯万家那边》，李恒基、徐继曾译，南京：译林出版社，1989 年。

莎士比亚：《莎士比亚悲剧四种》，卞之琳译，北京：人民文学出版社，1988 年。

单世联：《黑暗时刻：希特勒、大屠杀与纳粹文化》，广州：广东人民出版社，2015 年。

申劲松：《维系与反思：菲利普·罗斯"祖克曼系列小说"研究》，北京：科学出版社，2018 年。

苏文菁：《华兹华斯诗学》，北京：社会科学文献出版社，2000 年。

苏鑫：《当代美国犹太作家菲利普·罗斯创作流变研究》，上海：上海三联书店，2015 年。

陶东风、周宪主编：《文化研究》（第 11 辑），北京：社会科学文献出版社，2011 年。

王守仁：《新编美国文学史》（第四卷），上海：上海外语教育出版社，2019 年。

肖明翰：《中世纪英语道德剧的成就》，《解放军外国语学院学报》，2011 年第 1 期，第 84-90+128 页。

薛春霞：《永不消逝的犹太人：当代经典作家菲利普·罗斯作品中犹太性的演变》，杭州：浙江大学出版社，2015 年。

杨金才、朱云：《中国菲利普·罗斯研究现状论析》，《当代外国文学》，2012 年第 4 期，第 151-163 页。

杨卫东：《身份的虚构性：菲利普·罗思的"朱克曼系列"中的"对立人生"》，北京外国语大学博士学位论文，2003 年。

殷企平、高奋、童燕萍：《英国小说批评史》，上海：上海外语教育出版社，2001 年。

宇文所安：《追忆：中国古典文学中的往事再现》，郑学勤译，北京：生活·读书·新知三联书店，2004 年。

曾艳钰：《走向后现代文化多元主义：从罗思和里德看美国犹太、黑人文学的新趋向》，厦门大学博士学位论文，2001 年。

Aarons, Victoria. "Philip Roth and Bernard Malamud." Spec. issue of *Philip Roth Studies* 4.1 (2008): 1-106.

Aarons, Victoria, and Gustavo Sanchez Canales. "Introduction to History, Memory, and the Making of Character in Roth's Fiction." *CLCWeb-Comparative Literature and Culture* 16.2 (2014): 299-304.

Antze, Paul, and Michael Lambek. *Tense Past: Cultural Essays in Trauma and Memory*. New York: Routledge, 1996.

Azen, Assman, and Shirley Primack. "Laughter and Trembling: Humor, Eiron, and Schlemiel in Greek and Jewish Writing." Diss. University of California, Santa Cruz, 1991.

Barmor, Yitzhak. "The Father Figure in Jewish-American Literature." Diss. Kent State University, 1988.

Ben-Amos, Dan, and Liliane Weissberg. *Cultural Memory and the Construction of Identity.* Detroit: Wayne State University Press, 1999.

Berger, Alan L., and Gloria L. Cronin. *Jewish American and Holocaust Literature: Representation in the Postmodern World.* Albany: State University of New York Press, 2004.

Bernard, Michael. *Forgetful Memory: Representation and Remembrance in the Wake of the Holocaust.* Albany: State University of New York Press, 2009.

Bernstein, Susan David. *Confessional Subjects: Revelations of Gender and Power in Victorian Literature and Culture.* Chapel Hill: The University of North Carolina Press, 1997.

Bloom, Harold. *Philip Roth: Modern Critical Views.* Rev. ed. New York: Chelsea, 2003.

---. *Portnoy's Complaint: Modern Critical Interpretations.* New York: Chelsea, 2004.

Burke, Lucy, Simon Faulkner, and Jim Aulich. *The Politics of Cultural Memory.* Newcastle upon Tyne: Cambridge Scholars, 2010.

Carpenter, Frederic I. *American Literature and the Dream.* New York: Philosophical Library, 1955.

Caruth, Cathy. *Unclaimed Experience: Trauma, Narrative, and History.* Baltimore: The Johns Hopkins University Press, 1996.

Casey, Edward S. *Remembering: A Phenomenological Study.* Bloomington: Indiana University Press, 2000.

Chanen, Audrey Wolff. "American Holocaust Novels: John Hersey, Leon Uris, Flannery O'connor, Stephen King." Diss. The University of Iowa, 1987.

Chase, Malcolm, and Christopher Shaw. "The Dimensions of Nostalgia." Eds. Malcolm Chase and Christopher Shaw. *The Imagined Past: History and Nostalgia*, Manchester: Manchester University Press. 1-17.

Clark, Anna. *Desire: A History of European Sexuality.* New York: Routledge, 2008.

Cohen, Sarah Blacher. "The Jewish Journey of Saul Bellow: From Secular Satirist to Spiritual Seeker." Berger and Cronin 157-166.

Connell, R. W. *Masculinities.* 2nd ed. Berkeley: University of California Press, 2005.

Davis, Colin. *Haunted Subjects: Deconstruction, Psychoanalysis and the Return of the Dead.* New York: Palgrave Macmillan, 2007.

Edwards, Beverly. "'Zuckerman Bound': The Artist in the Labyrinth (Philip Roth)." Diss. Lehigh University, 1987.

Edwards, Tim. *Cultures of Masculinity.* London: Routledge, 2006.

Eley, Geoffrey. "What Is Cultural History?" *New German Critique* 65 (1995):19-36.

Featherstone, Mike, and Andrew Wernick, eds. *Images of Aging: Cultural Representations of Later Life.* London: Routledge, 1995.

Fejes, Andreas, and Magnus Dahlstedt. *The Confessing Society: Foucault, Confession and Practices of Lifelong Learning.* New York: Routledge, 2013.

Felman, Shoshana. *Writing and Madness*. Trans. Martha Noel Evans, et al. Palo Alto: Stanford University Press, 2003.

Fiedler, Leslie A. *Love and Death in the American Novel*. Rev. ed. New York: Stein and Day, 1966.

Finkelstein, Norman G. *The Holocaust Industry: Reflections on the Exploitation of Jewish Suffering*. London: Verso, 2000.

Foucault, Michel. "What Is an Author." *The Foucault Reader*. Ed. Paul Rabinow. New York: Pantheon, 1984. 101-120.

Franco, Dean J. "Mocking the Age: The Later Novels of Philip Roth (Review)." *Shofar: An Interdisciplinary Journal of Jewish Studies* 25.4 (2007): 171-173.

Frick, Daniel Eugene. "Richard Nixon, in Fact and in Fictions: Myth and Ideology in Contemporary American Literature and Popular Culture." Diss. Indiana University, 1991.

Furman, Andrew Scott. "Israel through the Jewish American Imagination: A Survey of Jewish American Literature on Israel, 1928-1993." Diss. The Pennsylvania State University, 1995.

Gitlin, Todd. *The Sixties: Years of Hope, Days of Rage*. Toronto: Bantam Books, 1987.

Guttman, Allen. *Games and Empires: Modern Sports and Cultural Imperialism*. New York: Columbia University Press, 1994.

---. *From Ritual to Record: The Nature of Modern Sports*. New York: Columbia University Press, 2004.

Hall, S. "Cultural Identity and Diaspora." Ed. L. McDowell. *Undoing Place?: A Geographical Reader*. London: Arnold, 1997: 231-242.

Hecht, Alan. *Deadly Diseases and Epidemics: Polio*. 2nd ed. New York: Chelsea, 2009.

Heller, Zoe. "The Ghost Rutter." Rev. of *The Dying Animal*, by Philip Roth. *New Republic* 224.21 (2001): 39-42.

Hogan, Jerry Bruce. "The Problem of Identity in the Fiction of Philip Roth." Diss. Arizona State University, 1979.

Hutcheon, Linda. *A Poetics of Postmodernism: History, Theory, Fiction*. London: Routledge, 1988.

Isserman, Maurice. *If I Had a Hammer: The Death of the Old Left and the Birth of the New Left*. New York: Basic, 1987.

Jackson, Kenneth T. *Crabgrass Frontier: The Suburbanization of the United States*. New York: Oxford University Press, 1985.

Jameson, Fredric. "Nostalgia for the Present." *The South Atlantic Quarterly* 88.2 (1989): 527-560.

Kapelovitz, Abbey Poze. "Mother Images in American-Jewish Fiction (20th Century)." Diss. University of Denver, 1985.

Kaplan, Brett Ashley. *Jewish Anxiety and the Novels of Philip Roth*. New York: Bloomsbury, 2015.

Kassin, Saul M., and Gisli H. Gudjonsson. "The Psychology of Confessions: A Review of the Literature and Issues." *Psychological Science in the Public Interest* 5.2 (2004): 33-67.

Lacan, Jacques. *Freud's Papers on Technique 1953-1954*. Trans. John Forrester. Ed. Jacques-Alain Miller. New York: W. W. Norton, 1991.

LaCapra, Dominick. *Representing the Holocaust: History, Theory, Trauma*. Ithaca: Cornell University Press, 1994.

---. *History and Memory after Auschwitz*. Ithaca: Cornell University Press, 1998.

Lasch, Christopher. *The Culture of Narcissism: American Life in an Age of Diminishing Expectations.* New York: W. W. Norton, 1979.

Lee, Herminone. *Philip Roth*. New York: Methuen, 1982.

Lehmann, Sophia Badian. "In Pursuit of a Past: History and Contemporary American Jewish Literature." Diss. State University of New York at Stony Brook, 1997.

Liebman, Charles S., and Eliezer Don-Yiḥya. *Civil Religion in Israel: Traditional Judaism and Political Culture in the Jewish State*. Berkeley: University of California Press, 1983.

Lindwer, Wily. *The Last Seven Months of Anne Frank*. New York: Pantheon, 1991.

Lowenthal, David. *The Past Is a Foreign Country*. Cambridge: Cambridge University Press, 1985.

Mackin, Jonna. "Subject to Laughter: Comedy and Ethnicity in Contemporary American Fiction." Diss. University of Pennsylvania, 2001.

Malinowski, Bronislaw. *Magic, Science and Religion and Other Essays*. Boston: Beacon, 1948.

McDaniel, John N. *The Fiction of Philip Roth*. Haddonfield: Haddonfield House, 1974.

McHale, Brian. *Postmodernist Fiction*. London: Routledge, 1987.

McIntire, Gabrielle. *Modernism, Memory, and Desire: T. S. Eliot and Virginia Woolf.* Cambridge: Cambridge University Press, 2008.

Milbauer, Asher Z., and Donald G. Watson, eds. *Reading Philip Roth*. New York: St. Martin's, 1988.

O'Rourke, James. *Sex, Lies and Autobiography: The Ethics of Confession*. Charlottesville: University of Virginia Press, 2006.

Pinsker, Sanford. *Critical Essays on Philip Roth*. Boston: Hall, 1982.

Radstone, Susannah, and Bill Schwarz, eds. *Memory: Histories, Theories, Debates*. New York: Fordham University Press, 2010.

Ricoeur, Paul. *Memory, History, Forgetting*. Trans. Kathleen Blamey and David Pellauer. Chicago: The University of Chicago Press, 2004.

Rodgers, Bernard F., Jr. *Philip Roth*. Boston: Twayne, 1978.

Rodriguez, Jeanette, and Ted Fortier. *Cultural Memory: Resistance, Faith & Identity.* Austin: University of Texas Press, 2007.

Roosevelt, Eleanor. Preface. *The Diary of Anne Frank*. Ed. Anne Frank. London: Penguin, 1997.

Rosen, Alan. *Sounds of Defiance: The Holocaust, Multilingualism, and the Problem of English.* Lincoln: University of Nebraska Press, 2005.

Rosenbaum, Alan S. *Is the Holocaust Unique?: Perspectives on Comparative Genocide.* 3rd ed. Boulder: Westview, 2009.

Rosenfeld, Alvin. *The End of the* Holocaust. Bloomington: Indiana University Press, 2011.

Roth, Philip. *I Married a Communist*. Boston: Houghton Mifflin, 1998.

---. *Indignation*. Boston: Houghton Mifflin, 2008.

---. *My Life as a Man*. New York: Holt, Rinehart and Winston, 1974.

---. *Operation Shylock: A Confession*. New York: Simon and Schuster, 1993.

---. *The Plot Against America*. Boston: Houghton Mifflin, 2004.

Royal, Derek Parker. "Contesting the Historical Pastoral in Philip Roth's American Trilogy." *American Fiction of the 1990s*. Ed. Jay Prosser. London: Routledge, 2008. 121-134.

---. "Zuckerman Unsound?: A Roundtable Discussion on Philip Roth's *Exit Ghost*." *Philip Roth Studies* 5.1 (2009): 7-34.

---, ed. *Philip Roth: New Perspectives on an American Author*. Westport: Greenwood Praeger, 2005.

Scarry, Elaine. *The Body in Pain: The Making and Unmaking of the World*. New York: Oxford University Press, 1987.

Schreier, Benjamin. "The Failure of Identity: Toward a New Literary History of Philip Roth's Unrecognizable Jew." *Jewish Social Studies: History, Culture, Society* 17.2 (2011): 101-135.

Searle, John R. *Mind: A Brief Introduction*. Oxford: Oxford University Press, 2004.

Searles, George J. *The Fiction of Philip Roth and John Updike*. Carbondale: Southern Illinois University Press, 1985.

Seidler, Victor J. *Transforming Masculinities Men, Cultures, Bodies, Power, Sex and Love*. London: Routledge, 2006.

Siegel, Ben, and Jay L. Halio, eds. *Playful and Serious: Philip Roth as a Comic Writer*. Newark: University of Delware Press, 2010.

Spargo, R. Clifton. "To Invent as Presumptuously as Real Life: Parody and the Cultural Memory of Anne Frank in Roth's *The Ghost Writer*." *Representations* 76.1 (2001): 88-119.

Stanley, David Hamilton. "Multiple Selves in American Autobiographical Fiction." Diss. The University of Texas at Austin, 1980.

Steveker, Lena. *Identity and Cultural Memory in the Fiction of A. S. Byatt: Knitting the Net of Culture*. London: McMillan, 2009.

Streip, Katharine Anne. "Laughter and Ressentiment: Marcel Proust, Jean Rhys and Philip Roth." Diss. University of California, Berkeley, 1996.

Wade, Stephen. *Imagination in Transit: The Fiction of Philip Roth*. Sheffield: Sheffield Academic, 1996.

Walden, Daniel, and Standford E. Marovitz. "Introduction." *Studies in Jewish American Literature* 8.2 (1989): 133-136.

Wiesel, Elie. *Ethics and Memory*. Berlin: Walter de Gruyter, 1997.

Zucker, David J. "Philip Roth: Desire and Death." *Studies in American Jewish Literature*, 23 (2004): 135-144.

附录I 罗 斯 作 品

虚构作品

Goodbye, Columbus and Five Short Stories. Boston: Houghton Mifflin, 1959.
Letting Go. New York: Random House, 1962.
When She Was Good. New York: Random House, 1967.
Portnoy's Complaint. New York: Random House, 1969.
Our Gang. New York: Random House, 1971.
The Breast. New York: Holt, Rinehart and Winston, 1972.
The Great American Novel. New York: Holt, Rinehart and Winston, 1973.
My Life as a Man. New York: Holt, Rinehart and Winston, 1974.
The Professor of Desire. New York: Farrar, Straus and Giroux, 1977.
The Ghost Writer. New York: Farrar, Straus and Giroux, 1979.
Zuckerman Unbound. New York: Farrar, Straus and Giroux, 1981.
The Anatomy Lesson. New York: Farrar, Straus and Giroux, 1983.
Zuckerman Bound: A Trilogy and Epilogue. New York: Farrar, Straus and Giroux, 1985.
The Counterlife. New York: Farrar, Straus and Giroux, 1986.
The Facts: A Novelist's Autobiography. New York: Farrar, Straus and Giroux, 1988.
Deception: A Novel. New York: Simon and Schuster, 1990.
Patrimony: A True Story. New York: Simon and Schuster, 1991.
Operation Shylock: A Confession. New York: Simon and Schuster, 1993.
Sabbath's Theater. Boston: Houghton Mifflin, 1995.
The Prague Orgy. New York: Vintage, 1996.
American Pastoral. Boston: Houghton Mifflin, 1997.
I Married a Communist. Boston: Houghton Mifflin, 1998.
The Human Stain. Boston: Houghton Mifflin, 2000.
The Dying Animal. Boston: Houghton Mifflin, 2001.
The Plot Against America. Boston: Houghton Mifflin, 2004.
Everyman. Boston: Houghton Mifflin, 2006.
Exit Ghost. Boston: Houghton Mifflin, 2007.
Indignation. Boston: Houghton Mifflin, 2008.
The Humbling. Boston: Houghton Mifflin, 2009.
Nemesis. Boston: Houghton Mifflin, 2010.

非虚构作品

Reading Myself and Others. New York: Farrar, Straus and Giroux, 1975.

Shop Talk: A Writer and His Colleagues and Their Work. Boston: Houghton Mifflin, 2001.

美国图书馆系列

Novels and Short Stories in 1959-1962: *Goodbye, Columbus and Five Short Stories* and *Letting Go*. New York: Library of America, 2005.

Novels in 1967-1972: *When She Was Good, Portnoy's Complaint, Our Gang*, and *The Breast*. New York: Library of America, 2005.

Novels in 1973-1977: *The Great American Novel, My Life as a Man*, and *The Professor of Desire*. New York: Library of America, 2006.

Zuckerman Bound: A Trilogy and an Epilogue in 1979-1985: *The Ghost Writer, Zuckerman Unbound, The Anatomy Lesson*, and *The Prague Orgy*. New York: Library of America, 2007.

Novels and Other Narratives in 1986-1991: *The Counterlife, The Facts, Deception, Patrimony*. New York: Library of America, 2008.

Novels in 1993-1995: *Operation Shylock, Sabbath's Theater*. New York: Library of America, 2010.

The American Trilogy: *American Pastoral, I Married a Communist*, and *The Human Stain*. New York: Library of America, 2011.

Nemeses: *Everyman, Indignation, The Humbling, Nemesis*. New York: Library of America, 2013.

附录 II　罗斯作品中文译本

《反生活》，楚至大、张运霞译，长沙：湖南人民出版社，1988 年。
《我作为男人的一生》，周国珍译，长沙：湖南文艺出版社，1992 年。
《垂死的肉身》，吴其尧译，上海：上海译文出版社，2004 年。
《凡人》，彭伦译，北京：人民文学出版社，2009 年。
《再见吧，哥伦布》，余理明、张迪译，北京：人民文学出版社，2009 年。
《行话：与名作家论文艺》，蒋道超译，南京：译林出版社，2010 年。
《鬼作家》，董乐山译，上海：上海译文出版社，2011 年。
《美国牧歌》，罗小云译，南京：译林出版社，2011 年。
《人性的污秽》，刘珠还译，南京：译林出版社，2011 年。
《我嫁给了共产党人》，魏立红译，南京：译林出版社，2011 年。
《遗产：一个真实的故事》，彭伦译，上海：上海译文出版社，2011 年。
《欲望教授》，张廷佺译，上海：上海译文出版社，2011 年。
《波特诺伊的怨诉》，邹海仑、陈婉容译，台北：书林出版有限公司，2012 年。
《被释放的祖克曼》，郭国良译，上海：上海译文出版社，2018 年。
《布拉格狂欢》，郭国良译，上海：上海译文出版社，2019 年。
《解剖课》，郭国良、高思飞译，上海：上海译文出版社，2019 年。
《乳房》，姜向明译，上海：上海译文出版社，2019 年。
《退场的鬼魂》，姜向明译，上海：上海译文出版社，2019 年。
《反美阴谋》，陈安译，上海：上海译文出版社，2020 年
《愤怒》，张芸译，上海：上海译文出版社，2020 年。
《欺骗》，王维东译，上海：上海译文出版社，2020 年。
《事实：一个小说家的自传》，毛俊杰译，上海：上海译文出版社，2020 年。

索　引

G

H

J

后　　记

亲爱的祖克曼：

你知道在过去的十年里我一直在从事罗斯研究，在本书付梓之际，我尽力搜寻与罗斯研究和写作相关的记忆。对于我而言，这是人生中一段痛并快乐着的难忘历程，此刻我想跟你分享一下这十年里的一些记忆片段。

2010 年 10 月某日，我在美国弗吉尼亚大学的 Alderman 图书馆的书架上取下了一本名为《愤怒》的小书，不到两个小时便读完了。不曾想正是这本不怎么出名的小说将我从唐·德里罗的“地下世界”拯救了出来，并让我从此与罗斯结缘。此后，我在亚马逊网站上买齐了所有罗斯的作品，并搜罗了罗斯的相关评论和论文，开始了正式的罗斯研究之旅。

离开美国之前，我专程拜访了罗斯的家乡，那个被他称为“不可侵犯的家园”的地方——纽瓦克市的威奎依克社区。我从纽约乘坐轻轨一路向西，穿过哈德逊河便进入新泽西州的纽瓦克市境内；随后转乘公交车，从伊丽莎白大街向北进入钱塞勒大街，很快我就看到了罗斯的母校——位于钱德勒大街 279 号的威奎依克中学。这所从前以犹太人为主的学校现在的学生大部分为黑人。彼时，正是美国第一位黑人总统奥巴马当政，三月也恰逢美国的“黑人历史月”（Black History Month）。在那里，我见到了彼时的校友会主席菲尔·尤里希（Phil Yourish）先生。尤里希先生是罗斯的远亲，他向我讲述了罗斯的一些陈年逸事。他还翻出了威奎依克中学的年鉴，并将留存的《纽约时报》大版面罗斯报道复印于我，专门带我到罗斯从小和父母兄长居住的老宅和以罗斯命名的街道留念。那是一幢三层的红色楼房，罗斯一家四口居住在第二层，略显逼仄。小说中时常提到的犹太社区威奎依克已经随着美国犹太人逐渐融入白人主流社会而逐渐搬离，随后成为有色人种的聚居地，这从威奎依克高中宣传榜上的大部分照片和活动中可见一斑。随后我还走访了罗斯母亲贝斯工作过的医院以及《再见吧，哥伦布》中提到的纽瓦克图书馆，不一而足。三月份的钱塞勒大街上行人稀少，在光秃秃的树丫的映衬下略显萧瑟，而我在威奎依克流连忘返，找寻着罗斯小说中的街道和地名，现实的街道与小说中符号的对应让他的作品和人物我脑海里变得鲜活起来。

我曾参加过美国现代语言学会中的罗斯小组讨论，与罗斯研究会的诸多专家有过交流，其中包括罗斯研究会前主席德里克·帕克·罗耶尔教授、艾米·泼左斯基教授和肖斯塔克教授等，并应邀和他们共进晚餐。我还专门去了趟离夏洛茨维尔不远的国会图书馆去查阅罗斯相关资料。在国会图书馆里浸泡了三天时间，我查阅了几乎当时允许查阅的所有手稿，阅读了罗斯与编辑和其他作家的通信，得知他在写作《美国牧歌》之前所做的有关手套工业和莫里斯镇的地理研究，对罗斯的作品和这位几十年如一日笔耕不辍的作家本人的认识愈加全面，这为之后的研究积累了不少宝贵的一手资料。

我在短时间内读完了罗斯的绝大部分作品，其间我结识了波特诺伊、卡普什、罗斯，当然在诸多主要作品中还出现了你的身影。在罗斯所有人物中，我对你最感兴趣，也对你最为了解。我目睹了你从年轻的作家成长为炙手可热的当红作家，其间还遭受犹太社区的误解，你为前列腺癌及其术后的后遗症所困扰，就连你的风流韵事我都如数家珍。你这个鬼魅的作家时而替罗斯发声，时而又替他隐瞒；你时而是主导故事的主人公，时而又成为事件的见证者。而我也在参与和见证着你的故事，有时候我感觉我就像你观察莱沃夫、艾拉和科尔曼那样观察着你，你早已成为我的一个密友。

我经过大半年的阅读后，逐渐对罗斯不同创作时期的主题和风格有了比较明晰的认识，并最终确定将罗斯小说的记忆主题作为博士论文的选题。因为我发现在罗斯小说里，不少主要人物都沉浸在对往事的冗长回忆和讲述之中。以往的罗斯研究往往将这一独特的现象与自传的考察联系在一起，而忽略了记忆的多样性及其承载的社会、历史和伦理价值。鉴于此，我借助记忆研究的相关理论来研究罗斯小说人物的记忆是如何形塑和重构族裔身份、民族身份与个人身份的，又是如何彰显作者本人的政治或伦理主张等问题的，并进一步探讨作者各个时期在主题和风格上的转变。

我博士毕业之后进入大学教书，从学生到教师身份的转变让我付出了大量时间和精力，在获得学生认可的同时，却有点远离了罗斯和你。随后几年，我在母亲、教师和研究者身份中频繁转换，在生活和工作中分身乏术，内心总是渴望有时间重新好好阅读罗斯和你的那些故事。2018 年 5 月 23 日，罗斯先生在与疾病缠斗多年之后驾鹤仙去，我仿佛失去了一个多年的老友。以你们深厚的交情，相信你的感触比我有过之而无不及。

本书动笔之时我仍在南京大学求学，距今已近十年，但我仍然清晰记得在南京大学读书的许多片段。我曾见证闹市之中鼓楼校区的四季变迁、寒来暑往，也目睹了仙林校区国际会议中心的高楼一层层地建起，此时想起来竟是满满的暖意，有关那期间纠结、彷徨和苦闷的记忆竟已十分模糊了。

在南京大学求学期间，我曾受教于许多国内顶尖的学者，这是我一生的财富。首先，感谢我的恩师王守仁教授。当年仰慕王老师的声名从岳麓山下一路向东，辗转来到南京参加博士入学考试，并承蒙老师不弃招为弟子。王老师治学十分严谨，时常告诫我们要认真做学问，并用实际行动为我们树立榜样。从论文选题到成稿后的修改，整个过程老师都认真审阅、反复推敲。大到概念的误用，小到标点符号，都逃不过他睿智的眼睛，这也培养了我良好的学术习惯，至今依然如此。王老师学识丰富，能精准地把握学术热点和前沿问题，正是在“英国文学”课上阅读的石黑一雄，让我发表了人生的第一篇中文核心期刊论文，并被中国人民大学复印资料全文转载，这对于一个初出茅庐的青年学者来说无疑是个莫大的鼓舞。同时，我常常折服于老师深厚的学术涵养和宽容的性格。做博士论文期间，老师给了我极大的选题自由，使我得以在亨利·詹姆斯、E. L. 多克特罗（E. L. Doctorow）、唐·德里罗等作家中徘徊，并最终选择罗斯作为我的研究对象。这个阅读和选择过程让我有机会把握不同作家的写作风格和写作背景，为随后的学术研究打下了扎实的基础。不仅如此，王老师和师母对我的关怀无微不至，论文写作的最后阶段遭遇人生的一点波折，老师和师母关切的询问让我至今每每想起都感动不已。

另一位我在学术和人生道路上的领路人是我的硕士导师肖明翰教授。肖老师让我第一次深切感受到文学的魅力和学术的崇高。肖老师是国内顶尖的福克纳和乔叟研究专家，学术涵养深厚，而为人又极其谦和低调，老师教导的“多看、多想、多写”的六字学术方针，我铭记在心，并时常检视自己，并为不能很好实施而惭愧。正是在他们的影响和感召下，我才能一直怀着一颗恭敬的心对待学术。

能受到两位恩师耳提面命多年，实属我人生之大幸。

同时要感谢美国弗吉尼亚大学的导师迈克尔·莱文森（Michael Levenson）教授，他不仅使我的美国访学之旅顺利成行，而且让我在夏洛茨维尔有种宾至如归的感觉，至今想起夏村绝美的风景和所遇到的朋友，我的心都会被温暖所充盈。莱文森、芮塔·菲尔斯基（Rita Felski）等教授的文本细读和讨论方法让我受益良多。

在南京大学外国语学院求学期间，杨金才教授在“论文写作”课上的教导以及课后的批评和鼓励使我的学术研究能沿着一条正确的道路前行。刘海平、朱刚等教授的课程不仅拓宽了我的学术视野，也夯实了我的文学基础。何成洲、陈兵、方成、姚君伟等教授在论文预答辩和答辩中提出的问题和给出的切中肯綮的建议促成了本书的最后成型。

在本书的写作和修改过程中，感谢同门任海燕、罗媛、姚成贺、赵宏维、陈博等友人给予的很多关心和支持，与他们的讨论常让我有种茅塞顿开的感觉。常远佳、黄红霞、胡月琴等友人在美国为我复印和搜集了许多宝贵的英文资料，在此一并致谢。

本书的顺利出版还要感谢科学出版社的杨英和宋丽编辑，她们对稿件进行了细致的审读，并提出了许多中肯的修改意见。感谢南京航空航天大学提供的部分出版基金支持，也要感谢南京航空航天大学外国语学院的领导和英语系同事们的理解和照拂。

最后，我感恩我的家人。感谢父母这么多年来的理解、支持和辛苦付出，也感谢双胞胎女儿们的选择和陪伴。

此刻，回望这十多年走过来的学术和人生之路，感慨良多！唯有保持坦率，感恩前行！

真诚的

信慧敏

2020年10月于金陵